ULRIKE MOSHAMMER

# LEICHENSCHMAUS MIT KAISERSCHMARRN

*Kriminalroma*



emons:

**Bibliografische Information der Deutschen Nationalbibliothek**
Die Deutsche Nationalbibliothek verzeichnet diese Publikation in der Deutschen Nationalbibliografie; detaillierte bibliografische Daten sind im Internet über http://dnb.d-nb.de abrufbar.

MIX
Papier | Fördert gute Waldnutzung
FSC® C083411


Umschlagmotiv: mauritius images/Westend61/Dirk Kittelberger
Umschlaggestaltung: Nina Schäfer, nach einem Konzept von Leonardo Magrelli und Nina Schäfer
Umsetzung: Tobias Doetsch
Gestaltung Innenteil: DÜDE Satz und Grafik, Odenthal
Lektorat: Susann Säuberlich, Neubiberg
Druck und Bindung: CPI – Clausen & Bosse, Leck
Printed in Germany 2023
ISBN 978-3-7408-1761-9
Originalausgabe

*Beherzt ist nicht, wer keine Angst kennt,*
*beherzt ist, wer die Angst kennt und sie überwindet.*

Khalil Gibran

## EINS

»Chefin, Chefin, die Hehenberg kommt.«

Mit geröteten Wangen und zittrigen Händen stand die junge Rezeptionistin in der Tür zum Büro. Valerie Thaller tat sie leid. Carla hatte sich noch nicht daran gewöhnt, dass im »Grand Hotel« prominente Gäste dazugehörten. Das war auch früher so gewesen. Sogar Kaiser Franz Joseph hatte hier seinerzeit gewohnt. Die Ruhe des Tals und die Heilkraft des Thermalwassers, das in Bad Gastein an unzähligen Stellen aus dem Berg sprudelte, hatten seit jeher Erholungsuchende aus aller Herren Länder angezogen, darunter auch viele Berühmtheiten. Bei ihnen im Hotel konnten sich Promis, wie man sie heutzutage nannte, sicher sein, dass sie nicht anders als die übrigen Gäste behandelt wurden. Diese Natürlichkeit schätzten viele von ihnen und kamen darum gern wieder. Das Credo des Hauses lautete, dass jeder, der die Schwelle übertrat, egal, ob reich oder arm, ob Gast oder Angestellter, den gleichen Respekt und vor allem die gleiche Freundlichkeit verdiente. Ein Autor mittleren Alters, der regelmäßig die Bestsellerlisten stürmte und jährlich mehrere Wochen im Hotel verbrachte, um in Ruhe schreiben zu können, hatte es einmal so ausgedrückt: »Ich kam als Fremder und ging als Freund.«

Valerie schmunzelte innerlich – das war wahrlich kein neuer Spruch, den er damals mit stolzgeschwellter Brust von sich gegeben hatte, aber er drückte das aus, was zur Philosophie des Hauses auserkoren worden war.

Auch Lieselotte Hehenberg war keine Unbekannte. Sie war schon des Öfteren im Herbst zu Besuch gewesen, meist mit Freundinnen, die wie sie ein paar Tage Entspannung suchten. Die Kombination aus Yoga, Meditation, leichtem Essen und Thermalwasser, die um diese Jahreszeit stets einen Schwerpunkt im gesamten Tal bildete, tat vielen gut. Im Frühsommer war Lieselotte Hehenberg hingegen noch nie gekommen. Laut Buchung wollte sie mindestens vier Wochen bleiben. Das war schön, aber ungewöhnlich für sie. Und Valerie vermutete, dass unter Umständen mehr dahinterstecken könnte.

Nachdem sie vorsichtig ihre Hündin Nelly beiseitegeschoben hatte, die im Büro mit Vorliebe auf ihren Füßen lag, stand sie auf und ging nach vorn an die Rezeption. Stammgäste wollte sie unbedingt selbst in Empfang nehmen.

Ihre Befürchtung bestätigte sich. Lieselotte Hehenberg, die eben an den Tresen trat, sah angeschlagen aus. Sie machte den Eindruck, als hätte sie Ruhe dringend nötig, wirkte gehetzt und nervös. Die Entscheidung, eine längere Auszeit in den Bergen zu nehmen, war Valeries Meinung nach goldrichtig gewesen, denn für Entspannung konnten sie hier im Hotel bestimmt sorgen.

Valerie beobachtete, wie Lieselotte Hehenberg Nelly gedankenverloren über den Kopf streichelte, die wie üblich jeden Neuankömmling in Augenschein nehmen musste. Da sie so freundlich war, hielt Valerie sie nur zurück, wenn sie merkte, dass jemand ein Problem damit hatte. Lieselotte Hehenberg jedoch mochte die kleine Mischlingshündin, das hatte man schon bei ihrem letzten Besuch, als Nelly noch ein Welpe gewesen war, sehen können. Trotz ihrer adeligen Herkunft war sie eine geerdete Person, umgänglich und in keiner Weise überheblich.

Lieselotte Hehenberg – das »von« in der Mitte des Namens schwang unterschwellig mit, obwohl dieser Zusatz in Österreich schon lange nicht mehr erlaubt war – stammte aus einer der reichsten Familien Österreichs. Einer ihrer Vorfahren hatte seine großen Ländereien für den Bau von Möbeln aus dem Holz der eigenen Wälder genutzt. Im Laufe der Jahrzehnte hatte sich daraus die größte Möbelhauskette des Landes entwickelt. Lieselotte Hehenberg war zwar Eigentümerin des

Unternehmens, hatte aber einen Geschäftsführer, dem sie die Leitung übertragen hatte. Sie selbst widmete sich lieber der Innenarchitektur, soweit es ihre gesellschaftlichen Verpflichtungen zuließen. Seit ungefähr einem Jahr hatte sie sogar eine eigene TV-Sendung, in der sie wöchentlich Tipps gab, wie man auch mit kleinem Budget eine Wohnung oder ein Haus schön einrichten konnte. Was man so hörte, hatte die Sendung hohe Einschaltquoten, und Valerie war sich sicher, dass es an der freundlichen Ausstrahlung Hehenbergs lag. Sie mochte die Frau, die ihr von Beginn an sympathisch gewesen war.

Kurz entschlossen bat sie Carla darum, mit Emilia Lechner, der Assistentin, die das Zimmer neben der kleinen Suite ihrer Chefin beziehen sollte, die Formalitäten zu erledigen, und führte Lieselotte Hehenberg in den neu umgebauten Teil der Lobby. Als Innenarchitektin hatte diese sie bei ihrem letzten Besuch dazu inspiriert und ihnen wertvolle Tipps gegeben. Nun gab es optisch abgetrennt eine gemütliche Lounge mit einer großen Fensterfront, von wo aus man einen grandiosen Blick auf den Wasserfall hatte, der mitten durch den Ort toste.

Lieselotte Hehenberg zeigte sich beeindruckt davon, wie stilvoll und einladend der neue Bereich geworden war. Am Fenster blieb sie stehen und strich mit der Hand über das Nussholz einer Kommode. Ihr Blick wanderte nach draußen und verharrte dort. Valerie hatte den Eindruck, dass Lieselotte Hehenberg in Gedanken plötzlich woanders war, und bemerkte, dass sie beinahe den Samowar umgestoßen hätte, der auf der Kommode stand und dazu einlud, sich eine wohltuende Auszeit mit einer Tasse Tee zu gönnen. Erst das Geräusch des kippenden Gefäßes holte ihren Gast gedanklich zurück. Im letzten Moment fing Lieselotte Hehenberg den Wasserbehälter auf und stellte ihn unter entschuldigendem Gemurmel wieder hin.

Kurz darauf kam Emilia Lechner mit den Zimmerkarten zu ihnen, woraufhin sich Lieselotte Hehenberg rasch verabschiedete und sich gemeinsam mit ihr zurückzog. Valerie blieb noch am Fenster stehen und blickte gedankenverloren auf das rauschende Wasser hinab. Sie hatte von Kindesbeinen an ein Gespür dafür gehabt, wenn es anderen Leuten schlecht ging. Bei Lieselotte Hehenberg war das deutlich sichtbar. Sie hatte ein ungutes Gefühl und nahm sich vor, in den nächsten Tagen besonders darauf zu achten, ob sie etwas für sie tun konnte.

»Weißt du, auf mich hat sie gar nicht richtig anwesend gewirkt.« Valerie stocherte in ihrem Essen herum. Eben hatte sie ihrem Mann Viktor von Lieselotte Hehenberg berichtet. Wie so oft in letzter Zeit saßen sie nur zu zweit am Tisch. Ihre Zwillinge Lea und Jakob kamen ausschließlich an den Wochenenden und in den Ferien nach Hause, seit sie letzten Herbst zum Studieren nach Innsbruck und Salzburg gegangen waren. Und Andi, ihr Jüngster, trieb sich gern in der Hotelküche herum. Er hatte mit seinen elf Jahren früh die Liebe zum Kochen entdeckt. Anton, der Chefkoch des Hauses, enger Freund der Familie und Taufpate von Andi, ließ den Jungen oft mitarbeiten. Zwischendurch durfte er allerlei kosten, wonach er meistens, wenn Valerie und Viktor aßen, keinen Hunger mehr hatte und lieber noch beim Herrichten des Abendbuffets im Restaurant unten mithalf. Manchmal passte das gut, weil sie mit ihrem Mann in Ruhe reden konnte, wenn sie ein Thema gedanklich beschäftigte. So wie das eigenartige Verhalten Lieselotte Hehenbergs, das sie nicht losließ.

»Und später hat sie unten in der Rezeption angerufen und mir ausrichten lassen, dass ich bitte im Laufe des Nachmittags auf einen Sprung bei ihr vorbeikommen soll. Sie wollte unbedingt mit mir reden.«

»Und was war los?« Viktor sah von seinem Teller auf.

Es hatte sich schon oft herausgestellt, dass Valerie mit ihrem Gespür für andere Leute richtiglag. Das wussten sie beide.

»Sie hat total nervös gewirkt, als sie mir aufgemacht hat,

und hat vorsichtig nach links und rechts den Gang entlanggeschaut. Das ist mir auch schon in der Lobby aufgefallen. Kaum war die Tür hinter mir zu, war sie wieder entspannter. Sie hat mich darum gebeten, auf keinen Fall gestört zu werden. Falls jemand an der Rezeption nach ihr fragt, sollen wir ihn abwimmeln. Der Einzige, den wir hinauflassen dürfen, ist ihr Mann. Er wird tageweise vorbeikommen, weil sie länger bleibt, er aber den Großteil der Zeit arbeiten muss.«

Viktor nahm sich ein Stück Brot und blickte ihr in die Augen. »Aber das ist doch nichts Neues für uns, gell? Es war schon häufig ein berühmter Gast da, der nicht gestört werden wollte. Manche verschanzen sich tagelang in ihrem Zimmer, weil sie unbedingt für sich sein möchten. Erinnere dich doch nur an den deutschen Politiker letztes Jahr.«

»Ja, natürlich. Aber bei Lieselotte Hehenberg ist es anders. Und vor allem kennen wir sie schon lange. Sie verhält sich so, als würde sie vor jemandem davonlaufen. Ich glaube, sie hat Angst, massive Angst. Ich hab ein ungutes Gefühl. Soll ich meinen Ausflug mit Nora morgen absagen und lieber hierbleiben?«

Viktor schüttelte den Kopf. »Ach was, Valerie. Du machst dir zu viele Gedanken. Der Ausflug nach Zell am See mit Nora wird dir guttun. Ihr macht das doch zu jedem eurer Geburtstage. Ein Freundinnentag ist perfekt. Da kommst du auf andere Gedanken. Und schließlich bin ich doch da. Was soll denn schon passieren? Die Hehenberg braucht sicher nur Ruhe.«

Grübelnd räumte Valerie den Tisch ab. Wahrscheinlich stimmte, was Viktor sagte. Was sollte schon passieren? Und auf den Ausflug mit Nora freute sie sich schon tagelang. Nach einem gemütlichen Einkaufsbummel würden sie essen gehen und dann wie üblich dem Casino einen Besuch abstatten. Sie waren beide keine typischen Spielerinnen. Sie setzten nur den Betrag, den sie beim Eintritt als Begrüßungsjetons bekamen, und dann war Schluss. Aber die Atmosphäre im Casino mochten sie. Außerdem saßen sie gern an der Bar und machten »soziale Studien«, wie sie es schönredend nannten. Das Casino war ein Ort, an dem man wunderbar Leute beobachten konnte. Das Publikum war international, und die Emotionen waren oft aufgeladen, je nachdem, wie ernst die Gäste das Spiel nahmen und wie viel sie gewannen oder verloren. Sie würde den Ausflug genießen und ihre Sorgen zu Hause lassen. Bestimmt lag Viktor mit seiner Einschätzung richtig, und sie sah Gespenster. Lieselotte Hehenberg war vermutlich überarbeitet und suchte Abstand zu ihrem stressigen Alltag zu Hause. Burn-out war schließlich heutzutage nichts Ungewöhnliches. Außerdem hatte sie ihre Assistentin dabei, was noch nie der Fall gewesen war. Die würde sich schon um sie kümmern, wenn sie Unterstützung brauchte.

In Gedanken beim nächsten Tag, machte sie sich auf den Weg zu ihrer üblichen Hotelrunde, die es ihr ermöglichte, mit den Gästen ein wenig zu plaudern und nach dem Rechten zu sehen. Im Zuge dessen konnte sie außerdem Andi suchen, für den es bald Zeit war, ins Bett zu gehen.

# ZWEI

»Ach, ist das herrlich.« Nora, ihre beste Freundin, strahlte mit der Sonne um die Wette.

Dass es so ein schöner und vor allem warmer Junitag werden würde, damit hatten sie nicht gerechnet. Der Wetterbericht hatte sich wieder einmal gründlich getäuscht. Kein Wölkchen war am Himmel zu sehen.

Nun saßen sie mitten im Ortszentrum von Zell am See und genossen ihre Auszeit vom Alltag. Valerie hatte Nora nach dem Unterricht von der Volksschule abgeholt, wo sie schon viele Jahre unterrichtete. Für sie begann nun ein verlängertes Wochenende, was bedeutete, dass sie in den nächsten Tagen genügend Zeit hatte, um bei Valerie im Hotel vorbeizuschauen. Ein bisschen Wellness konnte nie schaden. Da die Sommersaison noch nicht begonnen hatte, konnte Valerie sich ihre Arbeit so einteilen, dass sie gemeinsam in die Dampfsauna gehen oder bei einer Yogaeinheit mitmachen würden, wie es eben passte. Das war zu den Feiertagen im Mai und Juni schon Tradition. Vorerst war aber ihr Freundinnentag angesagt. Mit ein paar Snacks aus der Hotelküche, die Valerie extra mitgenommen hatte, hatten sie sich auf den Weg gemacht.

Ihr Programm sah stets gleich aus. Zuerst ein langer Spaziergang, dann ein Caffè Latte im Zentrum, ein ausführlicher Einkaufsbummel, ein stilvolles Abendessen und im Anschluss daran ein kurzer Abstecher ins Casino. Mit Abstand das Lustigste an diesen Ausflügen war das Umziehen vor dem Restaurantbesuch. Schließlich war es ihnen wichtig, sowohl dort als auch im Casino passend gekleidet zu sein. Da sie nicht über Nacht blieben und kein Zimmer zur Verfügung hatten, war das durchaus eine Herausforderung. Hier war Einfallsreichtum gefragt. Von engen Kaffeehaustoiletten über akrobatische

Umziehübungen im Auto bis hin zu einer Fahrt in den Wald vor ein paar Monaten, wo sie sich ungesehen etwas Schickes anziehen wollten, war schon allerhand vorgekommen. Da sie damals prompt von einem Spaziergänger überrascht worden waren, brauchten sie eindeutig eine bessere Lösung.

»Sag mal, wo ziehen wir uns denn heute um?« Nora grinste, lehnte sich zurück und schob ihren Caffè Latte von sich.

Valerie musste nicht lange überlegen. »Ich hab gestern schon darüber nachgedacht. Für enge Toiletten fühle ich mich mittlerweile wirklich zu alt. Aber wir könnten runter an den See fahren und uns einen kleinen Badeplatz mit Umkleidekabinen suchen.«

Nora griff sich mit der Hand an die Stirn. »Geniale Idee. Warum sind wir da nicht schon früher draufgekommen? Das ist doch logisch an einem Badesee. So machen wir es, aber erst gehen wir bummeln. Ich brauch unbedingt neue Schuhe.«

Als sie später in Ortsnähe einen passenden Badeplatz gefunden hatten, war es schon spät. Allein die vollen Mülleimer erinnerten an die Badegäste, die das schöne Wetter zur Abkühlung genutzt hatten, obwohl der See noch ziemlich kalt war.

Nora stupste Valerie an. »Du, schau, dort drüben. Wir müssen leise sein. Da steht ein Pärchen am Steg. Die sollen nicht unbedingt mitbekommen, dass wir uns hier umziehen.«

Valerie kicherte und blickte in Richtung See. »Na, die sind aber noch ziemlich frisch verliebt, so wie die sich küssen. Eigentlich schauen sie gar nicht mehr so jung aus, zumindest er.«

Nora sah ihr über die Schulter. »Ich wette, dass er verheiratet ist und sich eine Jüngere angelacht hat. Der hat mit Sicherheit eine Menge Geld, so wie er angezogen ist. Darauf stehen doch viele Frauen, und dann ist es ihnen auch egal, ob er Familie hat oder nicht.«

Valerie hatte sich an solche Aussagen ihrer Freundin gewöhnt. Die romantische Ader, die Nora als junges Mädchen gehabt hatte, war im Laufe ihrer Ehe verloren gegangen. Nach dem, was damals vorgefallen war, konnte sie sie sogar verstehen. Schließlich hatte Wolfgang sie betrogen – und nicht nur einmal, wie sich im Nachhinein herausgestellt hatte.

Leise, damit sie nicht gehört wurden, verschwand jede von ihnen in einer Kabine. Getrennt waren sie nur durch eine dünne Bretterwand, die von den Waden bis über den Kopf reichte. Begleitet von Gekicher und Scherzen zogen sie sich um. Gegen Abend hatte es deutlich abgekühlt, weshalb Valerie Gänsehaut bekam, als sie auf einem Bein balancierend in ihre Strümpfe schlüpfte. Obwohl bald schon die Sommerferien begannen und somit die wärmste Zeit im Jahr anbrach, musste man sogar an den schönsten Tagen in den Bergen mit kühlen Nachttemperaturen rechnen. Dieser Gedanke ließ sie gleich noch stärker frösteln.

Fertig umgezogen traten sie ins Freie, sahen sich vorsichtig um und bemerkten, dass das Pärchen verschwunden war. Gut gelaunt machten sie sich auf den Weg in ihr Lieblingsrestaurant.

Nach einem Abendessen, bei dem sie nicht auf die Kalorien achteten, sondern sich auch noch mit einer Nachspeise verwöhnen ließen, schlenderten sie hinüber zum Casino. Mit den Begrüßungsjetons traten sie an den Roulettetisch und überlegten, wo sie setzen sollten. Manchmal hatten sie Glück und fuhren mit einem kleinen Gewinn nach Hause, aber meistens waren nach ein paar Runden die Jetons verspielt, und sie genossen entspannt die Atmosphäre in den stilvollen Räumlichkeiten, bevor sie sich auf den Heimweg machten.

Als Valerie zusah, wie der Croupier die Kugel ins Rollen brachte, stieß Nora sie unsanft in die Rippen. »Du, schau mal. Ist das nicht der Typ vom Steg?«

Damit hatte sie recht. Sie hatten ihn zwar nur von der Seite gesehen, aber auch Valerie war überzeugt davon, dass es derselbe Mann war. Seine Begleiterin konnte sie nirgends erspähen. Zielstrebig ging er zu einem der anderen Roulettetische. Die Anzahl an Jetons, die er vor sich hinlegte, war beachtlich. Sie hatten wohl richtig vermutet, als sie über seinen finanziellen Hintergrund spekuliert hatten.

Valerie drehte sich wieder um und stellte fest, dass auch ihr letzter Begrüßungsjeton vom Tisch gezogen worden war. Das war's dann. Sie würden sich noch ein oder zwei alkoholfreie Cocktails holen, von der Bar aus ihre »sozialen Studien« betreiben und gemütlich nach Hause fahren.

Froh, sich endlich setzen zu können, suchten sie sich zwei freie Hocker. Obwohl viel los war, hatten sie Glück. An ihren Drinks nippend, ließen sie den Blick schweifen und überlegten sich mögliche Lebensgeschichten für einzelne Gäste, die interessant aussahen. Das war ein Hobby von ihnen. Sie hatten die skurrilsten Ideen und mussten oft auf dem Heimweg noch darüber lachen.

Eben dachten sie sich eine Geschichte zu einem älteren Pärchen aus, das an einem der Spielautomaten stand, da hörten sie lautes Gezeter von einem der hinteren Roulettetische. Ein Gast beschimpfte wüst den Croupier und war dabei ziemlich ausfallend. Im restlichen Casino wurde es ruhig, und etliche Gäste schlenderten nach hinten, neugierig, was dort vor sich ging.

Da die gelöste Stimmung weg war und Nora und Valerie nicht vorgehabt hatten, lange zu bleiben, nahmen sie ihre Handtaschen und machten sich auf den Weg zur Garderobe. Im Vorbeigehen sahen sie, dass es der Mann vom Steg war, der so einen Aufruhr verursachte. Der große Haufen an Jetons war verschwunden, auf seiner Stirn war Schweiß zu sehen, sein Gesicht war gerötet, und die Haare standen in alle Richtungen. So wie es aussah, hatte er seinen gesamten Spieleinsatz verloren.

Valerie hatte solche Szenen schon des Öfteren erlebt. Vermutlich war er ein Spieler, ein Getriebener, der nicht aufhören konnte, bis er all sein Geld verzockt hatte. Es war traurig, wenn sich jemand nicht im Griff hatte. Aber nicht umsonst wurde Spielsucht als Krankheit eingestuft.

Erschüttert von dem Anblick machten sie sich auf den Nachhauseweg. Es war ein schöner Freundinnentag gewesen, auch wenn der Vorfall im Casino zum Schluss die gute Laune etwas getrübt hatte. Insgesamt waren sie aber zufrieden. Diese kleine Auszeit vom Alltag, die sie sich ab und zu gönnten, war eben Gold wert.

# DREI

Der nächste Morgen verlief turbulent. Aufgrund des Feiertags waren für diese Jahreszeit unüblich viele Leute angereist, die die freien Tage über Fronleichnam für kleine Wanderungen nutzen wollten. Viele holten sich Tipps für ihre Bergtouren oder sonstigen Ausflüge. Erst am späten Nachmittag war eine der Rezeptionistinnen zum Dienst eingetragen. Valerie und Viktor machten das bewusst so. Wenn sie selbst am Empfang waren, bot ihnen das eine gute Möglichkeit, mit den Gästen ins Gespräch zu kommen. Der persönliche Kontakt war ihnen wichtig. Wenn sich die Leute wohlfühlten, kehrten sie auch gern wieder. Das Hotel lebte von seinen Stammgästen, und Valerie liebte es, mit ihnen zu plaudern und zu sehen, wie sie ihre Urlaubstage damit verbrachten, sich zu erholen, sich sportlich herauszufordern oder die Region und ihre Menschen kennenzulernen.

Außerdem waren am Abend zuvor Lea und Jakob nach Hause gekommen. Sie hatten es geschafft, sich ihre Verpflichtungen so einzuteilen, dass sie zehn Tage am Stück in Bad Gastein bleiben konnten. Die meisten Lehrveranstaltungen waren im Juni zu Ende oder konnten online absolviert werden. In den kommenden Wochen ging es ums Lernen für die letzten Prüfungen dieses Studienjahres – und das konnten sie gut im Hotel erledigen.

Doch zuerst schlossen sie sich gemeinsam mit Andi dem Trubel vor der Haustür an. Das katholische Fronleichnamsfest wurde im Tal jedes Jahr groß gefeiert. Verschiedene Vereine und die Feuerwehr nahmen an der Prozession teil, die von der Kirche bis zum Merangarten ging. Vier Außenaltäre wurden dafür aufgebaut, zu denen feierlich die Monstranz aus der Kirche getragen wurde und an denen die Anwesenden gemeinsam die dafür typischen Gebete sprachen. Die Musikkapelle begleitete den Zug. Den meisten Einheimischen ging es mehr um das Brauchtum und das Zusammenkommen als um die religiösen Gründe, die dahintersteckten. Sie hatten eine schöne Gelegenheit, ihre Tracht aus dem Schrank zu holen und Leute zu treffen, die sie schon länger nicht mehr gesehen hatten.

Auch für die Gäste im Ort war der Zug ein Highlight, da traditionelle Festtage stets einen guten Einblick in die Bräuche einer Region boten. Valerie und Viktor beantworteten viele neugierige Fragen dazu. Schließlich wurde einer der Außenaltäre unmittelbar vor dem Hotel aufgebaut. Da die Gebete des Pfarrers nicht für alle gleich interessant waren, schauten verschiedene Bekannte auf einen Plausch herein und schlossen sich dann dem Zug wieder an, wenn es zum nächsten Altar weiterging. Dieser kurze Abstecher musste natürlich möglichst unauffällig sein, denn niemand wollte den allseits beliebten Geistlichen in seiner Ehre kränken.

Gegen Mittag, als die Prozession vorbei war und es an der Rezeption wieder ruhiger wurde, ging Valerie hinauf ins Appartement, band sich die Schürze um und stellte einen Topf mit Wasser auf den Herd. Sie freute sich auf ein gemeinsames Essen mit den Kindern, obwohl sie nicht viel Zeit hatte, da sie danach Viktor unten ablösen musste, damit auch er eine kurze Pause einlegen konnte.

Kaum hatte sie die Pasta auf den Tisch gestellt, stürmte Andi herein.

»Bin ich schon zu spät, Mama? Papa hat mich noch zu Frau Hehenberg geschickt. Ihr Mann ist angekommen.«

Valerie schaltete den Herd aus und sah zu ihrem Sohn. »Das ist schön. Da hat sie sich bestimmt gefreut. Hoffentlich heitert sie das auf. Sie wirkt nämlich ein bisschen traurig diese Woche. Hast du ihm gezeigt, wo ihre Suite ist?«

Andi winkte lässig mit der Hand ab. »Na klar, Mama. Ich

hab ihn mit dem Lift hinaufgebracht. Der war voll nett. Er hat mir sogar ein saftiges Trinkgeld gegeben. Leider kann er nur ein paar Stunden bleiben und muss dann nach Innsbruck zum Flughafen. Wegen dringender Geschäfte, hat er gesagt.«

Das war typisch für Andi. Mit seiner aufgeschlossenen Art wickelte er alle um den kleinen Finger. Sein Sparschwein füllte sich im Laufe der Saison beachtlich. Schmunzelnd betrachtete Valerie ihn. Seine Begeisterung fürs Hotel war großartig. Dafür hatte er wenig Freude mit der Schule. Das konnte in Zukunft noch spannend werden. Dass er wie seine Geschwister einmal studieren würde, bezweifelte sie stark, aber er würde seinen Weg trotzdem machen, da war sie sich sicher.

Mit Lea, Jakob und Andi beim Essen zu sitzen und sich entspannt die neuesten Studentengeschichten anzuhören, freute sie mindestens so sehr wie die Tatsache, dass ihre Großen einige Tage hierbleiben würden. Ihnen gegenüber durfte sie das natürlich nicht laut sagen, weil es total uncool gewesen wäre, aber sie fehlten ihr an manchen Tagen schrecklich.

Gut, dass am Abend der Familienstammtisch stattfand, den sie mindestens einmal im Monat im Gasthaus »Försterhütterl« einplanten. Es waren nicht nur die fünf Thallers anwesend, sondern auch Nora mit ihrem Sohn Felix und Anton. Obwohl sie nicht blutsverwandt waren, fühlte es sich für Valerie so an, als würden die drei zur Familie gehören. Nora kannte sie schon seit dem Kindergarten, und Felix war so alt wie die Zwillinge und von klein auf unzertrennlich mit ihnen unterwegs. Anton hingegen war Viktors bester Freund aus Zeiten der Tourismusschule und seit etlichen Jahren fixer Mitarbeiter bei ihnen im »Grand Hotel«. Er hatte nach einer gescheiterten, kinderlosen Ehe und dem Tod seiner Eltern keine Familie mehr in Österreich, dafür aber einen Onkel südlich von Venedig, von wo sein Vater ursprünglich stammte. Von ihm hatte er auch seinen Nachnamen Manetti, nicht aber die Körpergröße. War der italienische Zweig der Familie eher zart gebaut, überragte

Anton mit seinen ein Meter fünfundneunzig alle anderen im Hotel. Seine tiefe Bassstimme erinnerte an einen Opernsänger, was auch zu seinen widerspenstigen dunklen Locken passte, die meistens eine Spur zu lang aussahen. Auf seine spezielle Art war er eine attraktive Erscheinung – gewöhnungsbedürftig war nur, dass er beinahe das ganze Jahr über, wenn er nicht seine Kochuniform trug, in einer kurzen Lederhose und T-Shirt anzutreffen war. Da musste das Thermometer schon weit unter null Grad fallen, dass er lange Hosen oder Pullover anzog. Krank war er trotzdem nie. Und Andi fing auch schon damit an, ausschließlich so gekleidet herumzulaufen. Anton war eben momentan sein großes Vorbild.

Valerie riss sich von ihren Gedanken los. Lea hatte sie eben nach Lieselotte Hehenberg gefragt. Sie kannte sie von früheren Aufenthalten und hatte sie oft schon massiert. Ihre Tochter liebte das Hotel fast so sehr wie ihr kleiner Bruder und half seit Jahren mit. Zu ihrem siebzehnten Geburtstag hatte sie sich einen Gutschein für eine Ausbildung zur Heilmasseurin gewünscht und arbeitete seither hauptsächlich im Spa-Bereich. Lieselotte Hehenberg war stets von ihr begeistert gewesen. Auch bei diesem Aufenthalt hatte sie sich schon nach Lea erkundigt.

»Am besten fragst du bei ihrer Assistentin Frau Lechner nach, wann eine Massage passen würde. Frau Hehenberg selbst wird nicht an die Tür oder ans Telefon gehen. Sie verhält sich merkwürdig, seit sie angekommen ist, anders als sonst. Sie lässt sich das Essen aufs Zimmer bringen und geht allein nicht außer Haus. Ich hab mitbekommen, dass sie zwar mit Frau Lechner gemeinsam einen kurzen Spaziergang gemacht hat, sich dafür aber extra eine Baseballkappe und eine riesige Sonnenbrille aufgesetzt hat. Ich glaube, sie will nicht erkannt werden, obwohl das bisher kein Problem für sie war. Komisch ist das, aber sie wird schon ihre Gründe haben.«

Lea sah Valerie verblüfft an. »Das passt doch gar nicht zu

ihr. Sie ist sonst so umgänglich und aktiv, fängt meist morgens mit der Yogagruppe an, macht dann eine kleine Bergtour oder kommt zur gemeinsamen Meditation in den Garten. Außerdem hat sie regelmäßig von unserem Abendbuffet geschwärmt und jede Unterhaltung genossen, die wir so anbieten. Das ist *strange.*«

Valerie musste ihr recht geben, auch wenn es für sie gewöhnungsbedürftig war, dass Lea, seit sie in Innsbruck studierte, beim Sprechen immer öfter englische Wörter einfließen ließ. »Ja, das ist es tatsächlich. Ich mach mir ehrlich gesagt Sorgen um sie. Das sieht für mich nach einem heftigen Burn-out aus. Wundern würde es mich nicht bei all den Verpflichtungen, die sie hat. Allein ihre TV-Sendung muss eine Unmenge an Zeit verschlingen. Gasteiner Entspannung wird ihr guttun. Und du darfst ihr gern anbieten, dass wir eine Massageliege in ihr Zimmer bringen lassen. Möglich, dass ihr das unter den gegebenen Umständen lieber wäre.«

»Mach ich, Mama. Wohnt sie wieder in der Wasserfall-Suite?«

Valerie musste nicht lange überlegen. »Ja, wie üblich. Im Doppelzimmer daneben, dem mit der Verbindungstür, findest du Frau Lechner. Die ist übrigens ziemlich eigen. Sehr höflich, aber distanziert. Ich kann doch mit fast allen Leuten gut reden, aber an die Lechner komme ich nicht ran. Das passiert mir selten.«

Sie blickte auf die Zeitangabe ihres Smartphones. Viktor würde schon halb am Verhungern sein. Höchste Eisenbahn, dass sie ihn ablöste. Sie bat die Kinder noch, ihre Teller selbst abzuräumen, und machte sich auf den Weg zur Rezeption. Nelly nahm sie mit. Die würde sie hinter dem Büro in ihren privaten Gartenbereich lassen.

Da ab vierzehn Uhr die Zimmer bezogen werden konnten, reichte die Zeit noch für einen Check der letzten Buchungen am Computer, bevor die neuen Gäste eintrafen. Aufgrund des schönen Wetters und des verlängerten Wochenendes waren tatsächlich noch kurzfristige Anfragen dazugekommen. Sie musste unbedingt Anton Bescheid geben, dass das Haus voll sein würde. Schließlich mussten die Mengen beim Buffet dementsprechend angepasst werden.

Während sie mit einem älteren Ehepaar im Gespräch war, das jedes Jahr im Frühsommer für ein paar Tage anreiste, sah sie einen Mann in verbeultem Sakko und ausgelatschten Turnschuhen durch die Eingangstür kommen, der schon wiederholt Probleme gemacht hatte. Innerlich stöhnte sie auf. Der hatte ihr noch gefehlt. Sein Name war Max Weber. Er war einer dieser schmierigen Reportertypen, die für eine gute Story ihre Großmutter verkaufen würden.

Mit dem Kommentar »Die Chefin hat eine wichtige Besprechung« schob er ungeniert das Paar zur Seite und lehnte sich lässig an den Tresen. Die Stammgäste sahen Valerie entsetzt an, die sich bei ihnen entschuldigte, ihnen ihre Zimmerkarte zusteckte und versprach, das Gespräch später fortzuführen.

Valerie war richtig wütend ob seiner Dreistigkeit. »Was fällt Ihnen ein, meine Gäste so zu behandeln? Wenn Sie hier schon unerwünscht auftauchen, dann halten Sie sich wenigstens an ein Mindestmaß anständigen Benehmens. Sonst fliegen Sie hier hochkant wieder hinaus, Herr Weber.«

»Bleib locker, Chefin. Beruhig dich. Ich bin doch nur hier, weil ein Vöglein mir gezwitschert hat, dass die Hehenberg wieder bei euch ist. Sieht nicht so gut aus in letzter Zeit. Weiß man da schon was? Woran liegt's denn? Burn-out? Finanzielle Probleme? Ein Liebhaber, der sie verlassen hat?« Weber grinste anzüglich.

»Sie sind ein Widerling. Sie wissen schon lange, dass Sie keine Informationen über unsere Gäste bekommen. Weder ob sie hier sind noch über ihr Befinden. Suchen Sie sich gefälligst eine andere Story. Bei uns gibt es nichts zu berichten.

Leben Sie wohl! Ich habe Besseres zu tun, als mich mit Ihnen zu unterhalten.«

Erbost wandte sich Valerie ab und gab vor, hinten im Regal Unterlagen zu suchen, die sie gar nicht brauchte. Inständig hoffte sie, dass der unsympathische Kerl dann verschwinden würde. Da sie wenig später nichts mehr von ihm hörte, drehte sie sich um und sah, wie er einer Hyäne gleich auf Beutesuche durch die Lobby schlenderte. In diesem Moment spürte sie eine warme Hand auf ihrer Schulter.

»Ich mach das schon.« Unbemerkt war Viktor hinter sie getreten. Er musste das Gespräch mitbekommen haben.

Valerie sah zu, wie er mit dem Journalisten sprach, der sich daraufhin provokant langsam noch einmal in der Lobby umblickte, ehe er sich auf den Weg nach draußen machte. Ein ungutes Gefühl übermannte sie. Weber hatte im Ort schon mehrfach für Ärger gesorgt. Er bekam stets Wind davon, wenn berühmte Gäste zum Skifahren, Wandern oder auch nur für ein paar entspannte Tage in Bad Gastein waren. Er heftete sich an ihre Fersen, lauerte ihnen mit der Kamera auf und schrieb dann verunglimpfende Artikel. Eine wahrheitsgetreue Darstellung war ihm noch nie wichtig gewesen.

Viktor trat an ihre Seite. Wie so oft erriet er ihre Gedanken. »Mach dir nicht schon wieder Sorgen. Fürs Erste sind wir ihn los. Und wenn Frau Hehenberg nicht viel außer Haus geht, wird er sie gar nicht zu Gesicht bekommen, gell? Außerdem kennt sie von ihren letzten Besuchen unseren Hinterausgang und weiß, dass sie den benutzen darf, wenn sie ungesehen das Gebäude verlassen möchte. Ich geh noch zu ihrer Assistentin rauf und warne sie vor, dass Weber hier rumschleicht und auf eine Story hofft.«

Beruhigt machte sich Valerie an die Arbeit. Im Laufe des Nachmittags trudelten die neuen Gäste ein, und die anderen kamen von ihren Ausflügen zurück. Sie berichteten von ihren Wandertouren und erkundigten sich nach den Angeboten im

Hotel. Manche wollten lediglich ein paar Worte plaudern. Valerie blieb kaum eine freie Minute, es war jedoch die Art von Trubel, die sie liebte.

Plötzlich tauchte allerdings ein Mann im Eingangsbereich auf, den sie noch nie gesehen hatte. Er trug einen dunklen Anzug mit Krawatte, was im Hotel eher ungewöhnlich war. Seinem grauen Haar nach schätzte Valerie ihn auf ungefähr fünfundfünfzig Jahre. Der Aktenkoffer, den er bei sich hatte, verlieh ihm etwas Geschäftsmäßiges. Aus seinem Gesichtsausdruck schloss Valerie, dass er sich unwohl fühlte.

Zögernd trat er an die Rezeption, räusperte sich und fragte nach Lieselotte Hehenberg.

»Tut mir leid, über unsere Gäste darf ich Ihnen keine Auskunft geben. Wenn Sie jemand suchen, dann sollten Sie es am besten telefonisch probieren.« Mit diesen Worten wandte Valerie ihren Blick auf den Bildschirm des Computers, der seitlich stand, um dem Mann zu signalisieren, dass das Gespräch beendet war.

Doch dieser war sichtlich unglücklich über die nichtssagende Auskunft, ging ein paar Schritte Richtung Ausgang und blieb dann mitten in der Lobby verloren stehen. Er strahlte Unschlüssigkeit aus. Als sein Blick auf die Bar fiel, die sich in einer Ecke des Raumes befand, erhellte sich seine Miene kurz. Er steuerte auf einen freien Tisch zu und rückte sich den Stuhl so zurecht, dass er den Großteil des Eingangs- und Rezeptionsbereichs überblicken konnte. Offenbar wollte er bei einem Getränk sein Glück versuchen und warten, ob Lieselotte Hehenberg zufällig vorbeikam. Na, da konnte er lange warten. Vermutlich würde sie ihr Zimmer im Laufe des Tages nicht mehr verlassen.

Valerie fand sein Verhalten eigenartig. Sie beschloss, den Mann zur Sicherheit im Auge zu behalten, hatte dann aber so viel zu tun, dass sie erst gegen Abend bemerkte, dass er nicht mehr da war. Sie hatte übersehen, wie er das Hotel verlassen hatte. Auch gut. Wichtig war nur, dass er weg war und Lieselotte Hehenberg nicht hatte stören können.

Valerie musste sich sputen. Wenn sie pünktlich beim Stammtisch sein wollte, konnte sie es sich nicht leisten zu trödeln. Die Zeit war in Windeseile vergangen, weil sie durchgehend im Gespräch gewesen war.

Nachdem sie alle eingegangenen Buchungen bestätigt und mit Anton den Menüplan für die nächste Woche besprochen hatte, rief sie Nelly und ging mit ihr hinauf ins Appartement. Endlich Feierabend. Eine der Rezeptionistinnen hatte für sie übernommen, für den Fall, dass noch jemand von den Gästen ein Anliegen hatte.

Oben waren bis auf Andi alle ausgeflogen.

»Wo sind denn Papa, Lea und Jakob?«, fragte Valerie.

»Papa ist noch schnell ins Tourismusbüro gegangen, ist aber bald wieder da. Und die anderen sind zur Paragleitschule gefahren. Morgen hat Jakob einen Tandemflug mit einem Gast aus dem Hotel ›Bellavista‹. Dafür möchte er schon alles vorbereiten. Er will nämlich nicht so früh aufstehen, hat er gesagt. Die zwei holen dann Nora und Felix ab und treffen sich mit uns gleich im ›Försterhütterl‹.«

Valerie war stolz auf ihre Kinder. Sie waren alle drei auf ihre eigene Art wunderbar. Sie war neugierig, was sie einmal aus ihrem Leben machen würden, obwohl sich das bis zu einem gewissen Grad bereits abzeichnete. Andi würde vermutlich im Hotel bleiben. Lea unter Umständen auch, aber bestimmt erst, nachdem sie ein paar Jahre Auslandserfahrung gesammelt hatte. So gern sie hier im Tal war, so groß war andererseits ihr Bedürfnis, die Welt zu erkunden. Wenn es nach ihr ginge, würde sie für längere Zeit in der Ferne leben und erst wieder zurückkommen, wenn ihre Sehnsucht gestillt war. Dass sie dem Hotel komplett den Rücken kehren würde, konnte sich Valerie nicht vorstellen, da sie sich so damit verbunden fühlte und den Kontakt mit den Gästen liebte.

Jakob hatte andere Pläne. Er wollte sein Hobby zum Beruf machen. Wenn er freihatte, war er hauptsächlich unten in Badbruck in der Paragleitschule anzutreffen. Der Besitzer ging auf die sechzig zu und spielte mit dem Gedanken, seinen Lebensabend auf den Kanarischen Inseln zu verbringen. Da wäre er nicht der erste Gasteiner. Auch Valeries Eltern wohnten den Großteil des Jahres auf Teneriffa, seit sie Viktor und ihr das Hotel übergeben hatten. Jakob war fest entschlossen, den Betrieb zu übernehmen und ihn im Team mit Felix zu einem Sportzentrum auszubauen. Die Pläne wurden immer konkreter, jedoch mussten sie erst noch ihr Studium abschließen. Felix hatte sich für Sportwissenschaften in Salzburg eingeschrieben, und Jakob besuchte eine kleine Privatuniversität in der Nähe der Landeshauptstadt, wo er Betriebswirtschaftslehre studierte und einen Zusatzlehrgang für Sport- und Eventmanagement absolvierte. Kooperieren könnten sie dann mit allen Hotels im Tal. Die Idee war auf jeden Fall vielversprechend, und Bedarf gab es bei den vielen Touristen allemal.

Als Valerie sich umgezogen hatte und Viktor wieder da war, machten sie sich mit Andi auf den Weg zum Stammtisch. Sie nahmen den Lift und wären um ein Haar mit der Rezeptionistin zusammengestoßen, die im Erdgeschoss einsteigen wollte. In der Hand hielt sie einen wunderschönen Strauß roter Rosen.

»Haben Sie einen neuen Verehrer, Simone?«, fragte Viktor schmunzelnd.

Die junge Angestellte lief puterrot an und antwortete verlegen: »Aber nein, die sind doch für Frau Hehenberg. Sie wurden eben von einem Boten gebracht, und ich trag sie zu Frau Lechner hoch. Die soll sie ihr geben.«

Valerie hatte gedacht, dass ihr prominenter Gast seinen Aufenthalt in Bad Gastein geheim halten wollte, aber wie es aussah, funktionierte das nicht so richtig. Da ging es zu wie im Taubenschlag. An nur einem Tag waren Lieselotte Hehenbergs Ehemann, der Reporter Max Weber, der Mann mit dem dunklen Anzug und ein Blumenbote hier gewesen. Das war ein bisschen viel Trubel für jemand, der seine Ruhe haben wollte.

Viktor drückte ihre Hand und sah ihr in die Augen. »Lass es gut sein, Valerie. Grüble nicht schon wieder über Dinge nach, die dich nichts angehen. Jede Frau freut sich über Blumen, gell? Das hebt mit Sicherheit ihre Stimmung. Wir wissen doch nicht, warum sie sich so zurückzieht. Also hör auf, darüber nachzudenken, und genieß die Zeit mit uns. Endlich sind wir alle wieder einmal beisammen, das ist doch viel wichtiger.«

»Ja, du hast recht. Ich darf mir nicht wegen jeder Kleinigkeit so viele Gedanken machen. Ab sofort gehört der Abend nur noch uns.«

Beschwingt verließ sie mit Andi und Viktor das Hotel. Über den Straubingerplatz gingen sie zur Brücke, wo Valerie wie üblich einen Moment stehen blieb und das Tosen des Wasserfalls auf sich wirken ließ. Auch wenn das Wetter im Moment schön war, hatte es bis vor wenigen Tagen stark geregnet, sodass die Ache viel Wasser führte und das Rauschen noch lauter war als sonst.

Sie liebte den Wasserfall, der sich von oben durch eine steile Felsschlucht seinen Weg durch den Ort bahnte. An Tagen wie diesem spritzte die Gischt in feinsten Tröpfchen bis über das Geländer. Das sollte angeblich für die Atemwege gesund sein, und Kurgäste stellten sich seit Jahrhunderten hierher, um die Luft und den Anblick in sich aufzunehmen. Wenn sie genug Zeit hatte, ging sie erst auf die eine Seite der Brücke und sah nach oben, von wo das Wasser kam, und dann auf die andere, wo man bis zum »Turbinencafé« hinabblicken konnte. Dort machte der Wasserfall eine Biegung und rauschte dann in weniger steilem Gelände weiter nach Badbruck.

Valerie genoss diesen kurzen Moment, verzichtete aber darauf, länger stehen zu bleiben, weil Andi neben ihr ungeduldig wurde.

»Ich hab Hunger, Mama. Lass uns endlich weitergehen.

Du tust ja so, als hättest du den Wasserfall noch nie gesehen, dabei wohnst du daneben.«

Bis zum Gasthaus »Försterhütterl« waren es nur wenige Meter, vorbei am ehemaligen Kongresszentrum und einem imposanten Hotel. Leider stand beides schon längere Zeit leer. Die Gemeinde hoffte inständig auf ein Übereinkommen mit dem derzeitigen Besitzer, da die Gebäude mitten im historischen Zentrum sinnvoll genutzt werden sollten. Der Verfall, der nicht zu übersehen war, machte den morbiden Charme des Ortes aus, von dem viele sprachen. Die einen liebten ihn, die anderen stieß er ab. Auf jeden Fall hatten diese imposanten Häuser schon für viel mediale Aufmerksamkeit gesorgt, und das Thema würde sich wohl noch länger hinziehen.

Der Wirt des »Försterhütterl« hatte ihnen ihren Stammplatz im ersten Stock des Lokals reserviert. Hier schaute Andi gern dem italienischen Pizzabäcker zu, der mit flinken Handgriffen die Pizzen drehte und hinter sich in den Holzofen schob. Neben italienischen Spezialitäten gab es natürlich auch regionale Gerichte, doch die hatten sie in höchster Qualität im Hotel, deshalb entschieden sie sich meistens für Pizza.

Anton, als halber Italiener, freute sich bei jedem Stammtisch darauf und genoss es, einmal nicht selbst kochen zu müssen, wie er stets betonte. Außerdem schwatzte er gern in lautstarkem Italienisch mit dem Pizzaiolo, der aus der Gegend von Neapel stammte.

Es wurde ein netter Abend. Felix und Jakob erzählten die neuesten Anekdoten aus ihrem Wohnheim, und Viktor und Anton wärmten wieder einmal ihre alten Internatsgeschichten aus der Zeit in der Tourismusschule auf, die nicht nur Valerie und Nora, sondern auch die Kinder in- und auswendig kannten, über die die Männer aber seit gut dreißig Jahren lachen konnten.

Die Zeit verging wie im Flug. Als der Kellner rund um sie aufräumte und sich das Gasthaus leerte, beendeten auch die

Thallers mit ihrer »Familie« den Abend. Fröhlich plaudernd betraten kurz darauf Valerie, Viktor und die Kinder das Hotel und nahmen den Lift, der auf dem Weg nach oben im dritten Stock anhielt. Zu ihrer großen Überraschung stieg Lieselotte Hehenberg ein. Valerie bemerkte erfreut, dass sie entspannter aussah als zuvor. Sie hatte sich für ein rotes Kleid entschieden, ihr Haar fiel ihr in leichten Wellen über die Schultern, und sie hatte Lidschatten und Lippenstift aufgetragen. Eigenartigerweise hing ein Badetuch über ihrem Arm.

Entschuldigend meinte sie: »Ich muss einmal raus hier, ich kann mich nicht permanent in meinem Zimmer verstecken. Heute mache ich mir noch einen schönen Abend.«

Sie verabschiedete sich, als die Thallers ausstiegen, rief Lea noch zu, dass sie sich auf den nächsten Morgen freue, und drückte auf den untersten Knopf, der sie zum Hinterausgang bringen würde.

Valerie hätte zu gern gewusst, was jemand, der so schick gekleidet war, mit einem Badetuch wollte, doch die Privatsphäre ihrer Gäste war ihr heilig, und so verdrängte sie den Gedanken wieder und konzentrierte sich auf die Tatsache, dass Lieselotte Hehenberg endlich guter Laune gewesen war. Das waren ausgezeichnete Neuigkeiten, die sie positiv stimmten.

# VIER

Als Valerie am nächsten Morgen übermüdet ins Büro ging, lehnte Lea bereits am Tresen der Rezeption und sah ihr entgegen. Ich werde alt, dachte sie beim Anblick ihrer vor Energie sprühenden Tochter.

»Was machst du denn schon so früh auf den Beinen?«, fragte sie.

Lea biss in das Croissant, das sie sich aus der Küche geholt hatte, und trank im Stehen einen Kaffee. Obwohl sie so viel aß, war sie gertenschlank und – zumindest der Meinung ihrer Mutter nach – unglaublich gut aussehend mit ihren langen blonden Haaren und den stechend blauen Augen.

»Frau Hehenberg möchte vor der Massage gemeinsam mit ihrer Assistentin eine Morgenmeditation machen. Ist doch *nice*. Offenbar hat es sich schon herumgesprochen, dass ich das anbiete. Ich muss deshalb früher hinauf. Ich gehe mit ihnen in den Ruheraum im Wellnessbereich. Da sind wir um diese Uhrzeit ungestört.«

»Mach das, mein Schatz. Sag ihr liebe Grüße und frag sie, ob sie heute Lust hat, mit Papa auf die Alm zu wandern. Es haben sich nur drei Leute dafür angemeldet, allesamt alte Stammgäste. Es wird mit Sicherheit ein ruhiger Ausflug, bei dem sie nicht Gefahr läuft, von unguten Promijägern überfallen zu werden. Außerdem zeigt er ihnen auf dem Rückweg ein paar seiner geheimen Eierschwammerlplätze. Du weißt, dass die Gäste es lieben, wenn sie am Abendbuffet ihre selbst gesammelten Schwammerl in Soße essen können. Das schmeckt ihnen dann besonders. Dieser kleine Ausflug könnte das Richtige für Frau Hehenberg sein, wo sie doch gestern Abend einen recht guten Eindruck gemacht hat.«

Valerie betrat das Büro und ging den Dienstplan durch,

wie sie es jeden Morgen machte. Lea verschwand Richtung Wasserfall-Suite, kam jedoch wenig später im Eilschritt wieder zurück.

»Da stimmt was nicht, Mama. Die Hehenberg ist nicht in ihrem Zimmer. Frau Lechner hat mehrmals geklopft, sie hat sich aber nicht gemeldet. Dann sind wir rein, und die Suite war leer, das Bett unberührt.«

»Dafür gibt es mit Sicherheit eine logische Erklärung.« Valerie gab sich positiver, als sie sich fühlte. »Gewiss macht sie nur einen Spaziergang und hat selbst aufgebettet. Ich werde die Augen offen halten, wenn ich zum Baden gehe. Und sonst sehen wir weiter, wenn ich wieder da bin. Sie kann sich nicht in Luft aufgelöst haben und taucht höchstwahrscheinlich bald wieder auf.«

Besorgt, aber dennoch entschlossen, nicht Gespenster zu sehen, wo keine waren, so wie Viktor ihr das immer riet, eilte Valerie ins Appartement und zog sich den Badeanzug an. Sie schlüpfte in einen kuscheligen Frotteemantel – mehr brauchte sie nicht für das kurze Wegstück – und machte sich gemeinsam mit Nelly auf den Weg zu ihrem freitäglichen Morgenritual. Keiner in der Familie hatte Verständnis dafür, aber sie hielt eisern daran fest. Schon seit ihrer Kindheit schlich sie sich aus dem Hotel und lief die paar Treppen dahinter den Hügel hinab bis zum »Turbinencafé«. Dort, gut versteckt hinter Bäumen und Gestrüpp, gab es nahe dem Wasserfall eine kleine Hütte. Valerie wusste nicht, wem sie gehörte, und sie hatte auch nie Erkundigungen deswegen eingeholt. Sie nahm an, dass sie auf Gemeindegrund stand, weil nie ein Besitzer zu sehen gewesen war. Ein paar alteingesessene Bad Gasteiner machten es wie sie und nahmen dort drinnen regelmäßig ein Bad.

Der Ort war berühmt für sein radonreiches Thermalwasser, das an unterschiedlichen Stellen aus dem Felsen sprudelte. Die Kurhäuser, Hotels, die Felsentherme und diverse Gesundheitseinrichtungen konnten das Wasser nutzen, doch für die

Bewohner des Ortes hieß das, dass viele von ihnen für ein Thermalbad extra bezahlen mussten. Nicht so in der Hütte, die aus diesem Grund ein Geheimtipp für Einheimische war. Sie war über einen Felsen gebaut worden, aus dem durchgehend Thermalwasser sprudelte. Vor ewigen Zeiten hatte jemand eine Art Wanne rund um die Quelle betoniert, in die man sich beim Baden bequem hineinsetzen konnte. Von unten kam aus dem Felsen frisches Wasser nach, das über ein Rohr am oberen Rand der Wanne wieder abfließen konnte. So hatte man stets frisches Wasser, ohne dass es eine Überschwemmung gab.

Valerie hatte diesen Ort durch ihre Großmutter kennengelernt. Gemeinsam waren sie freitags dorthin gegangen und hatten abwechselnd ein Bad genommen. Bei dieser Gelegenheit hatte ihre Omi, wie sie sie liebevoll genannt hatte, stets alte Geschichten aus dem Gasteiner Tal zum Besten gegeben. Das war zu einem Ritual geworden, das Valerie jede Woche aufs Neue genossen hatte. Aus diesem Grund hatte sie nach Großmutters Tod beschlossen, weiterhin zur Quelle zu gehen, obwohl sie es allein ein bisschen unheimlich fand, weil die Hütte doch sehr versteckt und düster war. Zur Sicherheit nahm sie stets ihre Hündin mit.

Als Valerie durch die Hintertür des Hotels geschlüpft war, blieb sie einen Moment stehen und atmete die herrliche Bergluft ein. Sie liebte diese Jahreszeit, wenn die Wälder in sattem Grün zum Wandern einluden und man an manchen Bergspitzen noch kleine Schneefelder glänzen sah. Der Wetterbericht hatte Südföhn angekündigt. Dieser trockene Wind war typisch für die Täler im Norden des Alpenhauptkamms. Auf dem Weg die Bergrücken hinab heizte sich die Luft auf, weswegen zu jeder Jahreszeit milder Wind, in Ausnahmefällen sogar ein warmer Föhnsturm bis zur Orkanstärke möglich war. An diesem Morgen war es eher eine leichte Brise.

Valerie wartete einen kurzen Moment, dann hörte sie auch

schon die Kirchenglocken. Pünktlich auf die Minute läuteten sie acht Mal. Das war erfahrungsgemäß der beste Zeitpunkt für ihr Thermalvergnügen, da sie nicht damit rechnen musste, dass jemand sie störte. Die meisten waren schon in der Arbeit oder auf dem Weg dorthin.

Da sie nur mit dem Bademantel bekleidet war, beeilte sie sich, über die Stufen nach unten zu kommen. Föhn hin oder her, frisch war es um diese Tageszeit in den Bergen trotzdem immer. Das warme Wasser war ein besonderer Genuss, wenn es draußen kühl war, und sie freute sich schon darauf, sich in die Wanne gleiten zu lassen.

Nelly tollte herum, lief kreuz und quer und hatte dabei immer die Nase dicht am Boden. Auch sie liebte dieses Freitagsritual. Erstens gab es allerlei Gerüche im Gebüsch rund um die Hütte zu erschnüffeln, und zweitens hatte Valerie stets einen kleinen Leckerbissen für sie in der Tasche ihres Frotteemantels versteckt. Belohnung fürs Aufpassen musste schließlich sein, wobei Valerie bewusst war, dass sie die Hündin zu sehr verwöhnte.

Am Fuße der Treppe rannte Nelly voraus, lief vorbei am »Turbinencafé« Richtung Waldstück und schnupperte intensiv am Boden, als ob sie eine Spur aufgenommen hätte. Womöglich hatten in der Nacht wieder Hasen im Gras unter den Bäumen gesessen. Die liebte sie besonders.

Neben dem kleinen Trampelpfad lag ein silberfarbenes, glänzendes Bonbonpapier im Gras. Valerie hob es auf und steckte es in die Tasche. Vermutlich von einem ausländischen Touristen, dachte sie. Die Verpackung kam ihr nicht bekannt vor. Wieder einmal ärgerte sie sich über die Nachlässigkeit der Leute, die gedankenlos überall ihren Müll hinwarfen.

Kopfschüttelnd ging sie weiter, hörte aber Nelly plötzlich aufgeregt bellen. Nur wenige Meter trennten sie von der Hütte – einmal machte der Pfad noch eine Biegung. Zu ihrer großen Verwunderung jagte Nelly jedoch keinem Hasen nach, sondern stand hektisch kratzend vor der Tür und benahm sich eigenartig.

Schade, besetzt, dachte Valerie, ging aber trotzdem weiter. Es konnte nicht schaden, sich zu vergewissern, dass die Thermalwanne tatsächlich belegt war.

Die Tür stand einen kleinen Spalt offen. Üblicherweise war es drinnen stockduster, doch diesmal war es nicht so dunkel wie sonst. Valerie konnte einen schwachen, flackernden Lichtschein erkennen, der aus dem Inneren der kleinen Hütte kam. Offensichtlich hatte es sich der- oder diejenige in der Hütte mit Kerzenlicht gemütlich gemacht.

Das ist eine gute Idee, in Zukunft könnte ich mir auch welche mitnehmen, dachte Valerie und klopfte an die Tür. »Hallo, ist da jemand? Liegen Sie noch länger in der Wanne, oder sind Sie bald fertig?« So schnell wollte sie sich nicht geschlagen geben. Schließlich hatte sie sich schon auf ihr Bad gefreut. Ein bisschen Muskelentspannung würde ihr guttun.

Nichts regte sich.

»Hallo?«

Wieder nichts.

Kurz kam Valerie der Gedanke, dass sie besser wieder ins Hotel gehen sollte. Die ganze Situation war mehr als unheimlich. Schließlich war sie hier bis auf Nelly ganz allein, weit und breit keine Menschenseele um diese Tageszeit. Vermutlich wäre es vernünftiger, auf ihr Bad zu verzichten. Doch dann schalt sie sich einen Angsthasen. Was sollte schon sein? Es würde wohl kaum ein Verrückter dort drinnen auf sie lauern. Es hatte bestimmt einfach jemand die Kerzen stehen lassen und war schon wieder gegangen. Ihr sollte es recht sein, dann war es nicht so düster in der Hütte, wenn sie badete.

Sie befahl Nelly, sich wie üblich vor den Eingang zu setzen, und trat ein.

Der Anblick, der sich ihr bot, jagte ihr Gänsehaut über den Rücken. Binnen einer Sekunde nahm sie alles auf einmal wahr, und trotzdem fühlte es sich an, als würde ein Film in Zeitlupe ablaufen. Auf dem betonierten Rand der wuchtigen Wanne standen rote und weiße Kerzen, von denen das flackernde Licht ausging, das sie durch den Spalt bereits gesehen hatte. Dazu kamen unzählige Teelichter, die mittlerweile heruntergebrannt waren. Am Boden und im Wasser waren rote Rosenblätter verstreut, und ein halb volles Champagnerglas vervollständigte die Szenerie eines romantischen Stelldicheins. Da hatte sich jemand viel Mühe gegeben und eine wirklich einladende Atmosphäre geschaffen.

Während ihr der Duft der Rosen in die Nase stieg, blieb Valeries Blick jedoch an der Person hängen, die in der Wanne lag und einen makabren Kontrast zum Rest darstellte. Es war eindeutig eine Frau. Sie trug einen roten Bikini, und bei genauerem Hinsehen erkannte Valerie auch, um wen es sich handelte. Es war Lieselotte Hehenberg. Ihr dunkles, langes Haar bewegte sich durch das Einströmen des Quellwassers und verdeckte zum Teil das Gesicht. Der Kopf war zur Seite gekippt, die Haut aschfahl, und auf den Lippen war noch Lippenstift zu sehen, der farblich perfekt zu den Rosenblättern passte.

Wie Schneewittchen, dachte Valerie.

Am Wannenrand befand sich eine Blutlache, die keinen Zweifel daran aufkommen ließ, welches Unglück hier passiert sein musste. Valerie wollte schreien, doch kein Ton kam über ihre Lippen. Wie erstarrt stand sie da, wollte davonlaufen, konnte sich aber nicht bewegen. Auch ihren Blick vermochte sie nicht von der Toten zu wenden. Denn dass die Frau nicht mehr lebte, war ihr auf den ersten Blick klar gewesen. An ihrer Kehle klaffte eine offene Wunde, die vom Wasser umspült wurde.

Lieselotte Hehenberg musste schon länger so daliegen, da kein frisches Blut mehr nachkam, soweit das im fahlen Licht der Kerzen zu beurteilen war.

Als Nelly draußen vor der Tür erneut zu heulen und zu

bellen begann, war es, als würde ein Schalter in Valerie umgelegt werden. Endlich konnte sie sich aus ihrer Starre lösen, stolperte, ohne sich noch einmal umzudrehen, aus der Hütte und den Weg entlang. Hinter sich hörte sie das Knacken von Ästen und wurde noch panischer. Was war dort im Gebüsch? Ein Vogel, ein Hase oder gar der Mörder? Was, wenn sie ihn gestört hatte? Wenn er noch in der Nähe war? Wenn er mit ihr das Gleiche vorhatte wie mit Lieselotte Hehenberg?

Sie rannte um ihr Leben. Das kurze Wegstück war ihr noch nie so lang erschienen. Erst bei den Stufen, die zum Hotel hinaufführten, blieb sie stehen, hielt sich am Geländer fest und zwang sich, tief durchzuatmen. Ängstlich blickte sie in die Richtung, aus der sie gekommen war, doch zu ihrer großen Erleichterung war außer Nelly, die noch einmal zum Schnüffeln stehen geblieben war, niemand zu sehen.

Von hier aus konnte sie erkennen, dass das Leben auf der Straße oberhalb normal weiterging. In Anbetracht dessen, was sie eben erlebt hatte, kam ihr die Szenerie unwirklich vor. Die Menschen waren auf dem Weg zur Arbeit, zum Bäcker oder zu einer Wanderung. Niemand bemerkte sie, und für einen Augenblick war es, als ob die Zeit stillstünde.

Sie wollte um Hilfe rufen, brachte aber keinen Laut hervor. Wie durch Watte hörte sie, dass Nelly an der Tür zum Hotel jaulte. Sie musste gespürt haben, dass etwas nicht stimmte, und übernahm die Führung, zu der Valerie nicht imstande war. Wie ein Häufchen Elend stand sie kraftlos am Fuße der Treppe, bis sie über sich die Stimme von Viktor vernahm, der gewiss nachschauen wollte, warum die Hündin so einen Radau veranstaltete.

In dem Bewusstsein, dass Hilfe nahte, sank Valerie nieder. Hinter sich hörte sie ihren Mann die Treppe herunterlaufen und spürte wenige Augenblicke später, wie er sie sanft in den Arm nahm. Noch konnte er nicht wissen, was passiert war, aber dass seine Frau Hilfe brauchte, war ihm wohl klar.

Langsam drehte Valerie ihm das Gesicht zu, ein paar Tränen lösten sich aus ihren Augen, und sie zeigte in Richtung der Hütte.

Mehr als ein Stammeln brachte sie zu ihrer großen Verzweiflung nicht heraus: »Sie … liegt dort … in der Hütte … überall Rosen und Blut … wir … wir brauchen die Polizei … sie … sie ist tot.«

In Viktors Augen sah sie das gleiche Entsetzen, das sie selbst fest im Griff hatte. Trotzdem reagierte er umgehend, holte sein Handy aus der Tasche, rief den Polizeinotruf und zog Valerie noch näher zu sich heran. Dann informierte er Nora und bat sie, ins Hotel zu kommen und sich um Valerie zu kümmern, sowie Anton, der den Zwillingen Bescheid geben und dafür sorgen sollte, dass Andi auf keinen Fall zur Hütte runterkam. Am besten sollte er ihn mit in die Küche nehmen, wo er beschäftigt sein würde und seine Nase nicht in Sachen stecken konnte, die für Kinderaugen absolut ungeeignet waren.

Auch mit der diensthabenden Rezeptionistin telefonierte er und erklärte, dass es in der Nähe des Wasserfalls einen Vorfall gegeben habe, die Polizei in Kürze eintreffen werde und sie mit dem Team versuchen solle, dass die Hotelgäste möglichst nichts davon mitbekamen.

Valerie war einmal mehr davon beeindruckt, wie ruhig und umsichtig Viktor reagierte. Er war wie ein Fels in der Brandung, auf den sie sich verlassen konnte. Warum nur war sie selbst so unfähig zu handeln? – Es war die Angst, die sie lähmte. Das war schon als Kind so gewesen. Solange sie nicht in bedrohliche Situationen geriet, konnte sie das überspielen, im Alltag fiel ihre Ängstlichkeit nicht auf, sorgte nur ab und zu für ein kleines Schmunzeln in der Familie. Aber das hier war wohl der angsterfüllteste Moment ihres Lebens. Sie fühlte sich wie in einem schlechten Film, nur leider konnte sie ihn nicht abstellen.

Viktor gab ihr Zeit, drängte sie nicht, zu schildern, was sie gesehen hatte. Nur für einen Moment ließ er sie allein und sperrte Nelly ins Büro, wo sie die Arbeit der Polizei später nicht behindern würde. Außerdem brachte er eine Decke mit, die er Valerie über die Schultern legte, weil sie am ganzen Körper zitterte.

Das durchdringende Geräusch des Martinshorns kündigte das Eintreffen der Polizei an. Valerie nahm wie durch einen Nebelschleier wahr, wie zwei Wagen vom Straubingerplatz kommend auf der Straße neben dem Hotel auftauchten und an der Kirche vorbeifuhren. Sie wusste, sie würden den dahinterliegenden versteckten Weg zur unteren Wasserfallbrücke neben dem »Turbinencafé« benutzen. Von dort kam man am schnellsten zur Badehütte.

Viktor half Valerie auf und führte sie zu den Polizisten, die eben aus ihren Dienstwagen stiegen. Der ältere von ihnen war mit Viktor gemeinsam zur Schule gegangen, hieß Erwin Steininger und war der Bruder einer Jugendfreundin von Valerie. Die anderen drei waren deutlich jünger, und sie kannte sie nur vom Sehen.

Die Beamten holten gleich nach der Ankunft rote Absperrbänder aus dem Auto und begannen, die Gegend um die Hütte weiträumig abzugrenzen. Währenddessen erzählte Valerie, was passiert war. Sie hatte sich so weit gefangen, dass sie stockend, aber zumindest zusammenhängend das Geschehen schildern konnte. Erwins ruhige und kompetente Ausstrahlung gab ihr Sicherheit, soweit das in dieser Situation möglich war. Ihr war klar, dass das, was geschehen war, auch für ihn nicht zur Routine gehörte. Seit Langem schon leitete er die Polizeiinspektion in Bad Gastein, und einen Mord – denn dass es einer war, dessen war sie sich sicher – hatte es in den letzten Jahrzehnten hier im Ort nicht gegeben.

Auf Erwins Bitte hin setzte sie sich mit Viktor an einen der Tische auf der Terrasse des »Turbinencafés«, das genau zwischen Treppe und Hütte lag und um diese Uhrzeit noch geschlossen hatte. Durch die Glaswand, die am Rand der Terrasse aufgestellt worden war, um die Gäste vor dem Sprühregen zu schützen, blickte sie gedankenverloren auf den Wasserfall, der über die Felsen herabstürzte. Eine Unterhaltung war bei dem lauten Tosen schwierig, aber ohnehin unnötig. Es gab momentan nichts zu sagen. Sie konnten nichts anderes tun, als zu warten.

Von ihrem Platz aus sah Valerie, wie Erwin mit einem der jüngeren Polizisten über den kleinen Pfad im Gebüsch verschwand. Die anderen beiden hatten sich so positioniert, dass sie mögliche Spaziergänger oder Schaulustige vom Tatort fernhalten konnten.

Von Weitem war nun wieder ein Martinshorn zu hören. Zwei Krankenwagen bogen oben auf der Straße um die Hotelecke und parkten kurz darauf neben den beiden Polizeiautos. Einer der Beamten trat auf die Neuankömmlinge zu, deutete auf Valerie und führte dann den Arzt Richtung Hütte.

Zwei Sanitäter kamen zu Valerie und Viktor auf die Terrasse, stellten sich mit lauter Stimme vor – das Geräusch des Wasserfalls musste schließlich übertönt werden – und fragten Valerie, wie sie sich fühle.

Obgleich es ihr langsam besser ging, wies sie deutliche Anzeichen eines Schocks auf. Damit sei nicht zu spaßen, meinte der Ältere der beiden und bat Viktor, sie nach Hause zu bringen, sobald die Polizei es erlaube. Ein Beruhigungsmittel, das ihr der Arzt verabreichen müsste, lehnte Valerie ab. Der Sanitäter riet ihr, sich aber zumindest ein warmes Bad zu gönnen und sich dann auszuruhen. Für eine spätere, ausführliche Befragung sollte sie auf jeden Fall wieder zu Kräften kommen.

Nachdem sich die beiden Herren verabschiedet hatten, ließ sich Erwin neben ihnen auf einen Stuhl fallen. Er wirkte gefasst, sah aber dennoch bleich um die Nase aus. Sogar ihn hatte der Anblick der Toten in der Hütte nicht kaltgelassen.

Nachdem er sich geräuspert hatte, erklärte er ihnen die weitere Vorgehensweise. Da der Mediziner, wie vorherzusehen gewesen war, lediglich den Tod der Frau hatte feststellen können und die Umstände darauf hindeuteten, dass sie nicht auf natürliche Weise gestorben war, hatte Erwin umgehend die Kollegen in St. Johann und Salzburg verständigt. Sie würden sich so schnell wie möglich auf den Weg machen und samt den Leuten von der Tatortgruppe innerhalb der nächsten Stunde eintreffen.

»Ich muss dich das leider fragen, Valerie. Hast du eine Ahnung, wer die Tote in der Wanne ist? Kann es sein, dass sie bei euch im Hotel gewohnt hat?«

Valerie hatte den Eindruck, dass Erwin selbst einen Verdacht hatte, um wen es sich handeln könnte. Vermutlich wollte er sie nur nicht beeinflussen und sprach aus diesem Grund nicht weiter.

»Ich glaube schon«, sagte sie zaghaft. »Das heißt, ich bin mir ziemlich sicher, obwohl nur ein Teil des Gesichts zu sehen war. Ich glaube, dass es Lieselotte Hehenberg ist. Du weißt schon, die Hehenberg, der die Möbelkette gehört und die eine TV-Sendung mit Einrichtungstipps moderiert. Sie ist mit ihrer Assistentin vor ein paar Tagen angereist und hat für mehrere Wochen eine Suite bei uns gebucht.«

Erwin nickte und machte sich auf einem kleinen Block, den er aus der Hosentasche gezogen hatte, Notizen. »Ich hatte die gleiche Vermutung. Meine Frau sieht sich gern ihre Sendung an und hat sogar schon ein paar von ihren Tipps bei uns im Haus umgesetzt. Ich war anfangs skeptisch, aber alles, was sie gemacht hat, sieht echt klasse aus und war wirklich günstig. Die Frau weiß schon, wovon sie spricht. Ich meine natürlich, wusste …« Erwin rieb sich mit beiden Händen übers Gesicht und seufzte. »Oh Mann. Was für ein Tag. Seid so lieb und geht ins Hotel hinauf. Ruh dich am besten aus und wärm dich auf, Valerie. Ich komme dann später mit den Zuständigen von der

Kriminalpolizei nach. Die wollen sicher mit euch reden und müssen sich natürlich auch im Hotel umsehen. Gebt bitte der Assistentin Bescheid und schärft ihr ein, dass sie das Zimmer ihrer Chefin nicht mehr betreten darf. Oder noch besser wäre es, Viktor, wenn du alle Türen, die zum Zimmer führen, versperren könntest. Einer meiner Kollegen wird dich begleiten und dann unauffällig im Gang Wache halten. Er hat Zivilkleidung im Auto, dann ist er im Hotel nicht so auffällig. Aufregung unter den Gästen wird sich aber trotzdem nicht ganz vermeiden lassen. Ich muss euch leider darum bitten, dass niemand das Haus verlässt, bis wir das Okay dazu geben. Da es sich eindeutig um Mord handelt und wir noch keine Ahnung haben, in welche Richtung wir ermitteln müssen, zählt quasi jeder, der sich in der Nähe aufgehalten hat, zum Kreis der Verdächtigen.«

Viktor räusperte sich. »Du kannst dich auf uns verlassen, Erwin. Wir werden tun, was in unserer Macht steht, um euch bei der Aufklärung dieses Vorfalls zu unterstützen. Da Lieselotte Hehenberg unser Gast war, hängen wir ja automatisch in der Sache drin. Das ist mir klar.«

Valerie fiel auf, dass selbst er schlucken musste. Wie sollten sie es bloß den Urlaubern erklären?

»Natürlich wäre es mir lieber, wenn ihr unsere Gäste da raushalten könntet«, fügte Viktor hinzu, »aber ich verstehe, dass das nicht geht, auch dass ihr die Suite untersuchen müsst. Hoffentlich findet ihr den Mörder schnell.«

Ja, das hoffte Valerie auch.

Der Polizist in Zivilkleidung war an ihren Tisch getreten. Gemeinsam machten sie sich auf den Weg ins Hotel. Es war höchste Zeit für Valerie, ins Warme zu kommen. Schließlich war sie nach wie vor im Bademantel.

Mittlerweile stand eine ganze Menschentraube am Geländer an der Straße und sah neugierig in Richtung Brücke hinunter, wo die Polizeiwagen standen. Die Krankenwagen waren bereits verschwunden, für Notarzt und Sanitäter gab es hier nichts mehr zu tun.

Einer der Polizisten versperrte ein paar Schaulustigen, die sich dem Tatort zu nähern versuchten, energisch den Weg. Das war gut so. Für Sensationslust hatte Valerie kein Verständnis, aber trotzdem war es unmöglich, einen Mord in so einem kleinen Ort länger zu verheimlichen. Schon bald würden Klatsch und Tratsch Einzug halten, und jeder würde einen Verdächtigen gesehen haben wollen. Das Telefon würde bei ihnen kaum stillstehen, wie das eben so war in einem Dorf.

Eines war klar: Sie hatten noch einen langen Tag vor sich, und zwar keinen von den guten.

# FÜNF

Oben im Appartement angekommen, ließ sich Valerie mit zittrigen Knien auf die Couch sinken. Sie fühlte sich wie gerädert. Mit Viktor war ausgemacht, dass er mit dem Generalschlüssel alle Zugänge zur Suite verschließen und dem Polizisten die kleine Sitzgruppe am Ende des Ganges zeigen würde, von wo aus dieser unauffällig Lieselotte Hehenbergs Räumlichkeiten im Auge behalten konnte. Dann sollte er an der Rezeption bleiben, die Gäste beruhigen und verhindern, dass sie das Haus verließen.

Das wird der schwierigste Teil werden, dachte Valerie. Viele würden dafür kein Verständnis haben und sich von einem Hotelier nichts sagen lassen wollen. Sie konnte es sogar verstehen, aber Erwin hatte sie darum gebeten, da es die Ermittlungen erheblich erleichterte. Nur konnten sie natürlich niemand zum Bleiben zwingen. Sie hoffte inständig für Viktor, dass die Gäste sich in dieser Situation kooperativ zeigten.

Das Zittern hatte etwas nachgelassen. Valerie machte sich auf den Weg ins Badezimmer und drehte den Wasserhahn der Wanne auf. Vor ihrem inneren Auge erschien das Bild Lieselotte Hehenbergs, wie sie mit zur Seite geneigtem Kopf und der klaffenden Wunde an der Kehle inmitten des Rosenblättermeeres lag. Valerie erschrak erneut, als sie die Erinnerung so plötzlich überkam, und war froh, dass in diesem Moment Lea mit einer Tasse Kräutertee zur Tür hereintrat.

»Hier, Mama, ich glaube, den kannst du brauchen. Wir haben schon gehört, dass es einen Toten in der Hütte unten gibt, und haben euch vom Fenster aus beobachtet. Was ist denn passiert?«

Nun kam auch Jakob um die Ecke. Valerie war klar, dass ihr Bad wohl noch eine Weile warten musste.

»Na, kommt. Setzen wir uns in die Küche, und ich erzähl euch alles. Aber vorher, Jakob, ruf doch im Hotel ›Bellavista‹ an. Dein Tandemflug muss leider ausfallen. Es soll niemand das Hotel verlassen, das betrifft auch uns. Du kommst hier die nächsten Stunden nicht weg.«

»Echt? Aber wir haben doch gar nichts damit zu tun.« Jakob sah ehrlich überrascht aus.

»Ja, das ist für uns klar, aber nicht für die Polizei. Für sie zählt laut Erwin jeder, der in der Nähe des Tatorts gewesen ist und Kontakt zur Toten gehabt hat, zum Kreis der Verdächtigen, bis man ungefähr weiß, in welche Richtung die Ermittlungen laufen werden.«

»Du hast von *der* Toten gesprochen, Mama.« Wie üblich hatte Lea gut zugehört. »Ist es denn eine Frau?«

»Ja. Es ist leider Lieselotte Hehenberg, die ermordet wurde. Jetzt wissen wir auch, warum sie heute Morgen nicht in ihrem Zimmer gewesen ist, als du sie zur Meditation abholen wolltest.«

Lea wurde blass. »Aber das kann doch nicht sein. Ich hab gestern noch mit ihr gesprochen. Sie hat mir über die Rezeption ausrichten lassen, dass ich auf einen Sprung vorbeischauen soll, und wir haben an der Tür zu ihrer Suite gestanden und uns für heute verabredet. Und dann gestern Abend im Lift. Da hat sie doch so gestrahlt. Und war so … lebendig. Ich check das nicht.« Leas Augen glitzerten verdächtig, und die Mundwinkel zuckten leicht.

Valerie nahm ihre Tochter in den Arm. »Ich weiß, mein Schatz, ich bin ebenso schockiert wie du. Ich erzähl euch später im Detail, was passiert ist. Aber vorher muss ich endlich in die Wanne. Ich war die ganze Zeit im Bademantel draußen und muss mich unbedingt aufwärmen. Der Arzt hat gesagt, dass mit Schock nicht zu spaßen ist und ich mich dringend ausruhen soll.«

Das duftende Schaumbad, in das Valerie gestiegen war, hatte zwar dafür gesorgt, dass sich ihre Körpertemperatur nun wieder im Normalbereich befand, doch die innere Kälte hatte es nicht vertreiben können. Viel zu sehr hatte sie ihr eigenes Bad an das Lieselotte Hehenbergs erinnert. Bilder der Blutlache und der offenen Kehle waren so lange auf sie eingestürmt, bis sie sich abgeduscht und fluchtartig den Raum verlassen hatte.

Zum Glück wartete Nora in der Küche auf sie. Sie sah besorgt aus und nahm ihre Freundin fest in den Arm. Von tief unten aus Valeries Brust drängte sich langsam ein Schluchzen nach oben, erst leicht, dann immer heftiger. Minutenlang standen sie nur da und hielten sich fest. Als beste Freundin wusste Nora von Valeries Ängstlichkeit. Viktor und sie waren die einzigen Personen, bei denen sie sich so richtig fallen lassen konnte. Es tat gut, den Schmerz rauszulassen.

Nachdem die Tränen versiegt waren, fühlte sich Valerie zwar ausgelaugt, aber wieder so stark, dass sie dem, was nun auf sie zukommen würde, begegnen konnte.

Bei einer Tasse Earl Grey – Nora und sie liebten Tee in allen Variationen – schilderte Valerie, was vorgefallen war. Nora, die Lieselotte Hehenberg bei ihren letzten Aufenthalten im Hotel kennengelernt hatte, weil sie oft an den Yogaeinheiten teilnahm, war ebenfalls entsetzt, das merkte Valerie ihr deutlich an. Sie konnten sich nicht erklären, wie jemand zu so einer Tat fähig war. Es war eine Sache, solche Dinge im Fernsehen zu sehen, und eine ganz andere, im realen Leben damit konfrontiert zu werden. Bei der Vorstellung, dass ein brutaler Mörder frei im Ort herumlief, überkam sie Gänsehaut. Was mochte das Motiv für diese grausame Tat gewesen sein? Befand sich ein Psychopath im Tal? Ein Frauenmörder? Die gesamte Inszenierung mit den Kerzen und den Rosenblättern ließ darauf schließen. Doch war dem wirklich so?

Je länger sie überlegten, desto sicherer wurden sie, dass

es nur ein »Psychomord«, wie sie es nannten, gewesen sein konnte.

Hoffentlich kein Serienmörder, dachte Valerie. Allein bei dem Gedanken hatte die Angst sie wieder fest im Griff. Ihr Atem ging flach, ihre Hände zitterten leicht. Am besten verließ sie in nächster Zeit gar nicht mehr das Haus, sondern verschanzte sich im Hotel. Auch die Kinder sollten daheimbleiben.

Lea und Jakob standen nah am Fenster. Sie wollten nichts von dem verpassen, was unten in der Senke vor sich ging. Wenn etwas Interessantes passierte, gaben sie Valerie und Nora Bescheid, die weiterhin am Tisch saßen und an ihrem Tee nippten.

»Mama, das Team von der Spurensicherung kommt. Oder nennt man die Kriminaltechniker?« Jakob schaute fragend in die Runde, erntete aber nur ratlose Blicke, was er mit einem Achselzucken hinnahm. »Ist ja auch egal. Auf jeden Fall sind da Leute, die ziehen sich weiße Schutzanzüge an. Sogar die Füße packen sie ein. Das ist wie im Film. Echt krass. Ich glaub's nicht.« Er öffnete das Fenster und lehnte sich hinaus, um noch besser sehen zu können.

Faszinierend war es wohl, aber Valerie konnte sich wahrlich nicht dafür begeistern. Widerwillig trat sie ebenfalls ans Fenster und wagte einen vorsichtigen Blick nach unten. Sie traute ihren Augen nicht. Fünf Fahrzeuge – zwei davon mit Blaulicht – standen beim Wasserfall. Der abgesperrte Bereich war noch ausgeweitet worden, und überall waren Leute in Schutzanzügen, die nach möglichen Spuren suchten. Ein Leichenwagen stand mit geöffneter Tür nahe am Pfad. Valerie vermutete, dass sie die Tote bald abtransportieren würden.

Während sie nach draußen sah, läutete plötzlich das hausinterne Telefon.

»Valerie, bist du schon fit genug, dass die Kripo mit dir reden kann? Du bist laut Plan die Erste, dann bin ich dran, und im Anschluss daran werden Personal und Gäste befragt«, hörte sie Viktors Stimme.

Sie versprach, umgehend zu kommen. Die Gespräche, es würden wohl viele werden, sollten im sogenannten Stüberl stattfinden, das neben dem großen Restaurantbereich lag und für Feiern gebucht werden konnte. Anton würde Getränke bereitstellen, damit ihre Gäste, wenn sie schon mit einer so furchtbaren Situation konfrontiert waren, zumindest gut versorgt wurden.

Es tat gut, als Viktor sie unten in der Lobby noch einmal in seine Arme schloss und festhielt. Die vertraute Berührung und sein typischer Geruch gaben Valerie Sicherheit.

Kurz berichtete er, wie es ihm in der Zwischenzeit ergangen war. »Die Stammgäste waren Gott sei Dank sehr verständnisvoll. Alle haben sich bereit erklärt, wenn nötig hierzubleiben und auch ein kurzes Gespräch mit der Kriminalpolizei zu führen. Niemand war begeistert, aber alle haben eingewilligt.«

»Und die übrigen Gäste, die zum ersten Mal hier sind? Wie haben die reagiert?«, fragte Valerie.

Viktor verdrehte die Augen. »Nicht so gut. Ein paar von ihnen haben mit dem Rechtsanwalt gedroht, wenn sie nicht sofort das Hotel verlassen dürfen. Ich verstehe so ein Verhalten nicht.«

Damit war zu rechnen gewesen, schade war es trotzdem. Wieder einmal verhielten sich Menschen auf eine Art, die Valerie nicht nachvollziehen konnte. Einen Mord in unmittelbarer Nähe mitzuerleben, das wünschten sich wohl die wenigsten. Und trotzdem musste man sich den Gegebenheiten stellen.

Diese Gäste werden nicht mehr zu uns kommen, dachte Valerie, als Viktor sie losließ. Sie ging zur Stüberltür und klopfte an.

Ein genervt klingendes »Herein« ertönte von innen. Valerie straffte die Schultern und betrat den Raum, den sie kaum wiedererkannte. Jemand musste die Möbel verstellt haben, wodurch das Ambiente komplett verändert war. Aus dem gemütlichen Stüberl war eine Art Verhörzimmer geworden. Sogar die liebevoll arrangierten Dekoartikel waren unachtsam zur Seite gerückt worden. In der Mitte unter der Lampe stand ein rechteckiger Tisch. Dahinter saßen ein Mann und eine Frau. Davor stand ein einzelner Stuhl. Interessanterweise handelte es sich um einen, der schon vor Jahren ausrangiert worden war – ein Holzstuhl mit gerader Lehne ohne Sitzpolster, wie sie früher in Restaurants üblich gewesen waren. Ein paar davon hatten sie noch im Keller deponiert. Vermutlich hatte die Polizei Viktor extra darum gebeten, einen unbequemeren Stuhl zu besorgen. Methoden waren das.

Valerie schüttelte innerlich den Kopf. Vor allem, weil sie feststellen musste, dass die Beamten hinter dem Tisch mit der größten Selbstverständlichkeit auf den komfortablen neuen Stühlen saßen.

Der Mann – er hatte braunes, streng nach hinten gegeltes Haar, das von grauen Strähnen durchzogen war – bedeutete ihr mit einer ungeduldigen Geste, doch endlich Platz zu nehmen. Er stellte sich als Dr. Eberhard Siebert, leitender Ermittlungsbeamter, vor. Seine Kollegin ließ er unerwähnt.

Alles in Valerie sträubte sich gegen diesen aufgeblasenen Typen, der sich offenbar für Gott hielt und über keinerlei Umgangsformen verfügte. Bewusst ignorierte sie ihn, als er zu seiner ersten Frage ansetzen wollte, und wandte sich demonstrativ an die Frau, die sie altersmäßig gegen fünfundvierzig schätzte und die im Gegensatz zu ihm eine sehr sympathische Ausstrahlung hatte.

»Es tut mir leid, aber Ihren Namen muss ich wohl überhört haben. Wie war er doch gleich?«

Das war natürlich vollkommener Unsinn, da Dr. Siebert seine Kollegin dreist übergangen hatte. Aber solch ein Verhalten weckte in Valerie die Feministin, die trotz des traditionellen Familienlebens, das sie führte, in ihr steckte. Sie sah der Frau in die Augen und spürte einen Moment lang eine Art Verbundenheit.

Die Polizistin stellte sich mit einem leichten Grinsen und einem Seitenblick auf ihren Kollegen als Gruppeninspektorin Dorothea Oswald vor, Dr. Siebert zugeteilt als ermittelnde Beamtin.

Als Besagter seine genervt klingende Stimme erhob, wandte sich Valerie ihm zu. Sie konnte nicht explizit sagen, woran es lag, aber er war ihr zutiefst unsympathisch.

»Also, dann erzählen Sie von vorn, was heute Morgen passiert ist. Und schön in der richtigen Reihenfolge, wenn ich bitten darf.«

Mit diesen Worten nahm Dr. Siebert eine kleine Dose aus seiner Jacketttasche, klopfte sich eine Prise Schnupftabak auf den Handrücken und zog ihn mit beiden Nasenlöchern abwechselnd hoch. Zwischen Nase und Oberlippe blieben deutliche Pulverreste in den Bartstoppeln haften. Es sah ekelhaft aus. Zum Glück hatte er zumindest so viel Anstand, sich mit einem Taschentuch über die verschmutzte Stelle zu fahren.

Valerie konnte sich kaum auf ihre Antwort konzentrieren. Der Kripobeamte machte sie nervös. Stotternd schilderte sie, was vorgefallen war. Im Angesicht dessen, wie tragisch die Ereignisse waren, konnte Valerie beinahe nicht glauben, wie wenig Bedeutendes sie zu berichten hatte, um bei der Lösung des Falles behilflich zu sein. Sie hatte weder eine verdächtige Person gesehen noch am Tatort Gegenstände angefasst oder durcheinandergebracht. Was glaubte denn der Mann? Dass sie sich zu einer Toten in die Wanne setzte?

Als Dr. Siebert sie danach fragte, was sie gestern Abend zwischen dreiundzwanzig und vierundzwanzig Uhr gemacht habe und ob es dafür Zeugen gebe, kam Ärger in ihr hoch. Verdächtigte der Typ sie tatsächlich, Lieselotte Hehenberg, einen jahrelangen Stammgast des Hotels, in einem romantischen Blütenmeer umgebracht zu haben? Das war ungeheuerlich. Sie war sprachlos.

Dorothea Oswald bemerkte ihre Bestürzung und versuchte zu beschwichtigen.

»Frau Thaller, wir wissen, dass diese Situation nicht einfach für Sie ist, aber wir müssen diese Frage allen stellen, die mit dem Opfer in Verbindung standen. Das ist reine Routine.«

Gewiss hat sie recht, dachte Valerie. Schließlich liebte sie Krimis, egal, ob im Fernsehen oder in Büchern. Da wurde die gleiche Frage auch dauernd gestellt. Es war zumindest schön zu sehen, dass die Fiktion gar nicht weit von der Realität entfernt war. Lieber wäre es ihr aber gewesen, sie wäre nie in eine Lage gekommen, in der sie solche Vergleiche anstellen konnte.

Nach den Fragen zum Fund der Leiche folgten noch mehrere zu den letzten Tagen. Dr. Siebert wollte wissen, ob irgendetwas ungewöhnlich oder anders als bei den vorigen Aufenthalten des Opfers gewesen sei.

Als Valerie ihm bereitwillig seine Fragen beantwortete, wurde ihr bewusst, dass Lieselotte Hehenbergs eigenartiges Verhalten durchaus in Zusammenhang mit dem Mord stehen konnte. Sie versuchte, sich so gut wie möglich an ihre Beobachtungen zu erinnern, hütete sich aber davor, eigene Interpretationen anzustellen, denn Dr. Siebert war selbst dafür zuständig, dass er die richtigen Schlüsse zog. Die Tatsache, dass Lieselotte Hehenberg schlecht ausgesehen hatte, dass sie viel länger gebucht hatte als sonst – wollte sie womöglich aus Wien weg? – und dass sie gestern durch einen Boten Blumen bekommen und plötzlich viel besser gewirkt hatte, war schon verdächtig. Aber das sollte nicht ihr Problem sein. Sie würde sich am besten im Hotel verkriechen, dafür sorgen, dass ihre Familie sich nicht in Gefahr begab, und hoffen, dass Siebert den Mörder bald dingfest machen würde. Gut, dass es in einem

Hotel stets viel zu tun gab, vor allem im Moment, da die Gäste beruhigt werden mussten. Das würde sie ablenken.

Nach dem Gespräch – auf Valerie hatte es mehr wie ein Verhör gewirkt – brachte Dorothea Oswald sie noch vor die Tür.

Zerknirscht meinte die Gruppeninspektorin: »Es tut mir leid. Er ist zu allen Leuten so. Ich habe schon oft den Tag verflucht, an dem ich ihm zugeteilt wurde. Aber er ist gut, richtig gut. Ich habe bereits viel von ihm gelernt. Es wirkt häufig, als könnte er die Angst der Leute riechen.«

Na, da hat er dann bei mir genug zu schnuppern gehabt, dachte Valerie innerlich schmunzelnd. Denn obwohl sie sich keiner Schuld bewusst war, hatte sie sich von ihm in die Enge getrieben gefühlt.

Sie versicherte Dorothea Oswald, dass alles in Ordnung sei, und sie vereinbarten noch, in welcher Reihenfolge die Gäste und Angestellten sowie die Familie zum »Gespräch« kommen sollten. Bei den meisten würde es sich wohl darauf beschränken, herauszufinden, ob sie Kontakt mit Lieselotte Hehenberg gehabt oder Auffälliges beobachtet hatten, was zur Klärung des Falles beitragen konnte. Dann durften voraussichtlich die Gäste, die wollten, das Hotel auch wieder verlassen.

Valerie war froh, dass sie auf dem Weg Richtung Rezeption den vertrauten dunkelblonden Haarschopf von Viktor, der eben mit einem Mann im Gespräch war, sah. Beim Näherkommen bemerkte sie jedoch, dass es sich nicht um einen Gast handelte, sondern um Max Weber. Sie war so in Gedanken gewesen, dass sie ihn von hinten nicht erkannt hatte.

Sie hörte, wie Viktor mit unterdrückter Wut in der Stimme dem Reporter klarzumachen versuchte, dass es keine Story für ihn gebe, dass er nichts sagen werde. Wenn er Informationen wolle, dann solle er sich an die ermittelnden Beamten halten. Von ihm oder auch von seinem Personal werde er nichts erfahren.

Das erinnerte Valerie daran, dass sie unbedingt das Gespräch mit den Angestellten suchen musste. Erstens wollte sie nachsehen, wie es ihnen mit der schwierigen Situation ging, zweitens musste sie sie auf den neuesten Stand bringen und darauf vorbereiten, dass die Polizei mit allen reden würde, die mit Lieselotte Hehenberg Kontakt gehabt hatten, und drittens würde sie sie bitten, Max Weber keine Informationen zu geben. Der Schmierfink sollte nicht das Ansehen von Lieselotte Hehenberg in den Schmutz ziehen. Das hatte sie nicht verdient, selbst wenn sie als Tote nichts mehr davon mitbekommen würde.

Sie machte sich gleich daran, ihr Vorhaben in die Tat umzusetzen. Zwischendurch gab sie auch Lea Bescheid, dass sie sich unten im Stüberl melden solle, da sie am Todestag mit dem Opfer gesprochen hatte.

Inständig hoffte Valerie, dass die Polizei nicht auch noch Andi befragen würde. Sie hatte ihn bewusst nicht erwähnt. Und sollte das passieren, dann würde sie ihn auf keinen Fall allein zu Siebert gehen lassen. Der Mann konnte ein Trauma auslösen, da war sie sich sicher. So ein Ekel. Insgeheim verglich sie ihn mit Weber, obwohl die beiden ihre Brötchen mit unterschiedlichen Jobs verdienten. Wobei – so unterschiedlich waren sie gar nicht. Beide versuchten, aus anderen Leuten Informationen herauszukitzeln, die sie gegen sie verwenden konnten. Bei dem Vergleich entschlüpfte Valerie sogar ein schiefes Grinsen.

»Ah, *mia cara*, du kannst schon wieder lächeln. Das ist schön.« Anton kam ihr auf dem Weg zur Küche entgegen.

»Na ja, ›lächeln‹ ist zu viel gesagt, aber ich hab eben darüber nachgedacht, dass Dr. Siebert, also der Polizist von der Kripo, und Max Weber entscheidende Gemeinsamkeiten haben. Erstens löchern sie die Leute so lange mit Fragen, bis sie sie in die Pfanne hauen können – jeder auf seine Art natürlich –, und zweitens rangieren sie auf meiner Sympathieskala gleich weit unten. Sie sind sich deshalb sehr ähnlich, die Herren.«

Nun musste auch Anton grinsen. »*Sì, sì*, da hast du gar nicht so unrecht. Der Vergleich ist gut. Ich hab den Siebert vorhin kennengelernt, wie ich die Getränke reingebracht habe. *Un tipo antipatico.*« Er machte eine seiner typisch italienischen Gesten, von der Valerie lieber nicht wissen wollte, was sie bedeutete. »Du, noch was anderes. Ich hab eben Andi ins Appartement gebracht. Jakob ist bei ihm. Ich hab versucht, ihn möglichst abzulenken. Ich glaube, das hat gut funktioniert. Er durfte Schnitzel frittieren, worauf er mächtig stolz war.«

Valerie seufzte erleichtert. »Danke, Anton, du bist der Beste.«

Der Koch rieb sich den Nacken. »*Nessun problema*, du weißt, dass ich ihn gern in der Küche hab. Aber jetzt bin ich auf der Suche nach Nora. Weißt du, wo sie ist? Ich hab geglaubt, sie ist bei euch.«

»Die ist wieder nach Hause gefahren, weil ich zum Gespräch mit Siebert musste. Warum fragst du?«

»Ich mache mir Sorgen um sie, wenn da so ein wahnsinniger Frauenmörder herumläuft. Wir wissen ja nicht, weshalb Frau Hehenberg ermordet wurde, also können wir auch nicht sagen, ob der Täter noch einmal zuschlägt.«

Valerie fand es rührend, dass der Riese von Mann vor ihr stand und eindeutig rot wurde, als er von Nora sprach. Und er sah ehrlich besorgt aus. Sie hatte schon länger den Verdacht, dass es nicht nur freundschaftliche Gefühle waren, die er Nora entgegenbrachte. Nun, ihr sollte es recht sein, für sie gehörten ohnehin beide zur Familie. Außerdem war seine Sorge begründet. Sie alle wussten nicht, was die nähere Zukunft für sie bereithielt. Am besten würde sie mit Viktor reden und Nora dann anrufen. Sie sollte mit Felix bei ihnen im Hotel bleiben, bis der Mordfall aufgeklärt war. Hier waren sie sicherer. Je mehr Menschen um einen herum waren, desto weniger konnte passieren.

Auf dem Weg ins Appartement bemerkte Valerie Emilia Lechner auf einem der Sofas, die es in jedem Stockwerk gab. Da sie sie nur von der Seite sehen konnte und ihre Haare das Gesicht verdeckten, war nicht klar erkennbar, ob sie weinte oder nicht. Es hatte ganz den Anschein, auf jeden Fall verrieten Körper- und Kopfhaltung, dass es ihr nicht gut ging.

Eigenartig war nur, dass die Assistentin von Lieselotte Hehenberg nicht allein war. Ihr gegenüber saß ein Mann, den Valerie nicht kannte. Er war mit Sicherheit kein Gast des Hauses. Was hatte er mit Emilia Lechner zu tun? Sie hatte doch selbst am ersten Tag erwähnt, dass sie noch nie in dieser Gegend gewesen sei.

Komisch, dachte Valerie. Aber damit wollte sie sich momentan nicht beschäftigen. Emilia Lechner interessierte sie einzig und allein als Gast ihres Hotels. Sie hatte weder die Energie noch die Lust, sich mit dem Privatleben der Gäste oder, schlimmer noch, mit dem Mordfall zu beschäftigen. Dazu waren die Profis da.

Sie setzte ihren Weg fort. Für heute hatte sie genug. Sie fühlte sich so, als würde sie im Energiesparmodus laufen. Wenn sie sich nicht bald ausruhte, wären ihre Akkus aufgebraucht.

Im Appartement angekommen, beschloss sie, nicht mehr zu kochen, sondern das Abendessen von unten bringen zu lassen. Das war einer der großen Vorteile, wenn man in einem Hotel wohnte. Hatte man keine Zeit oder Muße, selbst für eine Mahlzeit zu sorgen, gab es immer eine schnelle Alternative.

Andi setzte sich zu ihr auf die Couch. Gemeinsam spielten sie eines ihrer Lieblingsspiele, aber Valerie konnte sich auch darauf nicht richtig konzentrieren. Letztendlich entschied sie, dass sie sich alle in einem Ausnahmezustand befanden und dass es durchaus okay war, mit dem Fernsehen einmal lockerer zu sein.

Dem Jungen war das natürlich recht. Gemeinsam suchten sie einen Film aus und lagen einträchtig auf der Couch, als Viktor endlich heraufkam. Für heute hatte auch er Schluss gemacht, aber als Hotelchef wusste man nie, ob nicht Unvorhergesehenes passierte. Man musste zu jeder Tages- und Nachtzeit erreichbar sein.

Viktor gesellte sich zu ihnen, und sogar Lea und Jakob setzten sich daneben. Sie hatten wohl alle das Bedürfnis nach Gemeinschaft und Ablenkung.

Als es klopfte, standen Nora und Felix vor der Tür. Anton tauchte ebenfalls in diesem Moment hinter ihnen mit den Gerichten auf, um die Valerie ihn telefonisch gebeten hatte. Sein Team in der Küche hatte die noch anstehenden Arbeiten im Griff. Deswegen konnte auch er sich dem gemeinschaftlichen Essen anschließen. Valerie entgingen die Blicke nicht, die Anton Nora zuwarf. Bestimmt war er heilfroh darüber, dass sie mit Sack und Pack ein Zimmer im Hotel bezogen hatte und er sie in Sicherheit wusste.

Es war ungewöhnlich ruhig am Tisch. Sogar die Zwillinge und Felix, die sonst ständig allerlei Neuigkeiten zu erzählen hatten oder Scherze machten, stocherten auf ihren Tellern herum und waren in ihre eigenen Gedanken versunken. Nachdem sie sich in ihre Zimmer verabschiedet und die Männer sich nach dem Essen ins Wohnzimmer gesetzt hatten, um den Tag mit einem kleinen Glas Cognac zu beenden, blieben Nora und Valerie allein in der Küche zurück.

»Was ist denn eigentlich mit dir und Anton los? Hab ich da was verpasst? Ich hab das Gefühl, dass er mehr für dich empfindet als nur Freundschaft. Kann das sein?«, fragte Valerie ihre Freundin unumwunden.

Nora zuckte zusammen. Auf diese Fragen war sie nicht gefasst gewesen. Das war an ihrer Reaktion klar ersichtlich.

»Was? Warum, wie meinst du das?«, stotterte sie herum.

Valerie war eine Meisterin darin, in den Gesichtern anderer

zu lesen. Und bei jemandem, den sie so lange und gut kannte wie ihre beste Freundin, brauchte diese gar nichts mehr zu sagen. Sie hatte den Nagel auf den Kopf getroffen.

»Ich seh dir an der Nasenspitze an, dass da was ist.«

»Es gibt nichts Konkretes, Valerie. Ich merke eben in letzter Zeit, dass er meine Nähe sucht. Manchmal ruft er mich abends an, und wir quatschen stundenlang. Aber das ist rein freundschaftlich.«

»Soso. Das wollen wir erst noch sehen. Ich habe schon länger das Gefühl, dass er dich mag. Nur hat er vermutlich gemerkt, dass du nach der Scheidung von Wolfgang Zeit für dich gebraucht hast. Das spricht doch für ihn, wenn er da so feinfühlig ist.«

»Ja, klar. Und ich glaube, ich wäre auch langsam wieder bereit für eine Beziehung, aber mit Anton ist das schwierig. Schau mal, ich mag ihn, aber was wäre, wenn wir das verbocken? Das betrifft uns dann alle. Wir sind doch wie eine große Familie.«

»Stimmt, aber das muss kein Hindernis sein. Außerdem drängt ja nichts, schon gar nicht in der momentanen Situation, in der wir genügend andere Sorgen haben. Ich für meinen Teil würde mich am liebsten im Bett verkriechen und erst wieder herauskommen, wenn der Mörder gefasst ist. Gott sei Dank haben unsere Stammgäste die Vorkommnisse so gut aufgenommen. Ich hätte keine Energie dafür, sie zu besänftigen, und ich bin ehrlich froh, dass Viktor mir heute das meiste abgenommen hat. Ihn bringt nichts so leicht aus der Ruhe, wenn er an der Rezeption steht und mit seinem österreichischen Charme alle Gäste im Griff hat.«

»Ja, was das betrifft, bist du ein Glückspilz. Und ihr seid so ein harmonisches Paar. Beide Hoteliers mit Leib und Seele. Ihr macht das richtig gut. Bei euch hat man den Eindruck, dass ihr die geborenen Gastgeber seid, denen man auch die österreichische Kultur komplett abkauft. Ich persönlich trage gern einmal an den Feiertagen eine Tracht, aber wie ihr das im Hotel durchzieht, du mit deinen Dirndlkleidern und er mit seinen Lederhosen und Trachtenjankern, das ist beachtlich. Ich hab euch bei der Arbeit noch nie anders gesehen.«

»Du weißt doch, ich trage privat auch gern Jeans, aber das Traditionelle gehört eben zum Gesamtkonzept unseres Hauses dazu. Wir verkaufen Erholung, Entspannung, Wohlfühlambiente, Abenteuer und natürlich auch österreichische Tradition. Ich bin schon so aufgewachsen.«

»Das musst du mir nicht sagen. Ich seh dich noch vor mir mit deinen langen blonden Zöpfen im Dirndl. Und trotzdem bist du mit mir auf jeden Baum gekraxelt und durch den Wald gestreunt.«

»Meine Mutter hat manchmal der Schlag getroffen, weil ich ein Kleid nach dem anderen ruiniert habe«, sagte Valerie grinsend. »Außerdem stimmt das mit den Bäumen nicht ganz. Ich bin nie höher als einen Meter hochgeklettert, die Wilde von uns warst du. Ich drück's mal so aus, ich war schon damals vorsichtiger als andere Kinder.«

»So kann man das auch nennen, du Angsthase.« Nora zwickte sie spielerisch in die Seite. Im nächsten Moment wurde sie aber wieder ernst. »Und ausgerechnet du musst eine Tote finden, noch dazu jemand, den du kanntest. Das muss so furchtbar sein für dich.«

Valerie schluckte. Bevor sie wieder in Tränen ausbrechen konnte, wandte sie sich schnell ab und trug das Geschirr zum Spüler. Schweigend räumten sie ihn gemeinsam ein und umarmten sich noch einmal fest, bevor Nora sich auf den Weg zu ihrem Zimmer machte.

Felix und Anton waren ebenfalls schon aufgebrochen, Viktor hatte Andi schlafen geschickt, und von den Großen hörte man keinen Ton mehr aus ihren Zimmern. Valerie lehnte sich noch einen Moment an Viktor, bevor sie Richtung Schlafzimmer ging.

»Weißt du, ich hab das Gefühl, als wären wir in einem Alptraum gefangen. Ich kann das, was heute geschehen ist, noch gar nicht fassen. Hoffentlich ist der Spuk bald vorbei und die Polizei findet den Mörder.«

Sie wünschte Viktor eine gute Nacht und ging zu Bett. Klar hatte sie die Hoffnung, dass der Mordfall bald gelöst sein und der Verantwortliche hinter Schloss und Riegel sitzen würde. Doch ihr Gefühl sagte ihr etwas anderes. Tief drinnen spürte sie, dass es noch viel schlimmer kommen würde.

## SECHS

Als Valerie aufwachte, fühlte sie sich wie gerädert. Der Blick in den Spiegel verriet ihr, dass der vorherige Tag nicht spurlos an ihr vorübergegangen war. Ihre Haut war blass, und tiefe Augenringe sahen ihr entgegen.

Sie ließ Viktor ausschlafen – schließlich hatte er ihr gestern viel Arbeit abgenommen – und stellte sich unter die Dusche. Die Kinder blieben an freien Tagen meistens länger liegen, was sie ihnen gönnte, vor allem nach so einem Tag.

Nachdem sie sich für ein dunkelgrünes Dirndl mit hellgrüner Schürze entschieden hatte, verließ sie das Appartement. Grün war die Farbe der Hoffnung. Sie hatte sie bewusst gewählt, weil sie sich wünschte, dass sich der Mordfall rasch klären würde und ihr Leben wieder in den gewohnten Bahnen verlaufen könnte.

Ihr erster Weg führte sie in die Küche, wo um diese Zeit die Arbeiten fürs Frühstücksbuffet in vollem Gange waren. Sie brauchte dringend eine schöne heiße Tasse Grüntee und eine Kleinigkeit zu essen. Mit leerem Magen einen anstrengenden Tag zu beginnen war keine gute Idee.

Das musste sich auch Nora gedacht haben. Sie war Frühaufsteherin und betrat gleich nach ihr den Raum. Wie meistens trug sie Jeans, die ihre sportliche Figur betonten, und ein blumiges Oberteil, das ihr eine feminine Ausstrahlung verlieh. Mit dem dunkelbraunen, schulterlangen Haar und den bernsteinfarbenen Augen sah sie richtig gut aus. Valerie konnte Anton verstehen. Sie fände es klasse, wenn aus den beiden ein Paar werden würde. Aber im Moment hatten sie andere Sorgen.

Sie begrüßte ihre Freundin mit einer Umarmung, bat sie, sich zu setzen, und holte Semmeln und Korngebäck. Dazu gab es Butter, Hummus, ein bisschen Gemüse und für jede ein weiches Ei, das Valerie aus einem Warmhaltebehälter, der für das Frühstücksbuffet bereitstand, stibitzte. Dem Grüntee schloss Nora sich an. Gemeinsam saßen sie in einer Ecke der Küche, wo Familie und Angestellte essen konnten. Anton würde erst im Laufe des Vormittags kommen. Für die Frühschicht wurde er nicht gebraucht.

Beim Frühstück vermieden sie bewusst, über die Vorfälle vom Vortag zu sprechen, doch bevor Valerie an die Rezeption ging, wollte sie nachsehen, ob es der Mord in die Medien geschafft hatte. Es war ihr lieber zu wissen, was sie erwartete.

Sie googelte nach News in Bad Gastein, doch bei den angezeigten Ergebnissen fiel ihr beinahe die Tasse aus der Hand. Es waren unzählige Berichte, die sie fand. Am meisten ins Auge stach der von der Tageszeitung, für die Max Weber häufig arbeitete. Als freier Journalist verhökerte er seine Geschichten stets an den Meistbietenden. Besagte Tageszeitung war berühmt – oder wohl eher berüchtigt – für diese Art von Sensationsberichten. Das war wie eine Symbiose. Die Zeitung lebte von Schreibern im Stil von Weber und diese wiederum vom Geld der Zeitung, die ihnen solche Texte abkaufte. Das versprach nichts Gutes.

Valerie klickte den Link an und sah als Erstes ein Bild von ihrem Hotel. Darunter stand fett gedruckt: »Horrorhotel in den Alpen. Psychomörder in Bad Gastein«.

Weber berichtete davon, dass sich ein psychopathischer Frauenmörder im Ort herumtrieb, der mutmaßlich unter den Gästen oder Angestellten des »Grand Hotel« zu suchen sei. Dann zog er eine Verbindung zu einem Todesfall zwei Jahre zuvor. Dass eine ältere Dame, die bei ihnen gewohnt hatte, ums Leben gekommen war, stimmte zwar, aber dass er ihren Tod in die gleiche Ecke zu rücken versuchte wie den Mord an Lieselotte Hehenberg, war absoluter Unsinn. Entweder war der Reporter eine Niete in Sachen Recherche, oder aber, und davon ging Valerie aus, er verdrehte die Wahrheit bewusst so, dass eine möglichst aufsehenerregende Story daraus wurde.

Vor zwei Jahren hatte der Todesfall sehr schnell geklärt werden können. Die Dame hatte für eine Woche ein Zimmer mit Blick auf den Wasserfall gebucht und ein paar Tage lang alle Annehmlichkeiten, die das Hotel zu bieten hatte, in Anspruch genommen. Sie sah erholt und entspannt aus und verließ gegen Ende ihres Aufenthalts zu später Stunde schön gekleidet das Hotel. In der Annahme, dass sie auswärts essen gehen würde, hatten Valerie und Viktor ihr noch einen schönen Abend gewünscht. Doch sie kam nicht mehr wieder. Am nächsten Morgen entdeckte ein Spaziergänger ihre Leiche unten in Badbruck im Wasser der Ache treibend. Sie musste in einem unbeobachteten Moment von der Wasserfallbrücke gesprungen sein. Im Zimmer fanden die Ermittler einen Abschiedsbrief. Demnach war die Frau sehr einsam gewesen und hatte schon lange unter Depressionen gelitten. Sie hatte ihren Tod im Voraus geplant. Diese Geschichte hatte folglich nichts mit dem Mordfall zu tun – und doch warf die Verbindung, die Weber schuf, ein schlechtes Licht auf ihr Hotel.

Die anderen Medien mussten sich auf Webers Artikel gestürzt haben. Alle berichteten ungefähr das Gleiche, nur mit dem Unterschied, dass die seriösen unter ihnen den Todesfall vor zwei Jahren wegließen und die Schlagzeile weniger sensationslüstern formulierten.

Valerie schob wortlos das Handy über den Tisch.

»Oh Gott, dieses Schwein!« Das war das Erste, was Nora zu Webers Artikel einfiel.

Valerie räumte schweigend das Frühstücksgeschirr weg. Sie fühlte sich grauenhaft. Der Alptraum, von dem sie am Vorabend gesprochen hatte, war noch schlimmer geworden. Es blieb nur zu hoffen, dass die Gäste sich durch diesen Schmierfinken nicht beeinflussen ließen. Das Niveau der Zeitung war bekannt, nur konnte das trotzdem nichts an der

Tatsache ändern, dass ein Mörder frei in der Gegend herumlief.

Wie ferngesteuert machte sie sich in Richtung Rezeption auf. Nora begleitete sie noch ein Stück, bog dann jedoch zur hinteren Treppe ab, um nachzusehen, ob Felix schon wach war.

An den meisten Tagen war es frühmorgens an der Rezeption ruhig. Valerie würde voraussichtlich noch ein bisschen Zeit bleiben, sich von dem Schock zu erholen, den der Artikel in ihr ausgelöst hatte. Die Gäste würden erst in Ruhe frühstücken und sich dann auf den Weg nach Hause machen oder zu einem Ausflug aufbrechen. Die Polizisten hatten am Vortag mit allen gesprochen, aber bis auf Emilia Lechner, die sie gebeten hatten, noch nicht abzureisen, konnten die übrigen Gäste aus polizeilicher Sicht das Hotel wieder verlassen. Für den Fall, dass sich doch noch weitere Fragen ergeben würden, hatte Dorothea Oswald die Kontaktdaten von allen eingeholt.

Gedankenversunken betrat Valerie die Lobby. Bei dem Anblick, der sich ihr bot, verharrte sie einen Moment und sah fassungslos auf die Szene an der Rezeption. Mindestens zehn Gäste standen am Tresen und warteten darauf, dass sie auschecken konnten. Carla, die eben erst ihren Dienst angetreten hatte, war mit der Situation ganz offensichtlich überfordert. Vom anderen Ende der Lobby konnte Valerie Gesprächsfetzen hören wie »Das ist ja unerhört …« oder »Wir möchten so schnell wie möglich weg …«.

Am dreistesten fand sie die Aussage eines norddeutschen Ehepaars, das seinen ersten Besuch bei ihnen gebucht hatte. Mit hochrotem Kopf schrie der Mann Carla an: »Wat? Bezahlen sollen wir auch noch dafür, dass wir beinahe umgebracht worden wären? Sehen Sie sich diesen Artikel an, der da im Internet steht!« Damit sein Auftritt die erhoffte Wirkung zeigte, hielt er ihr sein Smartphone dicht unter die Nase. »Sei lieber froh, dass wir euch nicht verklagen, min Deern!«

Valerie spürte, wie ihr Herzschlag schneller wurde. Warum nur war sie überrascht? Sie hätte es wissen müssen. In einer emotionalen Ausnahmesituation mutierten viele ansonsten nette Menschen zu ungerechten Ekelpaketen.

Sie war entsetzt. Hatten die meisten Gäste tags zuvor noch relativ gelassen auf die Situation reagiert, so hatte Weber mit seinem Artikel die Emotionen hochgehen lassen. Die Angst stand ihnen ins Gesicht geschrieben. Ihren Reaktionen nach konnten sie nur schlecht damit umgehen. Bei manchen hatte sich dieses Gefühl sogar in Wut verwandelt, die sie nun an Carla ausließen, die nichts für die Situation konnte.

Obwohl Valerie am liebsten sofort wieder umgedreht wäre, nahm sie all ihre noch verbliebene Energie zusammen, setzte ein gekonnt einstudiertes Lächeln auf und versuchte ihr Möglichstes, die Gemüter zu beruhigen. Daran, dass die Gäste abreisen wollten, änderte das natürlich nichts.

Als der erste Ansturm vorbei war, rief sie Viktor an und brachte ihn auf den aktuellen Stand. Dem verschlug es ebenfalls die Sprache. Er versicherte ihr, sofort zu kommen und sie zu unterstützen. Er sollte Carla an der Rezeption helfen, indes sich Valerie an den Computer setzen würde, um die Mails zu checken und die anstehenden Buchungen durchzugehen. Sie brauchte dringend eine Pause. Im Büro konnte sie die Tür schließen und durchatmen. Viktor würde Nelly mitbringen, in deren Gegenwart sie sich immer gleich wohler fühlte.

So saß sie kurze Zeit später am Schreibtisch, auf ihrem Fuß einen warmen Hundekopf, und fuhr den Computer hoch. Bewusst sah sie sich keine tagesaktuellen Nachrichten an, wie sie es normalerweise tat, sondern stieg umgehend in das Mailprogramm ein. Eine Flut an E-Mails befand sich im Eingangsordner. Schon am Betreff war erkennbar, dass es sich bei vielen Nachrichten um Stornierungen handelte.

Nach einer Stunde und zahlreichen Mails waren kaum noch Buchungen für die nächsten beiden Wochen übrig. Auch für die Sommerferien hatten mehrere Gäste ihre Reservierung zurückgezogen, obwohl der Sommertourismus in den letzten Jahren stark an Bedeutung zugelegt hatte. Von höflichen Stornierungen ohne Angabe von Gründen bis zu massiven Beleidigungen war das gesamte Spektrum vorhanden. Es gab sogar Schreiben, in denen Gäste der letzten Wochen plötzlich behaupteten, dass sie sich bei ihrem Aufenthalt beobachtet und verfolgt vorgekommen wären. Daran sei gewiss der Psychopath schuld gewesen, der im Hotel auf Opfer lauerte. Und sie hätten sich aufgrund dessen so unwohl gefühlt, dass sie in Anbetracht der Sachlage das Geld zurückhaben möchten. Von Erholung sei keine Rede gewesen.

So eine bodenlose Frechheit! Valeries Gefühle fuhren Achterbahn. In einem Moment begann ihr Herz vor Wut zu rasen, im nächsten kämpfte sie mit den Tränen, um gleich darauf das Gefühl zu haben, eine unsichtbare Hand schnüre ihr die Luft ab. Da war sie wieder – ihre alte Angst, die sie beinahe erdrückte. Sie fühlte sich, als wäre sie in ihrer persönlichen Hölle gelandet.

Viktor erging es draußen an der Rezeption nicht besser. Valerie konnte sogar durch die geschlossene Tür hören, dass manche Gäste laut und unverschämt wurden. Die Situation und vor allem dieser blöde Artikel hatten ihr Verhalten verändert. Noch dazu kam, dass Dr. Siebert, der Leiter der Ermittlungen, im Haus herumging, wie Viktor ihr zwischendurch berichtet hatte. Er befragte erneut das Personal und ließ sich alle Abläufe im Hotel erklären und den Hinterausgang zeigen, den Lieselotte Hehenberg vermutlich am Mordabend benutzt hatte. Außerdem stoppte er die Zeit vom Hotel bis zur Hütte und tauchte überall im Gebäude wie aus dem Nichts auf, was die verbliebenen Urlauber nervös machte, die sich dann bei Viktor darüber beschwerten.

Inzwischen hatten sich auch die Zwillinge telefonisch von oben gemeldet, die gemeinsam mit Felix begonnen hatten, auf eigene Faust im Internet zu recherchieren. Vor allem wollten sie wissen, was für ein Typ Dr. Siebert war und ob man Informationen über ihn im Netz fand. Auch ihnen war er äußerst unsympathisch, und über seine Befragungs- beziehungsweise Verhörmethoden hatten sich Jakob und Lea am Abend furchtbar aufgeregt.

Valerie war das recht. Sollten sie oben bleiben und Detektiv spielen, dann waren sie in Sicherheit, und sie musste sich keine Sorgen um sie machen. Und schließlich war auch sie neugierig, ob es Interessantes über Siebert herauszufinden gab.

Dass Andi heute bei einer Schulfreundin zu Besuch sein und auch über Nacht bleiben konnte, darüber war Valerie ebenfalls froh. Somit war er aus der Gefahrenzone. Vor allem aber sollte er möglichst wenig von dem Mordfall mitbekommen. Die Mutter von Vroni, mit der Andi schon seit dem Kindergarten befreundet war, hatte sie angerufen, nachdem sie gehört hatte, was passiert war. Sie hatte ihn und auch ihre gemeinsame Freundin Lisa abgeholt und wollte mit den Kindern einen Ausflug ins Angertal machen. Dorthin fuhren sie manchmal zum Bogenschießen im Jagdbogenparcours, was ihnen großen Spaß machte. Anschließend wollten sie ihr Glück beim Goldwaschen im Bach versuchen und am nächsten Tag Kostüme für Vronis Geburtstagsparty basteln, die unter dem Motto »Hexen und Zauberer« in der Woche danach stattfinden sollte. Ihr Jüngster würde definitiv eine schöne Zeit haben, das war eine große Erleichterung.

Valerie hatte nämlich das Gefühl, dass ihr die Situation über den Kopf wuchs. Einerseits gab es da ihre übermächtig große Angst bei dem Gedanken an den Täter, der noch nicht gefasst worden war, und andererseits hatte sie die Sorge um das Hotel fest im Griff. Es konnte doch nicht sein, dass ein Mörder und ein Reporter gemeinsam dafür sorgten, dass alles, was sich ihre Familie über Generationen aufgebaut hatte, binnen kürzester Zeit zerstört wurde. Ihre Existenz war bedroht, so viel war gewiss. Es hatten schon Hotels wegen viel kleinerer Skandale schließen müssen, weil die Gäste danach ausgeblieben waren. Sich von einer derartigen Rufschädigung zu erholen war schwierig. Das war sowohl Valerie als auch Viktor klar.

Mittags trafen sich alle zum Essen im Appartement. Nora war so lieb gewesen und hatte das Kochen übernommen. Auch ihr sah Valerie an, dass es ihr nicht gut ging. Sie versuchte zwar, wie es ihre Art war, Optimismus zu versprühen, aber allen Anwesenden war bewusst, dass sie der Situation ausgeliefert waren. Sie konnten sie nicht oder zumindest nur schwer beeinflussen. Und keiner von ihnen konnte wissen, ob das »Grand Hotel« diese Krise überstehen würde.

Nach dem Essen schleppte sich Valerie durch den Tag. Einmal kam Dorothea Oswald im Büro vorbei und erkundigte sich nach ihrem Befinden. Bei Kaffee und Pralinen berichtete sie, dass es bis dato keine nennenswerten Ermittlungsergebnisse gebe und sie wohl abwarten müssten, bis der Ehemann von Lieselotte Hehenberg eintraf.

»Leider haben wir ihn gestern nicht erreicht. Er ist im Ausland unterwegs und hat erst heute zurückgerufen.« Gedankenverloren starrte sie in ihre Tasse. »Ich hasse solche Gespräche. Wie soll man einem Mann sagen, dass seine Frau tot ist? Ermordet. In solchen Situationen verfluche ich manchmal meinen Job.«

Valerie konnte das gut nachvollziehen. Obwohl sie ihn nicht kannte, tat ihr Oliver Hehenberg leid. An ihn hatte sie bis zu diesem Zeitpunkt noch gar nicht gedacht. Viel zu sehr war sie mit der Frage beschäftigt gewesen, was der Mord für sie selbst und ihre Familie bedeutete. Deshalb erkundigte sie sich nun nach ihm. »Wissen Sie schon, wann er eintreffen wird?«

Dorothea Oswald verneinte, meinte jedoch: »So schnell wie möglich, hat er gesagt. Aber Sie wissen ja, wie das ist. Erst muss er noch einen Flug finden. Aber auf jeden Fall wäre es nett, wenn Sie ihm ein Zimmer richten könnten. Die Suite bleibt aus kriminaltechnischen Gründen weiterhin versperrt. Dort kann er nicht schlafen.«

Das Gespräch mit Dorothea Oswald hatte Valerie zu denken gegeben. Die Auswirkungen, die der Mord nach sich zog, betrafen ihre Familie, aber natürlich noch viel mehr den Ehemann der Toten. Sie hoffte, dass dieser, sobald er hier war, Licht ins Dunkel bringen würde. Vielleicht wusste er ja, wer ein Motiv gehabt haben könnte.

Als es Abend wurde, stellten sie an der Rezeption ein Schild mit ihrer Telefonnummer für Notfälle auf, nahmen aus der Küche Essen für alle mit und zogen sich ins Appartement zurück, wo Nora und Felix den Zwillingen Gesellschaft leisteten. Es waren kaum noch Gäste im Haus.

Auch Anton kam vorbei und sah sich mit Viktor ein Fußballspiel im Fernsehen an. An jeder spannenden Stelle hörte man ihn entweder laut jubeln oder fluchen. Beides auf Italienisch, weil beim Fußball stets sein südländisches Temperament die Oberhand gewann. Valerie und Nora kannten das bereits. Gemeinsam Fußball zu schauen war für Viktor und ihn ihre Art, mit der Situation umzugehen und sich abzulenken. Sie selbst wälzten lieber in der Küche bei einer Tasse Tee ihre Gedanken und ließen die Geschehnisse noch einmal Revue passieren. Zu ihrem großen Bedauern wurden sie jedoch nicht klüger dabei. Die Situation war in vielerlei Hinsicht kritisch.

Langsam, aber sicher traten Valerie wieder Tränen in die Augen. Trotz des Versuches, sie zurückzuhalten, gelang es ihr nicht. Eine ganze Weile saß sie weinend am Tisch. Der Schmerz musste raus.

Nachdem sie sich Taschentücher geholt hatte, begann sie erneut unter gelegentlichem Naseputzen zu sprechen: »Weißt du, Nora, heute hab ich zum ersten Mal in meinem Leben das Gefühl, dass ich nicht mehr kann. Ich bin ratlos und denke die ganze Zeit, dass ich schuld daran bin, wenn alles, was sich meine Vorfahren aufgebaut haben, den Bach runtergeht.«

Ihre Freundin schüttelte vehement den Kopf. »Nun mach aber mal halblang, Valerie. Du kannst doch nichts dafür. Du hast dir schließlich nicht ausgesucht, dass ein Irrer Frau Hehenberg ermordet oder dass ein Schmierfink euch in den Dreck zieht. Ihr habt euch nichts vorzuwerfen. Dich trifft doch keine Schuld. Vergiss das schnell wieder.«

Valerie schluckte. »Du hast ja recht, aber es fühlt sich halt so an, als wenn ich was falsch gemacht hätte. Und ich weiß wirklich nicht, wie's weitergehen soll. Ich bin wie gelähmt. Am liebsten würde ich die Zeit zurückdrehen. Dann könnte ich Frau Hehenberg im Lift daran hindern, zu ihrem Rendezvous zu gehen. Oder noch besser: Ich möchte das Hotel abschließen und weit wegfliegen. Zu meinen Eltern nach Teneriffa zum Beispiel. Dort könnte ich mich verkriechen und hoffen, dass sich die Sache von allein regelt. Ich hab keine Kraft mehr.«

»Das kann ich verstehen. Aber glaubst du echt, dass Davonlaufen eine Lösung ist? Meine Erfahrung hat mir gezeigt, dass das noch nie was gebracht hat. Aus meiner Sicht hast du in der jetzigen Situation zwei Möglichkeiten.«

Valerie hob den Blick, als ihre Freundin nach kurzer Pause weitersprach: »Zum einen ist es möglich, dich in Selbstmitleid zu suhlen und dich als Opfer der Umstände zu sehen, was mit Sicherheit jeder verstehen wird, was dich aber auch nicht weiterbringt. Und zum anderen kannst du in die Gänge kommen und versuchen, dein verdammtes Hotel zu retten.«

Valerie starrte sie an, als ob sie nicht alle Tassen im Schrank hätte. »Das Hotel retten? Und wie soll das bitte gehen? Sag mir doch, wie ich das anstellen soll.«

Nora blickte ihr fest in die Augen. »Ganz einfach: Lass uns den Mörder finden!«

Valerie kippte fast vom Stuhl, als sie das hörte. »Das ist nicht dein Ernst, oder? Nora, wie sollen wir beide einen Frauenmörder finden und überführen? Ich meine, ich weiß schon, dass du mutiger bist als ich, aber das ist eine Nummer zu groß für uns. Außerdem kennst du mich doch. Bei der kleinsten Kleinigkeit erstarre ich vor Angst. Das geht auf gar keinen Fall.«

»Okay, dann schau zu, wie euer Hotel vor die Hunde geht und wie ihr und die Kinder euer Zuhause verliert. Du weißt ebenso wie ich, dass ihr mit viel Glück mit einem blauen Auge aus der Sache rauskommen könnt, dass aber die Chance mindestens so hoch ist, dass ihr euer geliebtes ›Grand Hotel‹ verliert. Von einem solchen Skandal erholt sich ein Betrieb, der darauf angewiesen ist, dass Gäste kommen, nicht so schnell. Ihr wärt nicht die Ersten, die wegen Rufschädigung pleitegingen.«

Es tat weh, die ganze ungeschönte Wahrheit ins Gesicht gesagt zu bekommen. Bis zu diesem Gespräch hatte sich Valerie eingeredet, wenn sie nur lange genug stillhielte und die Unannehmlichkeiten über sich ergehen ließe, würde schon wieder alles gut werden. Aber Nora hatte vermutlich recht. Das Risiko, dass das Hotel schließen musste, wenn dieser Mord längere Zeit unaufgeklärt blieb, war relativ hoch. Sie musste wohl für sich eine Entscheidung treffen. Entweder blieb sie passiv und wartete ab, was passieren würde, oder sie wurde aktiv und half dem Schicksal auf die Sprünge in die richtige Richtung.

Aber was war mit ihren Ängsten? Konnte sie die in den Griff bekommen? Wie Blitzlichter tauchten Szenen vor ihren Augen auf, in denen sie nicht mehr imstande gewesen war, rational zu handeln. Sie führte dies darauf zurück, dass sie einst als Kind bei einer Bergwanderung hatte zusehen müssen, wie ihr Großvater, der die Gruppe am schmalen Steig angeführt hatte, ins Rutschen gekommen war und in dem steilen Gelände keinen Halt mehr gefunden hatte. Nach etwa zwanzig Metern war er über eine Felskante in den Tod gestürzt. Als Familie hatte sie dieser Verlust noch enger zusammenwachsen lassen, aber aufgearbeitet hatten sie die traumatischen Erlebnisse bis heute nicht. Valeries Mutter und Großmutter hatten sie ab diesem Zeitpunkt in Watte gepackt, sie immer darauf hingewiesen, vorsichtig zu sein, nichts zu riskieren. Sätze wie »Kletter da nicht hoch, mein Kind« oder »Geh im Dunkeln nicht allein raus« hatten ihre Kindheit und Jugend geprägt.

Valerie hatte sich deshalb angewöhnt, Situationen zu meiden, die sie verängstigen könnten. Mit dieser Taktik war sie bis jetzt gut gefahren. Ansonsten hatte sie ihr Leben im Griff. Als Hotelchefin war sie souverän, wortgewandt, einfühlsam. Das war ihr Metier. Hinter die Fassade blicken ließ sie nur ab und zu Viktor oder Nora, ihre engsten Vertrauten. Sie hatten beide mitbekommen, wie schlecht es ihr beispielsweise gegangen war, als Jakob ihr eröffnet hatte, sich nach der Volljährigkeit endlich seinen Traum vom Paragleiten zu erfüllen. Während er in der Flugschule gewesen war, hatte sie den ganzen Vormittag zitternd in der Küche gesessen, unfähig, etwas Sinnvolles zu denken, geschweige denn zu tun. Mittlerweile hatte sie sich daran gewöhnt, konnte mit ihrer Sorge um ihn besser umgehen. Aber jede neue Begebenheit, die Gefahrenpotenzial in sich trug, bedeutete wieder eine Herausforderung.

Konnte sie vor diesem Hintergrund auch nur ansatzweise über Noras Vorschlag nachdenken? Blieb ihr andererseits eine Wahl, wenn sie nicht alles, was ihr lieb war, verlieren und ihren Kindern auch in Zukunft das Hotel als fixen Familienanker bieten wollte?

Nora stand auf und machte sich daran, frischen Tee zuzubereiten. Valerie merkte natürlich, dass sie ihr Raum geben wollte, um in Ruhe über ihren Vorschlag nachzudenken. Nora kannte sie eben gut und wusste, dass sie Zeit brauchte.

Während sie beide Optionen abwägte, regte sich in ihr ein vages Gefühl, das sie am besten als Kampfgeist bezeichnen konnte. Bilder tauchten vor ihren Augen auf. Sie sah sich selbst als kleines Mädchen mit ihrer Großmutter gemeinsam in der Küche des Hotels stehen. Dann erinnerte sie sich an den Großvater, der, bevor er am Berg ums Leben gekommen war, mit ihrem Vater gemeinsam jedes Jahr den Eingang weihnachtlich geschmückt und einen großen Tannenbaum in der Lobby aufgestellt hatte, damit sich die Gäste hier auch an den Feiertagen wohl- und wie zu Hause fühlen konnten. Sie erinnerte sich daran, wie Viktor und sie symbolisch die Generalschlüssel von ihren Eltern überreicht bekommen hatten, wie die Kinder im Hotel herumgetollt waren und wie sehr sie stets den Kontakt mit den Gästen genoss.

Es waren viele Bilder, die auf sie einstürmten, und plötzlich war der Entschluss da. Nein, sie würde sich nicht ihrem Schicksal ergeben. Sie würde um das Hotel und somit auch um ihr Zuhause kämpfen. Ihre Ängste würde sie in den Griff bekommen – und ein bisschen gesunde Vorsicht, so hieß es doch, war schließlich gut. Dann konnte einem so gut wie nichts passieren.

Sie drehte sich zu Nora um. »Du hast gewonnen. Ich kann nicht tatenlos zusehen, wenn unsere Existenz auf dem Spiel steht. Ich muss einen Weg finden, das Hotel zu retten. Ich denke, es ist noch nicht zu spät. Eine Tote und ein gemeiner Artikel können auch wieder in Vergessenheit geraten, sofern wir den Mörder schnappen. Bei den Fernsehkrimis wissen wir beide doch lange vor Ende, wer der Täter ist, oder?«

»Ja, stimmt. Außerdem hast du ein feines Gespür für Menschen, ich kann gut logisch kombinieren, und beide sind wir unglaublich neugierig. Von unseren Sozialstudien an den Freundinnentagen gar nicht zu reden. Denn die sind der Garant dafür, dass wir uns eingehend mit der menschlichen Psyche auseinandergesetzt haben.« Nora lächelte spitzbübisch, vielleicht weil sie Valerie Mut machen wollte. »Wir sind regelrecht prädestiniert dafür, uns selbst auf die Suche nach dem Mörder zu machen. Gemeinsam schaffen wir das.«

Bei all den Argumenten, die Nora hervorgebracht hatte, zuckten sogar Valeries Mundwinkel leicht nach oben. Unglaublich, wie ihre Freundin es schaffte, sie aufzumuntern und zu motivieren.

»So wie du das sagst, hört es sich gar nicht schwierig an. Ich darf nur nicht über die Gefahren nachdenken, die auf uns lauern könnten. Wir müssen auf jeden Fall vorsichtig sein. Aber weißt du, jetzt, da ich mich entschieden habe zu kämpfen, habe ich das Gefühl, dass meine ganze Energie wieder zurückkommt. Wir legen dem Mörder das Handwerk. Das bin ich den Kindern und meinen Eltern schuldig.«

Nach diesem Entschluss räumten sie die Tassen in die Spüle und verabredeten sich zum Frühstück im Appartement. Andi würde dann bei Vroni sein, Jakob musste in die Paragleitschule, weil er versprochen hatte, den verschobenen Tandemflug nachzuholen, Lea wollte sich mit einer alten Schulfreundin treffen, und Felix würde, nachdem die anderen keine Zeit hatten, aller Voraussicht nach bis gegen Mittag liegen bleiben. Da Viktor mit den verbliebenen Gästen eine große Wanderung plante, hatten sie freie Bahn und konnten in Ruhe ihre Vorgehensweise besprechen.

Selbst wenn Valerie sich vor Nora kämpferisch gegeben hatte, tief in ihrem Inneren verspürte sie starke Zweifel an ihrem Vorhaben. Es musste sich erst noch herausstellen, ob sie nicht doch wieder einen Rückzieher machen würde, in der Hoffnung, dass die Polizei den Fall rasch klären konnte.

## SIEBEN

In dieser Nacht konnte Valerie kaum schlafen. Beinahe stündlich wurde sie wach, weil sie ein wirrer Traum verfolgte, in dem eine vermeintliche Leiche bei Kerzenlicht in der Hütte lag. Es war ein Mann, der plötzlich mit einem Messer in der Hand aus der Wanne sprang und sie packen wollte. An dieser Stelle schreckte sie jedes Mal hoch.

Nachdem der gleiche Traum sie zum dritten Mal heimgesucht hatte, beschloss sie, aufzustehen und sich mit Backen abzulenken. Das hatte bisher immer gut funktioniert. Da es noch so früh war, hatte sie genügend Zeit für frische Kornbrötchen, über die sich ihre Familie zum Frühstück freuen würde.

Kaum war das Gebäck im Ofen, schaute sie nach, welche Zutaten sonst noch im Haus waren, und entschied sich dafür, ein Backblech mit Ribiselschnitten vorzubereiten, einem Mürbteigboden mit einem Belag aus süßem Eischnee und säuerlich schmeckenden Ribiseln. Diese typisch österreichische Mehlspeise gab es nur im Frühsommer, wenn die Früchte – ihre deutschen Gäste nannten sie Johannisbeeren – reif waren. Das Rezept stammte von ihrer Schwiegermutter, die es wiederum von ihrer Mutter hatte. Andi hatte am Tag des Mordes in ihrem privaten Garten noch eine Schüssel voll gepflückt und sie in den Kühlschrank gestellt. Aufgrund der unerwarteten Ereignisse hatte Valerie jedoch bisher keine Zeit gefunden, sie zu verarbeiten.

Dabei liebte sie es, zu backen. Außerdem mochte sie für ihr Leben gern Süßes. Mehlspeisen oder Schokolade waren ein perfekter Trostspender in schwierigen Situationen.

Heute war das dringend nötig. Ein kleiner Gaumengenuss hob die Stimmung – und das konnten sie bei all dem Wahnsinn wahrlich gebrauchen.

Als Lea und Jakob aufstanden, staunten sie nicht schlecht über die frischen Brötchen, mit denen sie empfangen wurden. Einzig Viktor sah nicht überrascht aus. Er kannte die Gepflogenheiten seiner Frau dafür schon zu lange.

Nachdem die drei kräftig zugelangt hatten, gingen sie ihrer Wege. Valerie blieb vor ihrer Verabredung noch genügend Zeit, unter die Dusche zu schlüpfen und den Tisch zu decken.

Nora kam überpünktlich, war auch nicht ausgeschlafener als sie selbst und stürzte vor dem üblichen Tee einen Espresso hinunter. Der sollte ihre Lebensgeister wecken, wie sie Valerie wissen ließ.

Sie zog einen Collegeblock aus ihrer Handtasche, einen Kugelschreiber sowie einen Textmarker und legte die Utensilien sorgfältig vor sich hin. Da kam die Lehrerin in ihr durch. Wenn man Pläne schmiedete, musste das seine Ordnung haben und mit System begonnen werden. Diesbezüglich war sie ein richtiger Nerd.

Valerie verkniff sich einen Kommentar, setzte sich an den Tisch und schenkte ihnen Earl Grey ein. Heute hatte sie sich für Schwarztee entschieden, der machte munter und passte perfekt zu ihrer Stimmung. Durch sanftes Klopfen auf ihr weiches Ei öffnete sie dieses, entfernte oben am Kopf die Schale und streute eine Prise Salz darüber. In der Zeit, in der sie sich Butter auf ihr Brötchen schmierte, hörte sie Nora zu, die bereits mit dem Stift in der Hand über der ersten Seite saß.

»Also ich bin ja keine Polizistin –«

Valerie fiel ihr ins Wort. »Gott sei Dank! Wenn die alle so ticken wie Dr. Siebert, wärst du wohl nicht meine Freundin. Übrigens macht der den Eindruck, als würde er auf der Stelle treten. Aber unter Umständen sieht das bloß so aus, und er verrät nur nichts über seine Ermittlungsergebnisse. Das machen Hercule Poirot und Inspector Columbo schließlich auch so. Das Einzige, was er gestern zwischendurch erwähnt hat, ist die exakte Todesursache, aber die kannte ich schon. Es war nicht zu übersehen, dass ihr die Kehle durchgeschnitten worden ist.«

Valerie bekam Gänsehaut, wenn sie nur daran dachte. Sie hatte wieder das Bild der toten Lieselotte Hehenberg zwischen all den Kerzen und Rosenblättern deutlich vor Augen.

Nora war alarmiert. »Dass er mit euch darüber gesprochen hat, hast du noch gar nicht erzählt. Warum hat er das wohl gemacht? Er muss doch wissen, dass du die Wunde gesehen hast. Das hat er mit Sicherheit nicht ohne Grund getan. Schieß los, hat er noch mehr gesagt?«

»Zuerst das Bekannte. Der Hehenberg wurde mit einem langen Messer von hinten die Kehle durchgeschnitten. Sie muss binnen kürzester Zeit tot gewesen sein. Und jetzt kommt der Haken an der Sache.«

Valerie machte eine kleine Pause, in der Nora das Brötchen zur Seite legte und ihr damit signalisierte, dass ihre ganze Aufmerksamkeit ihr galt.

»Der Gerichtsmediziner ist der Meinung, dass die Tatwaffe ein großes Küchenmesser gewesen ist. Siebert wollte wissen, ob bei uns eines fehlt. Er hat zwei von seinen Polizeibeamten mit mir in die Küche geschickt. Anton musste alle Besteckladen durchforsten und das Unterste zuoberst kehren. In einer großen Küche wie unserer ist es schier unmöglich, das festzustellen. Und dann haben die Beamten jedes einzelne von der Größe her in Frage kommende Messer mit Handschuhen vorsichtig in Beutel gesteckt. Die wurden ins Labor geschickt und werden nun auf Spuren menschlichen Blutes untersucht.«

»Das hat der Siebert veranlasst? Sag mal, spinnt der denn komplett? Verdächtigt er etwa euch?«

»Keine Ahnung. Ich versuche, gar nicht mehr viel über ihn nachzudenken. Sein unhöfliches Verhalten ärgert mich derartig, dass ich mich da sonst zu sehr hineinsteigere. Anders Frau Oswald, die Gruppeninspektorin oder wie das heißt. Sie ist sehr höflich, und wenn sie Fragen hat, vermittelt sie einem nicht das Gefühl, dass man ein Verbrecher wäre, sondern geht sehr behutsam und respektvoll vor. Der ist schon bewusst, dass die Situation für uns nicht leicht ist.«

»Und was macht ihr heute ohne Küchenmesser?«

»Das haben wir uns auch gefragt. Zumindest die kleineren haben wir ja noch. Zum Glück ist das Hotel fast leer und deshalb unser Angebot in der Küche eingeschränkt. Anton hat mir außerdem erklärt, dass ein guter Koch privat über einen Satz exzellenter Messer verfügt. Das heißt, er hat seine eigenen mitgebracht. Unsere Gäste werden also nicht verhungern müssen.«

»Das ist typisch Anton, oder? Immer eine Lösung parat.« Nora lächelte für einen kurzen Moment. »Dann lass uns loslegen. Schreiben wir auf, was wir schon wissen: Tatort war die Badehütte. Am Tatort war nichts außer der Leiche, Kerzen, Rosenblättern, einem Champagnerglas und der Blutlache. Was ist übrigens mit der Kleidung? Die Hehenberg muss doch auf dem Weg zur Hütte angezogen gewesen sein.«

»Das ist eine gute Frage. Die kann ich dir leider nicht beantworten. Aufgefallen ist mir nichts. Hinter der Wanne steht ein kleiner Klapptisch, auf den die Leute ihre Sachen legen, dort war jedoch nichts, soweit ich mich erinnern kann. Andererseits war ich so erschrocken, dass ich nur versucht habe, von dort fortzukommen. Ich hatte Panik und hab mich nicht extra umgesehen. Aber ich weiß noch ungefähr, was sie an dem Abend getragen hat, bevor sie außer Haus gegangen ist. Und ein Badetuch hatte sie auch dabei. Daran erinnere ich mich, weil es so komisch war, dass sie sich schick hergerichtet hat wie für eine Verabredung und dann mitten in der Nacht ein Badetuch mitgeschleppt hat.«

»Valerie, überleg doch mal.« Noras Wangen waren gerötet. »Natürlich passt das. Für mich sieht das so aus, als hätte sie ein heißes Date unten in der Badehütte gehabt. Wenn sie mit einem Mann verabredet war, wofür vieles spricht, dann wäre sie doch nicht in Bademantel und Gummilatschen runtergegangen, so wie du das machst. Sie hätte sich hübsch angezogen, geschminkt und sich so richtig aufgestylt.«

»Hm, jetzt fällt mir auch wieder ein, dass mich die Leiche an Schneewittchen erinnert hat. Sie trug auf jeden Fall roten Lippenstift. Mir ist aufgefallen, dass die Farbe zu den Rosen und zum Blut passte. Das war richtig gruselig.«

»Okay, sagen wir, dass die Hehenberg, als ihr sie im Lift getroffen habt, auf dem Weg runter zur Hütte war und sich auf ein romantisches Wannenbad mit jemandem gefreut hat. Ist nur die Frage, mit wem. Hatte sie einen Liebhaber? Ihr Mann ist im Ausland auf Geschäftsreise, hast du gesagt, oder? Ist er denn schon eingetroffen?«

»Nein, Frau Oswald hat mich gestern gegen Abend noch angerufen und gesagt, dass sein Flieger wegen Schlechtwetters nicht starten und er erst einen Flug heute Vormittag nehmen könne. Das heißt, er kommt irgendwann im Laufe des Tages an.«

»Sehr gut. Den knöpfen wir uns vor.«

»Aber, Nora. Seine Frau ist ermordet worden. Der hat unter diesen Umständen keine Lust auf ein Verhör.«

»Wer redet denn von Verhör, meine Liebe? Weibliches Fingerspitzengefühl brauchen wir schon dazu. Aber überleg doch mal, er kennt hier niemand, hat mit Sicherheit Redebedarf, vor allem wenn er von Sieberts Befragung kommt. Und dann bist du als Hotelchefin natürlich die erstbeste Person, der er sein Leid klagen kann. Dir schütten doch alle Leute ihr Herz aus. Du strahlst so was Vertrauenerweckendes und Empathisches aus. Der öffnet sich dir bestimmt. Und ich bin zufällig in der Nähe, und gemeinsam kümmern wir uns dann um ihn.«

»Ob das klappt, ohne dass es zu sehr auffällt? Einen Versuch ist es zumindest wert. Aber eigentlich sollten wir mit unserer Liste weitermachen. Was wissen wir noch?«

Nora kritzelte mit dem Stift auf dem Block herum. »Mal

sehen, den Tatort haben wir schon. Die Frage nach der Kleidung und dem Badetuch der Toten haben wir noch nicht geklärt. Da könntest du doch mit Frau Oswald sprechen. Wenn du nett zu ihr bist, verrät sie es dir womöglich, so von Kriminalpolizistin zu Leichenfinderin …«

»So wie du das sagst, klingt das furchtbar. Aber okay, ich versuche es. Wenn sie die Sachen nicht gefunden haben, dann heißt das wohl, dass der Täter sie mitgenommen hat, aber wozu?«

Valerie war ratlos. Das mit der Kleidung ergab für sie keinen Sinn. Doch die logische Denkerin von ihnen war sowieso Nora. Dass es in ihrem Kopf arbeitete, erkannte Valerie daran, wie sie mit den Zähnen auf den Lippen herumkaute. Das tat sie nur, wenn sie angestrengt nachdachte.

Plötzlich schnellte Nora in die Höhe. »Ich glaub, ich hab's. Komm schon, steh mal auf.«

Zweifelnd blickte Valerie Nora an.

»Sei mal locker, nicht so skeptisch. Wir spielen ein bisschen Romeo und Julia. Ich bin Romeo und warte an unserem geheimen Treffpunkt auf dich.«

Valerie verstand nicht, worauf Nora hinauswollte. »Dann muss ich wohl Julia sein, nehme ich an. Was soll ich machen?«

Gespielt theatralisch seufzte Nora. »Dir muss man wieder jede Kleinigkeit vorgeben. Du kommst natürlich voller Vorfreude zum Treffpunkt – in besagtem Fall die Badehütte, in unserem Fall die Küche – und benimmst dich so, wie man sich benimmt, wenn man sich mit dem Liebsten trifft.«

»Ich soll dich küssen? Bei aller Freundschaft, aber das geht mir zu weit, Nora.«

»Nein, du sollst doch nur so tun, als ob. Geh bitte in den Vorraum, komm rein und stell dir vor, dass ich dein Traummann bin, nach dem du dich sehnst.«

Widerwillig ging Valerie hinaus, versuchte, sich in die beschriebene Situation hineinzuversetzen, und betrat erneut die

Küche. Sie eilte auf Nora zu, umarmte und drückte sie und fuhr ihr mit den Fingern der rechten Hand durch die Haare im Nacken. Dann löste sie sich von ihr. »Entschuldige bitte, aber mehr geht beim besten Willen nicht. Und was willst du mir damit sagen?«

»Aber, Valerie, verstehst du denn nicht? Die Hehenberg wird ihren Liebhaber doch auch umarmt haben. Wenn sie gegen vierzig war, dann war der schätzungsweise eher älter, obwohl wir das natürlich nicht wissen. Und seien wir ehrlich, da kämpfen doch die meisten Männer schon mit beginnendem Haarausfall. Pass auf. Wenn sie ihm leidenschaftlich durch die Haare fährt, dann ist es doch naheliegend, dass er bei dieser Liebkosung welche verliert. Und die bleiben wiederum als Beweismittel an der Kleidung haften. Dieses Risiko wäre doch zu groß für ihn gewesen. Das ist der Grund, warum er die Sachen mitnehmen musste.«

Endlich hatte Valerie begriffen, was Nora so umständlich zu erklären versuchte. Doch eines war ihr trotzdem unklar. »Und was ist mit dem Badetuch? Hast du dafür auch eine Erklärung?«

»Na, das ist wohl die logischste Sache der Welt. Was würdest du anstelle des Mörders machen, wenn deine Hände voll Blut sind? Du würdest dich vermutlich waschen und mit dem Tuch abtrocknen. Womöglich auch das Messer damit reinigen.«

Valerie war wieder einmal verblüfft, wie logisch Noras Gedankengänge waren. Es ergab Sinn, was sie sagte. Obwohl es so simpel und einleuchtend war, wäre ihr das nicht eingefallen. Sie hatte wohl bei der Talentvergabe vor der Geburt, als es um logisches Kombinieren ging, freiwillig einen Schritt zurück gemacht. Dafür aber konnte sie gut mit Leuten umgehen. Das hatte sie von Kindesbeinen an gelernt. Ihre Stärke war das Zuhören. Außerdem fand sie meist die richtigen Worte im passenden Moment. Sie war selbst oft überrascht, was ihr andere Menschen anvertrauten. Manchmal Sachen, die sie lieber gar nicht wissen wollte. Sie würden sich bei der Mördersuche auf jeden Fall gut ergänzen. Gleichwohl unterschieden sich ihre Methoden deutlich von der üblichen Ermittlungsarbeit der Kriminalpolizei. Dorothea Oswald würde Dr. Siebert bestimmt nicht um den Hals fallen, nur um ihm einen Sachverhalt vor Augen zu führen.

»Du hast immer eine Erklärung, wie mir scheint.« Valerie zwinkerte Nora zu. »Also, meine erste Aufgabe ist, Frau Oswald in ein Gespräch zu verwickeln und sie nach der Kleidung und dem Tuch zu fragen. Wenn sie die Sachen nicht gefunden haben, versuche ich herauszubekommen, ob und wo sie danach gesucht haben. Dann können wir weiterüberlegen. Wie wäre es, wenn du derweil ein bisschen recherchieren würdest? Felix ist doch Meister darin. Der hilft dir sicher. Bis jetzt hat er alles im Netz gefunden, worum wir ihn je gebeten haben. Wir brauchen möglichst viele Informationen über Lieselotte Hehenberg, ihre Ehe, mögliche Gerüchte über einen Liebhaber, große Events, auf denen sie in den letzten Wochen gewesen ist. Wenn wir Glück haben, taucht ein Foto auf, wo sie mit jemandem abgebildet ist, den wir hier in Bad Gastein in den letzten Tagen gesehen haben. Die Chancen sind klein, aber manchmal hilft im Leben ein Zufallstreffer.«

Nora klappte den Notizblock zu, steckte ihn in ihre Handtasche und stand auf. »Dann mach ich mich auf den Weg in unser Zimmer und setze mich an den Laptop. Felix soll es mir so einrichten, dass ich Zugriff auf euren Drucker bekomme, dann kann ich die interessanten Fotos und Zeitungsartikel ausdrucken. Mit der Liste machen wir vielleicht später weiter, falls wir sie dann noch brauchen. Unter Umständen löst sich der Fall schneller, als wir meinen.«

»Dein Wort in Gottes Ohr. Das wäre das Beste. Aber lass uns die Sache Schritt für Schritt angehen. Um Frau Oswald kümmere ich mich gleich, falls ich sie finde.«

Doch suchen musste sie gar nicht. Als Valerie in die Lobby kam, hörte sie Dr. Siebert am Telefon herumschreien. Dorothea Oswald stand unschlüssig abseits und schien zu warten. Plötzlich legte Siebert die Hand über das Mikro des Telefons und schnauzte sie an: »Das wird noch länger dauern. Sie brauchen hier nicht so rumzustehen und mich anzuglotzen. Das macht mich nervös.« Damit ging er hinaus vors Hotel, wo Valerie ihn durch die Glastür wild gestikulierend weitertelefonieren sah.

Die beiden Frauen blickten sich an und zuckten mit den Schultern. Dorothea Oswald reagierte relativ entspannt auf Sieberts Unhöflichkeiten, vermutlich war sie daran gewöhnt.

Siebert hatte Valerie durch seinen Abgang in die Hand gespielt. Besser konnte es nicht passen, nun würde sie der Inspektorin unauffällig auf den Zahn fühlen.

»Wie wäre es mit einem Kaffee in der Bar? Ich schätze, Sie dürfen eine Pause einlegen«, fragte sie heiter.

Ein Lächeln stahl sich auf Dorothea Oswalds Gesicht. »Das ist eine richtig gute Idee. Vielen Dank. Und nehmen Sie Siebert am besten nicht zu ernst. Ich habe gelernt, mit seiner Art umzugehen. Aber wenn er nicht mein Chef wäre, dann …« Sie ließ den Satz unvollendet.

Valerie interpretierte es als Loyalität dem Vorgesetzten gegenüber, was menschlich für Dorothea Oswald sprach, obwohl Dr. Siebert das bei der Art, mit der er seine Assistentin behandelte, ihrer Meinung nach nicht verdient hatte.

Sie ging voraus zu den kleinen Bartischen. Ihre Neugier konnte sie nun kaum mehr im Zaum halten. Sollte sie mit der Tür ins Haus fallen und Dorothea Oswald ausfragen, oder sollte sie subtiler vorgehen? Die Frage war nur, wie.

Sie strich sich nervös die Haare hinter die Ohren und legte dann zwei kleine Holztabletts und Löffel zurecht. Die Handgriffe, die für die Zubereitung der beiden Caffè Latte nötig waren, gingen ihr routiniert von der Hand, sodass sie dabei überlegen konnte, wie sie das Gespräch einleiten sollte. Doch Dorothea Oswald kam ihr zuvor.

»Vermutlich fragen Sie sich, wie weit wir mit den Ermittlungen sind. Normalerweise darf ich darüber nicht sprechen, aber ich denke, dass ich Ihnen den momentanen Stand durchaus mitteilen kann. Schließlich sind Sie stark betroffen von der ganzen Geschichte. Außerdem haben wir noch nicht viel herausgefunden, sodass ich keinerlei Bedenken habe. Noch ermitteln wir in alle Richtungen, allerdings hegen wir einen gewissen Verdacht, was oder, besser gesagt, wer dahinterstecken könnte. Doch leider kennen wir seinen Namen nicht.« Gedankenverloren rührte sie Zucker in den Kaffee, den Valerie ihr an einem der kleinen Tische in einem hohen Glas serviert hatte.

Von ihrer Anwesenheit abgesehen, war die Bar leer. Der Zeitpunkt war also perfekt für dieses Gespräch.

Valerie rückte ihren Stuhl zurecht, riss umständlich das Zuckersäckchen mit dem Logo des Hotels auf und süßte ihren Kaffee, obwohl sie ihn üblicherweise ohne Zucker trank. So konnte sie Zeit gewinnen und hoffte, nicht gar zu neugierig zu erscheinen. »*Seinen* Namen? Dann nehmen Sie an, dass es ein Mann war?«

Dorothea Oswald blickte von ihrem Caffè Latte hoch. »Ja natürlich. Bei dieser romantischen Inszenierung kann es mit einer Wahrscheinlichkeit von neunundneunzig Prozent nur ein Mann gewesen sein.«

Das leuchtete Valerie ein. Gleichwohl kam es ihr ein bisschen zu einfach vor. Ausschließen sollte man gar nichts, obwohl Nora und sie letztlich zu dem gleichen Schluss gekommen waren.

Vorsichtig tastete sie sich weiter vor. »Wenn Sie von einem Verdacht sprechen, was meinen Sie damit? Gehen Sie davon aus, dass es einer unserer Gäste war?«

Dorothea Oswalds Blick war unschlüssig, so als würde sie

überlegen, wie viel sie verraten konnte, aber da wirkte wohl Valeries vertrauenerweckende Art wieder Wunder. Die Inspektorin beugte sich in ihre Richtung und senkte die Stimme, obwohl Carla, die einzige Anwesende, am anderen Ende der Lobby vertieft am Computer arbeitete. »Wir haben die Vermutung, dass Frau Hehenberg von einem Stalker belästigt wurde. Er könnte der Mörder sein.«

Valerie riss die Augen auf. Ein Stalker, davon hatte sie bisher nur im Fernsehen oder in den Medien gehört, einen Vorfall in diese Richtung hatte es hier im Tal noch nie gegeben. Generell hatte sie manchmal das Gefühl, dass die Uhren in Bad Gastein noch anders tickten. Auch wenn alle technischen Neuerungen selbstverständlich waren, hatten viele der gesellschaftlichen Probleme, die es vor allem in den Städten gab, noch nicht Einzug gehalten. Die Urlauber schätzten diese Idylle, die jedoch im Zuge des Mordes zu zerbröckeln drohte.

Valeries Gedanken rasten. Sie wippte mit dem übergeschlagenen Bein, wie sie es gern machte, wenn sie nervös war. Das würde so vieles erklären. Alle Aspekte passten ins Bild.

Um nicht zu interessiert zu erscheinen, versuchte sie, möglichst neutral zu bleiben. »Meinen Sie? Ein Stalker?«

»Ja, das ist im Moment die logischste Variante. Von Emilia Lechner wissen wir, dass seit einigen Wochen regelmäßig Briefe in roten Umschlägen ohne Absender in der Post gewesen sind, nach deren Öffnen ihre Chefin äußerst nervös geworden ist. Wenn so ein Brief ankam, hat sie immer lange mit ihrem Mann gesprochen und wollte nicht gestört werden. Der Urlaub hier in Bad Gastein muss eine spontane Idee gewesen sein. Am Tag nach dem letzten Brief hat Lieselotte Hehenberg sie gebeten, alle Termine für die nächsten Wochen abzusagen. Ihr Mann Oliver hat spätabends noch angerufen und gefragt, ob sie sich vorstellen könne, mit seiner Frau gemeinsam ein paar Wochen in die Berge zu fahren. Sie brauche viel Ruhe und Abstand. Es gehe ihr nicht so gut. Er muss sehr besorgt geklungen haben. Emilia Lechner hat zugesagt, weil auch ihr das veränderte Verhalten aufgefallen war: das nervöse Abchecken der Umgebung, das Zurückziehen, die Baseballkappe …«

Valerie war überrascht, wie offen Dorothea Oswald mit ihr sprach. »Und Sie glauben nun, dass dieser Stalker der Mörder sein könnte? Sind Sie der Meinung, dass er ein Psychopath ist? Hoffentlich sucht er sich nicht noch ein Opfer aus.«

»Ich denke, momentan vermutlich nicht. Frau Hehenberg hat er wochenlang beobachtet und ihr geschrieben. Zumindest nehmen wir das an, denn gelesen hat Frau Lechner keinen einzigen der Briefe. Licht in diese Angelegenheit kann nur Oliver Hehenberg bringen, wenn er heute endlich ankommt.«

»Ja, der Arme. Die Situation muss furchtbar für ihn sein.« Nun war Valerie unsicher, ob sie sich noch weiter vorwagen sollte. Da Dorothea Oswald aber sehr entspannt bei ihrem Kaffee saß, entschied sie sich dafür. »Ach, was ich noch fragen wollte. Ich habe Ihnen ja berichtet, wie das war, als ich die Leiche fand. Nun bin ich in Gedanken die Situation immer wieder durchgegangen. Ich meine, ich kenne die Hütte gut. Und das Gefühl, dass ich etwas übersehen habe, lässt mich nicht los. Und ich denke, es ist die Frage nach der Kleidung. Normalerweise legen die Leute, die so wie ich dort baden, sie auf dem weißen Klapptisch ab, der hinter der Wanne steht. Aber ich kann mich nicht daran erinnern, dass dort etwas gelegen hätte. Kann es sein, dass Frau Hehenbergs Kleidung und ihr Badetuch gar nicht mehr in der Hütte waren? Das wäre doch komisch, oder?«

»Da haben Sie den Nagel auf den Kopf getroffen, Frau Thaller. Das ist eigenartig, und wir haben uns die gleiche Frage gestellt. Weder die Kleidungsstücke noch das Badetuch befanden sich am Tatort. Die Kollegen sind noch immer auf der Suche danach, genauso wie nach der Mordwaffe. Ihre Küchenmesser wurden alle untersucht. Da haben die Kriminaltechniker nichts Verdächtiges gefunden. Die bringen wir Ihnen morgen wieder mit. Ich glaube, das war auch der Grund, weshalb Dr. Siebert vorhin am Telefon so geschrien hat. Er hat mit dem Leiter der Tatortgruppe gesprochen, die bis heute rein gar nichts entdeckt hat, was auf den Täter hinweisen könnte. Es gab so viele verschiedene Fußabdrücke am Pfad Richtung Hütte, dass wir die des Mörders unmöglich isolieren konnten. Sieht so aus, als wäre der Platz in der Wanne heiß begehrt.«

Valerie schauderte. »In Zukunft wohl nicht mehr. Ich zumindest werde in der Wanne nie wieder baden.«

In diesem Moment kam Dr. Siebert zur Tür herein. Suchend blickte er sich um. »Bringen Sie mir auch einen Kaffee. Aber mit viel Zucker«, rief er Valerie im Vorbeigehen zu, ohne sie anzusehen, und verschwand in seiner Kommandozentrale, wie sie alle mittlerweile das Stüberl nannten.

Während Valerie den Kaffee zubereitete, dachte sie über das Gespräch mit Dorothea Oswald nach. Es hatte sich tatsächlich eine Spur herauskristallisiert. Darüber musste sie unbedingt Nora informieren. Im Idealfall hatte die in der Zwischenzeit schon Informationen über Lieselotte Hehenberg zusammengetragen. Je mehr sie über sie wussten, desto eher konnten sie einschätzen, aus welcher Ecke der Stalker kam. Unter Umständen gab es sogar einen Mann, der wiederholt auf Fotos auftauchte, auf denen auch das Mordopfer zu sehen war. Das hatte sie sich schon vorhin gedacht. Es hieß doch, dass Stalker meist dort zu suchen waren, wo sich ihre Zielpersonen befanden. Zumindest hatte sie das in Filmen so gesehen.

Sie brachte den Kaffee ins Stüberl zu Dr. Siebert, der sich wie erwartet nicht dafür bedankte. Dann stellte sie Dorothea Oswald, die bereits wieder an ihrem Laptop arbeitete, einen kleinen Teller mit Pralinen hin. Valerie fertigte sie selbst. Das war eines ihrer Hobbys. In den Genuss, sie zu essen, kamen üblicherweise nur Familie, Freunde und besonders nette Gäste, da sie nicht die Zeit hatte, größere Mengen zu produzieren.

Als Dorothea Oswald zu ihr hochblickte und sich bedankte, zwinkerte Valerie ihr mit einem Seitenblick auf Siebert zu. »Um Ihnen den Tag zu versüßen. Damit lässt sich so manches leichter ertragen.«

Dr. Siebert hatte sie keine Pralinen gebracht. Wenn er unhöflich war, konnte sie das auf ihre Art auch sein. Das war ihr kleiner, stiller Protest gegen sein Benehmen, das in der aktuellen Situation die Stimmung im Haus noch mehr drückte.

Nora musste lachen, als Valerie – wieder mit Pralinen ausgerüstet – bei ihr und Felix auftauchte und ihnen davon berichtete. »Valerie, das finde ich super! So kenne ich dich gar nicht. Endlich steigst du von deinem Höflichkeitstrip runter. Ich bin natürlich prinzipiell deiner Meinung, aber manche Leute, solche Stinkstiefel wie unser Dr. Siebert zum Beispiel, verdienen es nicht, dass man sie extra nett behandelt. Da muss auch neutral reichen.« Beim Wort »neutral« machte sie mit den Händen Anführungszeichen in die Luft.

Auch Felix, der eben eine Praline im Mund zergehen ließ, zeigte ihr den Daumen hoch.

»Ja, das stimmt schon. Aber ich bin auf einem guten Weg. Das müsst ihr zugeben. Der Kerl widert mich so derartig an, dass ich im Umgang mit ihm üben kann.« Grinsend wandte sie sich an Felix. »Da fällt mir ein, ihr habt doch erst gestern versucht, Informationen über den Siebert rauszufinden. Darüber haben wir dann gar nicht mehr gesprochen. Gibt's denn was im Internet, das interessant ist?«

»Wie man's nimmt.« Felix fuhr sich durch die braunen Haare, die eine Spur zu lang waren und ihm das Aussehen eines Surfertypen verliehen. Als Sportstudent war er entsprechend durchtrainiert, was den Eindruck noch verstärkte. »Nichts Konkretes. Allem Anschein nach ist er richtig gut in seinem Job. Er hat jahrelang alle Fälle geknackt, was statistisch gesehen außergewöhnlich ist. Er scheint eine Nase dafür zu haben, wer der Täter ist. Schräg ist nur, dass seine Aufklärungsquote in den letzten drei Jahren stark gesunken ist. Das hat meinen Sportsgeist in Sachen Recherche geweckt. Jakob und Lea haben mir geholfen. Wir haben alle Medienberichte zu den nicht geklärten Fällen rausgesucht. Und ich habe – sagen wir so – auch verstecktere Quellen durchforstet. Das Ergebnis ist, dass es sich meist um Fälle handelt, bei denen ein Täter oder eine Täterin unter zwingendem Verdacht stand und dann doch aus Mangel an Beweisen oder weil Beweise plötzlich nicht mehr auffindbar waren, nicht dingfest gemacht werden konnte. Und nun ratet mal, in welchen Fällen das passiert ist.«

»Mach es doch nicht so spannend, Felix. Wir haben keine Ahnung, oder?« Nora blickte fragend zu Valerie, die ihr mit einem Kopfnicken recht gab.

»Haltet euch fest, jetzt wird's interessant. In allen Fällen, die er nicht gelöst hat, war der Verdächtige steinreich.«

Valerie konnte nicht glauben, was Felix da andeutete. »Willst du damit sagen, dass er sich hat schmieren lassen und dafür gesorgt hat, dass die Fälle zu den Akten gelegt werden? Dass er Beweismaterial unterschlägt oder verschwinden lässt? Das wäre unglaublich. Aber wenn es stimmt, würde es gar nicht so auffallen, weil die übliche Aufklärungsrate bei Gewaltverbrechen ohnehin nicht so hoch ist, wie sie bei ihm vorher gewesen ist, oder?«

Felix strich sich verlegen über den Dreitagebart. »Das war auch unser erster Gedanke, aber sicher sind wir uns natürlich nicht. Wir haben logischerweise keine Beweise dafür gefunden. Nur für uns ist klar, dass an der Sache was faul sein muss. Vor allem weil wir dann noch weitergegraben haben und auf eine megamäßige Immobilie auf Mallorca gestoßen sind, die Siebert letztes Jahr erworben hat und die absolut nicht zum

Gehalt eines Polizeibeamten passt. Das haben wir mit dem Gehaltsschema abgeglichen.«

»Echt?« Nora bekam rote Wangen. »Solltet ihr damit recht haben, wäre das der Oberhammer. Ich wusste, dass er ein unsympathischer Mensch ist, aber so was hätte ich einem Polizeibeamten nicht zugetraut. Valerie, dann brauchst du gar kein schlechtes Gewissen zu haben, wenn du ihn nicht mit Höflichkeit überschüttest.«

Valerie war geflasht – so würden zumindest Jakob und Lea es nennen. Da sie prinzipiell allen Leuten nur Gutes unterstellte, konnte sie sich nicht vorstellen, dass Dr. Siebert so weit gehen würde. Das wäre Korruption vom Feinsten. Das glaubte sie nicht einmal von ihm, obwohl alle Informationen ein logisches Gesamtbild ergaben.

»Aber im Zweifel für den Angeklagten, das wisst ihr schon, oder? Außerdem ist das zwar spannend, führt uns jedoch von unserem Thema weg. Heute wolltest du mit Felix über die Hehenberg recherchieren, Nora. Seid ihr bei der Suche auf etwas Interessantes gestoßen?«

Nora nahm einen Packen Papier zur Hand. »Schon erledigt. Wir haben uns aufgeteilt. Felix hat über seine ominösen Quellen, die er mir nicht verrät, mehr über die Vermögensverhältnisse der Hehenbergs und der Firma herauszufinden versucht. Bis jetzt ist er nur in Bezug auf die Firma fündig geworden. Da scheinen die Zahlen bestens zu sein, sie läuft hervorragend, die Gewinne sind beträchtlich.«

»Und wonach hast *du* gesucht?«

»Ich habe mir die Society-Events angesehen, die in den letzten Monaten unter den Reichen und Wichtigen stattgefunden haben. Dazu gibt es eine Menge an Fotos und Berichten. Einen Teil hab ich schon durchgeschaut, aber noch nicht alles. Ihr Mann ist logischerweise meistens an ihrer Seite, der sieht verdammt gut aus. Irgendwie kommt er mir bekannt vor, ich hab aber keine Ahnung, woher. Es kann auch sein, dass ich ihn schon in einem Klatschmagazin gesehen habe.« Nora legte eine kurze Pause ein, als wollte sie noch darüber nachdenken, sprach dann aber weiter: »Und ansonsten gibt es noch ein paar andere Personen, die auf den Fotos regelmäßig auftauchen. Zum Teil kenne ich sie, weil sie prominent sind, andere habe ich aber noch nie gesehen. Schau du doch mal. Im besten Fall entdeckst du jemand darauf, einen Gast von euch oder so.«

Valerie ging die Seiten durch. Unglaublich, auf wie vielen Events Leute zu erscheinen hatten, die zur Society dazugehören wollten. Die meisten davon in Wien. Da war es kein Wunder, dass manche von ihnen in Bad Gastein Erholung suchten. Es musste anstrengend sein, ständig in der Öffentlichkeit zu stehen und jeden Moment fotografiert und in den Medien kommentiert werden zu können.

Auffallend war, dass Lieselotte Hehenberg auf den jüngsten Fotos nicht gut aussah. Das Strahlen in den Augen, früher ganz typisch für sie, war zur Gänze verschwunden. Sie war blass und hatte einen gehetzten Ausdruck im Blick. Aber das konnte Valerie sich natürlich auch einbilden.

Oliver Hehenberg kam ihr wie Nora vage bekannt vor. Aber da Lieselotte Hehenberg in den letzten Jahren wiederholt Gast im Hotel gewesen war, konnte es gut sein, dass er sie ab und zu besucht hatte, so wie diese Woche.

Als Valerie durch die Seiten blätterte, fiel ihr Blick auf ein Foto, auf dem Lieselotte Hehenberg im Businesskostüm eine Rede hielt. Im Hintergrund stand ein Mann, der ihre Aufmerksamkeit auf sich zog. Ihm war sie schon einmal begegnet, und zwar erst kürzlich. Das Gesicht war leider schlecht zu erkennen.

Gedankenverloren drehte sie eine Haarsträhne um ihren Finger und dachte angestrengt nach. Der dunkle Anzug, die Körperhaltung, das volle graue Haar, wo hatte sie ihn gesehen?

»Ich hab's!«, rief sie plötzlich. »Der Mann dort hinter ihr, das ist der, der nach Frau Hehenberg gefragt hat – am Tag ihres

Todes. Nachdem er von mir keine entsprechende Antwort bekommen hatte, ist er noch in der Lobby rumgeschlichen und hat einen Kaffee an der Bar getrunken. Ich glaube, er hat gehofft, dass er sie zufällig trifft, wenn er nur lange genug bleibt.«

»Das ist der erste richtige Anhaltspunkt.« Noras Augen strahlten. »Das heißt, er hat sich auf mindestens einem Event herumgetrieben, auf dem auch die Hehenberg war. Und dann taucht er plötzlich Hunderte Kilometer weit weg von Wien hier bei uns in Bad Gastein auf, obwohl sie ihren Aufenthalt geheim halten wollte. Na, wenn das nicht zum Himmel stinkt. Das ist garantiert kein Zufall.«

»Sollen wir mit Dr. Siebert reden und ihm das Foto zeigen?« Valerie wurde unsicher. So richtig behagte ihr die Mörderjagd nicht, und sie war versucht, die ganze Aktion wieder abzublasen.«

»Auf gar keinen Fall.« Nora stemmte die Hände in die Seiten und sah empört aus. »Erstens hast du ihm nicht verschwiegen, dass ein Mann nach ihr gefragt hat – da kann er selbst recherchieren. Und zweitens traue ich dem nicht über den Weg. Selbst ist die Frau! Wofür brauchen wir diesen unsympathischen Typen denn? Frauenpower ist angesagt.« Felix räusperte sich auffällig, was Nora dazu veranlasste, sich amüsiert zu ihm umzudrehen. »Oh, entschuldige. Ich wollte dich nicht übergehen. Selbstverständlich sind wir froh über deine männliche Unterstützung. Am Computer bist du ein absolutes Ass. Das ist echt hilfreich.«

Grinsend schnappte sich Felix seinen Rucksack. »Ist schon gut, Mama. Ich lass euch jetzt sowieso allein und fahre runter in die Paragleitschule zu Jakob. Der müsste von seinem Flug wieder zurück sein. Viel Spaß noch den Damen beim Detektivspielen.« Er winkte Nora und Valerie zu und verschwand.

»Sag mal, Valerie. Hast du Lust und Zeit auf einen Spaziergang?« Noras Augen leuchteten schon wieder.

»Zeit habe ich genug, weil nichts los ist. Aber ob ich Lust habe, das ist eine andere Frage. Nicht so richtig. Dein Gesichtsausdruck ist nämlich verräterisch. Du heckst was aus, und ich bin mir nicht sicher, ob ich das gut finden soll. Nora, das ist kein Spiel, es kann richtig gefährlich werden, wenn wir den Mörder entlarven wollen.«

»Ja, das weiß ich. Trotzdem fühle ich mich momentan so lebendig. Endlich tut sich was. Das ist ein spannendes Programm für das verlängerte Wochenende. Die letzten Schulwochen vor den Ferien sind eh so zäh und anstrengend. Da kann ich Abwechslung vom Alltag gut gebrauchen. Komm doch mit. Ich verspreche dir, das, was wir vorhaben, ist nicht gefährlich. Zieh dir gute Schuhe an, wir gehen bergauf und bergab, wie das bei uns im Ort eben ist, und fragen überall in den Hotels und Pensionen nach, ob sie den Typen vom Foto kennen.«

Das hörte sich ungefährlich an. Valerie schlüpfte in bequeme Jeans und Sportschuhe, und sie machten sich auf den Weg.

Im Hotel »Sissi« hatten sie Pech. Keiner hatte den Mann gesehen. Das Gleiche im Hotel »Carolina« und im »Haus Bozen«. Frustriert beschlossen sie, eine Tasse Tee in der kleinen Bäckerei unterhalb des »Försterhütterls« zu trinken.

Dort zeigten sie der Kellnerin das Foto.

Die sagte spontan: »Ja, den kenne ich. Der hat vor zwei Tagen einen Kaffee bei mir getrunken. War sehr höflich, aber ein bisschen nervös, hat die ganze Zeit Richtung Wasserfall geschaut – oder vielleicht auch in Richtung von eurem Hotel, das liegt ja gleich dahinter. Und auf die Tischplatte hat er mit den Fingern getrommelt, dass sogar ich nervös wurde, obwohl ich schwer aus der Ruhe zu bringen bin.«

»Das sind geniale Neuigkeiten!«, rief Nora so laut, dass die anderen Gäste sich nach ihnen umdrehten. Wesentlich leiser fügte sie hinzu: »Kannst du bitte sofort eine von uns anrufen, falls er wieder hier auftaucht?«

Das war kein Problem. Die einheimische Kellnerin würde ihnen den Gefallen gern tun und hatte sogar darauf verzichtet nachzufragen, warum. Möglich, dass sie es ahnte und nicht mit hineingezogen werden wollte. Aber informieren würde sie sie auf jeden Fall.

Da es schon früher Abend war, das Mittagessen hatten Valerie und Nora im Zuge ihrer Ermittlungen an diesem Tag ausfallen lassen, mussten sie ihre Nachforschungen unterbrechen. Evelyn, Vronis Mutter, würde Andi demnächst nach Hause bringen. Da musste Valerie zurück sein.

Gerade als sie sich die Schuhe im Büro umzog und Nora auf dem Weg in ihr Zimmer war, stürmte ihr Jüngster zur Tür herein. Überschwänglich drückte er Valerie. Auf dem Kopf hatte er einen selbst gebastelten Zauberhut. Das musste man Evelyn lassen. Sie hatte tolle Ideen für die Kinder und nahm sich gern Zeit für sie.

Valerie bewunderte gebührend sein Outfit und wandte sich dann an Evelyn und Vroni, die mittlerweile ebenfalls eingetrudelt waren. Die Kinder zählten Punkt für Punkt auf, was sie unternommen hatten. Sie sprühten vor Energie und hatten allem Anschein nach großen Spaß gehabt. Als sie mit ihrem Bericht am Ende angelangt waren, schickte Valerie die beiden an die Rezeption, wo sie sich Traubenzuckerbonbons holen durften, die sie dort für Gästekinder stets aufbewahrte. Erst da konnte sie mit Evelyn über die letzten Neuigkeiten sprechen. Zwar erwähnte Valerie nichts von ihren eigenen Ermittlungen, aber es tat gut zu spüren, dass die Leute im Ort Anteil nahmen an der Tragödie, in die die Thallers hineingeschlittert waren. Das hatte Valerie auch vorher bei ihrer Hoteltour gemerkt. Wenn es hart auf hart kam, hielten die Leute wie Pech und Schwefel zusammen.

Als sich Vroni und Evelyn verabschiedeten, betrat ein Mann mit Roll- und Aktenkoffer das Hotel. Valerie wandte sich ihm zu. Vom Aussehen her musste es eindeutig Oliver Hehenberg sein, nur hatte er wesentlich kürzere Haare als auf den Fotos. Wiederum kam er ihr vage bekannt vor. Aus der Presse oder doch von einem Besuch bei seiner Frau in den vergangenen Jahren? Valerie wusste es nicht. Was sie bisher von ihm gehört hatte, war er ein viel beschäftigter Mann, der oft ins Ausland reiste. Im Gegensatz zu seiner Gattin war er aktiv im Familienunternehmen tätig und, auch das hatte Felix herausgefunden, für den Einkauf zuständig, ein Job, bei dem man, soweit Valerie wusste, häufig zu Lieferanten fuhr.

Valerie streckte ihm die Hand entgegen, begrüßte ihn und drückte ihm, nachdem sie sich vergewissert hatte, dass es sich tatsächlich um Oliver Hehenberg handelte, ihr herzliches Beileid aus. Sie empfand großes Mitgefühl. Wenn sie sich vorstellte, was wäre, wenn Viktor auf diese Weise zu Tode kommen würde, wurde ihr flau im Magen.

Sie zeigte Oliver Hehenberg sein Zimmer, gab ihm die Karte und erklärte ihm, wie er zum Stüberl fand, wo Dr. Siebert und Dorothea Oswald auf ihn warteten.

Anschließend rief sie Nora an und berichtete ihr von seiner Ankunft. Andi war schon ins Appartement gegangen, wo Jakob, Lea und Felix gemeinsam Palatschinken machten. Das war ihren Erzählungen nach eines ihrer Lieblingsessen im Wohnheim. Palatschinken – oder Pfannkuchen, wie die deutschen Gäste sie nannten – konnte man in allen möglichen Varianten essen. Typisch österreichisch natürlich mit Marillen-, also Aprikosenmarmelade. Aber auch mit Fleisch, Gemüse oder Käse schmeckten sie köstlich.

Viktor hatte ihr eine Nachricht mit einem Herzchen geschickt, da sie sich erst später am Abend sehen würden. Er war nun als Abschluss der Wanderung mit den Gästen in dem kleinen Gasthaus hinten im Kötschachtal. Es ging allen gut, nach einer Runde Zirbenschnaps, die der Wirt ihnen zu Anfang hingestellt hatte, waren sie bester Laune, und keiner sprach mehr von den Ereignissen der letzten Tage. Sie würden im

Kötschachtal noch zu Abend essen und zu später Stunde mit Pferdekutschen abgeholt werden. Das war das Highlight des Ausflugs.

Für Valerie hieß das, dass sie mit Nora freie Bahn hatte, um sich ungestört mit Oliver Hehenberg zu unterhalten. Sie würde deswegen in der Küche etwas Schnelles zaubern, das sie ihm anbieten konnte, und ihn dann unauffällig in ein Gespräch verwickeln.

## ACHT

»Herr Hehenberg?«

Valerie steuerte von der Rezeption kommend auf ihren neuen Gast zu, als dieser nach der Befragung durch die Stüberltür trat. Sie bedauerte, dass sie nicht hatte dabei sein können. Zu gern hätte sie gehört, was Siebert von ihm hatte wissen wollen. Doch sie musste sich in Geduld üben und auf ihr Talent hoffen, dem zufolge sich Menschen ihr nur allzu gern anvertrauten. Mit gezielten Fragen konnte sie durchaus der Sache etwas auf die Sprünge helfen. So schwer würde das schon nicht werden.

Oliver Hehenberg hob den Blick und sah ihr entgegen. »Ja bitte?« Sein Tonfall klang überrascht.

Valerie musste versuchen, natürlich zu wirken. »Ich wollte Ihnen nur mitteilen, dass heute Abend die Küche geschlossen ist. Aufgrund der Tragödie und der schrecklichen Berichterstattung sind viele Gäste abgereist und nur wenige geblieben. Mein Mann hat mit ihnen eine Wanderung unternommen, und sie alle lassen den Abend nun bei einem Essen in einer Gastwirtschaft ausklingen. Ich habe eben gekocht, weil eine Freundin zu Besuch ist, und ich möchte Sie gern einladen, dass Sie sich zu uns setzen.«

Oliver Hehenberg strich sich über das Kinn. »Ich weiß nicht. Ich schätze, mit mir ist derzeit nicht viel anzufangen. Sie haben es auf jeden Fall netter, wenn Sie unter sich bleiben.«

Valerie versuchte, möglichst viel Schwung und Sicherheit in ihre Stimme zu legen. »Ach, papperlapapp. Kommen Sie doch mit. Wir würden uns freuen. In so einer Situation sollte niemand allein in seinem Zimmer sitzen. Ich hab auch nur eine Kleinigkeit gemacht. Es gibt Kaiserschmarrn mit Apfelmus. Ich hoffe, Sie mögen das.«

Oliver Hehenberg hatte bei dem Wort »Kaiserschmarrn«

eindeutig aufgehorcht. Das hatte sie an seiner Mimik erkannt. Beinahe hatte sie ihn so weit.

»Es ist ein altes Rezept von meiner Großmutter. Mit der habe ich schon als Kind in der Hotelküche gestanden. Extra wegen ihres Kaiserschmarrns sind manche Gäste jedes Jahr wiedergekommen.«

»Na, da kann ich nicht Nein sagen. Und ehrlich gesagt bin ich am Verhungern. Außer einem Kaffee und einem Croissant am Flughafen habe ich heute noch nichts zu mir genommen. Dann nehme ich die Einladung gern an.« Bei der Aussicht auf das typisch österreichische Gericht wirkte Oliver Hehenberg gleich besser und vor allem nicht mehr so geistesabwesend. Sein Blick war klarer, seine Körperhaltung aufrechter. Es wunderte Valerie nicht, dass jemand nach Sieberts Befragung die Schultern hängen ließ.

»Das ist schön. Wie passt es Ihnen denn? Möchten Sie noch hoch in Ihr Zimmer und ein bisschen später essen oder lieber gleich mit mir kommen? Wir richten uns da gern nach Ihnen.«

Oliver Hehenberg schien unschlüssig, entschied sich dann aber dafür, sofort zu essen. Zu groß war bereits sein Hunger, wie er Valerie gestand. Die hatte vollstes Verständnis. Ein Croissant war eindeutig zu wenig. Und bei Kummer half Essen zumindest bei ihr hervorragend.

Bevor sie vorausging, drehte sie sich noch einmal zu Oliver Hehenberg um und meinte entschuldigend: »Wir essen in der Küche, wenn es Sie nicht stört. Ein leerer Speisesaal ist so ungemütlich, und unser Stüberl hat derzeit die Kriminalpolizei belegt.«

Seiner Antwort zufolge war ihm das nicht wichtig. Erleichtert darüber, dass er offenbar so umgänglich und geerdet wie seine Frau war, durchquerte Valerie die Lobby und trat vor eine Tür neben dem Speisesaal, auf der »Privat« stand, öffnete sie und ließ ihm den Vortritt. Dann führte sie ihn einen Gang entlang bis zur Küche.

Oliver Hehenberg machte große Augen angesichts des riesigen Raumes mit den Edelstahlmöbeln, die typisch für Gastronomieküchen waren, da sie sich aus Hygienegründen am besten eigneten. Valerie war stolz darauf, dass dieser Bereich so tipptopp war. Oft hörte man davon, dass es in Restaurantküchen oder in Gasthäusern sehr unhygienisch zuging. Da war sie kompromisslos. Gott sei Dank dachte Anton ebenso und brachte bereits den Lehrlingen bei, wie wichtig sauberes Arbeiten in einer Küche war.

Oliver Hehenberg war sichtlich beeindruckt und zuckte leicht zusammen, als Nora plötzlich von der Seite an ihn herantrat. Sie reichte ihm die Hand, stellte sich vor und drückte ihm ihr Beileid aus. Er bedankte sich höflich, doch bei der Erinnerung an den Grund seines Besuchs sanken seine Schultern sichtlich nach vorn, und sein Blick ging erneut ins Leere.

Das konnte ein anstrengender Abend werden. Valerie hatte sich noch nie mit einem Mann unterhalten, dessen Frau kurz zuvor ermordet worden war. Sie hatte von Kindesbeinen an gelernt, Small Talk mit fremden Leuten zu führen, aber auf so eine Situation war sie nicht vorbereitet.

Um die gedrückte Stimmung, die entstanden war, zu überspielen, bat sie Nora darum, Tee zuzubereiten, fragte ihren Gast, ob er sich ihnen anschließen oder lieber etwas anderes trinken wolle, und begann anzurichten.

Während sie zum Abschluss den Schmarrn mit Puderzucker bestreute, erklärte sie den beiden anderen, dass das besondere Geheimnis des Rezepts in einer Prise echter Vanille und den regionalen, biologischen Zutaten lag. Die Eier bezog das »Grand Hotel« seit jeher von einem Bauernhof in Gadaunern, einem Ortsteil, der an der Grenze zu Bad Hofgastein lag. Wie das Hotel in ihrem Fall wurde der Hof seit Generationen von derselben Familie geführt. Die Arbeitsmethoden waren traditionell geblieben, die Eier stammten somit von glücklichen Hühnern. Den qualitativen Unterschied bemerkte man schon beim Kochen oder Backen, besonders aber beim Essen. Eier, die man im Großmarkt kaufen konnte, oft sogar im Tetra Pak, kamen geschmacklich nicht ansatzweise an die biologischen Eier des Gasteiner Hofes heran.

Obwohl diese Geschichten vermutlich für Oliver Hehenberg nicht interessant waren, halfen sie über die erste Zeit der Verlegenheit hinweg. Sein Blick hellte sich etwas auf, als Valerie einen Teller mit einer großen Portion Kaiserschmarrn und eine Schüssel mit Apfelmus vor ihn hinstellte. Nora brachte Tee für alle, und sie begannen zu essen.

Ihr Gast war der Erste, der das Schweigen brach. »Das mit dem Essen war eine richtig gute Idee von Ihnen. Seit mich die Polizei über den Tod meiner Frau …«, er legte eine kurze Pause ein und seufzte, »informiert hat, habe ich kaum einen Bissen runtergebracht. Die Situation ist so schrecklich für mich. Vor allem auch, weil es nur Lieselotte und mich gab. Wir sind beide Einzelkinder, meine Mutter ist schon gestorben, als ich zwanzig war, meinen Vater habe ich nie kennengelernt. Und Lieselottes Eltern sind vor fünf oder sechs Jahren bei einem Autounfall ums Leben gekommen. Eine furchtbare Sache damals. Seither hatten wir nur uns. Bis vor ein paar Wochen war unser Leben perfekt. Sie hatte große Freude mit ihrer Sendung, die überall gut ankam, und ich arbeite schon lange in der Firma, bin dort Einkaufsleiter. Obwohl ich oft ins Ausland muss und sie neben ihrer Arbeit noch viele gesellschaftliche Verpflichtungen hatte, haben wir versucht, möglichst viel Zeit miteinander zu verbringen. Sie wird mir so fehlen.« Er brach bewegt ab.

Valerie räusperte sich. »Sie haben gesagt, dass bis vor ein paar Wochen alles noch gut war. Ist denn etwas vorgefallen?«

Oliver Hehenberg schloss für einen Moment die Augen, als müsste er innere Bilder vertreiben, schluckte und sprach weiter. »Ja … oder nein. ›Vorgefallen‹ ist das falsche Wort. Lieselotte bekam einen Brief. Damit fing die ganze Sache an. Es war eine Art Liebeserklärung. Der Absender hat geschrieben, dass er sich in sie verliebt habe, weil sie so wunderschön sei, dass er sich jede ihrer Sendungen anschaue und so weiter. Der Brief war gedruckt und hatte weder Unterschrift noch Absender. Er wurde auch nicht mit der Post zugestellt, sondern steckte vor unserem Haus plötzlich unter dem Scheibenwischer ihres Autos. Das bedeutet, der Mann muss nachts bei uns eingedrungen sein. Wir haben rund um Haus und Grundstück eine Mauer, und die Einfahrt hat ein Tor, das sich automatisch schließt.«

Nora machte große Augen. »Wow, das finde ich richtig gruselig.«

Nun war es, als wäre bei Oliver Hehenberg eine Schleuse geöffnet worden. Vermutlich tat es ihm gut, darüber zu sprechen. »Ja, es war auch gruselig. Aber am Anfang haben wir uns noch nicht so viele Gedanken gemacht. Erst als ein paar Tage später ein zweiter Brief ankam, dann ein dritter und so fort. Sie steckten jedes Mal in roten Umschlägen und tauchten zu Beginn bei uns zu Hause auf, dann auch in Valeries Büro. Vor zwei Wochen kamen SMS-Nachrichten mit unterdrückter Nummer dazu, und in der Folge bekam sie Anrufe auf ihrem Firmenhandy, bei denen sich niemand meldete. Sie hat das laute Atmen des Anrufers hören können und war sich aus diesem Grund sicher, dass jemand in der Leitung gewesen ist. Womöglich hat sich dieser Wahnsinnige darüber gefreut, die Angst in ihrer Stimme zu vernehmen.«

»Und haben sich die Botschaften in den Briefen im Laufe der Zeit verändert? Hat er sie bedroht?« Valerie war einerseits entsetzt über das, was ihr Gast berichtete, andererseits war es die Bestätigung dafür, dass dieser Stalker – anders konnte man so einen Menschen nicht bezeichnen – vermutlich der Mörder war.

»Ja, sie haben sich verändert. Er hat ihr zwar nach wie vor erklärt, wie schön er sie finde, aber auch klargestellt, dass er sie gesehen habe – und zwar nicht nur im Fernsehen. Er wurde auch fordernder. Vor drei Wochen zum Beispiel waren wir beim großen Charity-Event, das wir jedes Jahr über unsere Möbelhauskette organisieren – ein Projekt, das Lieselotte sehr am Herzen lag, weil es Straßenkindern in Brasilien zugutekommt. Sie trug an dem Abend ein weinrotes Cocktailkleid, das ihr fabelhaft stand. Sie war wunderschön.« Sein Blick ging wieder ins Leere, und er wischte sich mit der Serviette über die Augen. Es dauerte einen Moment, bis er sich so weit gefangen hatte, dass er weitersprechen konnte. »Am nächsten Tag war in der Früh wieder ein roter Umschlag am Auto. In dem Brief stand, dass er das rote Kleid sehr schön gefunden habe, dass er persönlich aber Perlenschmuck bevorzuge. Den solle sie bei der nächsten Veranstaltung nehmen. Außerdem wünsche er sich, dass sie ihr Haar bei zukünftigen Events offen trage. Das würde ihr besser stehen, und sie solle doch für ihn schön sein. Das bedeutet, er muss dort gewesen sein. Er muss ihr richtig nahe gekommen sein, ohne dass sie wusste, dass er anwesend war. An diesem Morgen hatte sie eine Art Nervenzusammenbruch. Sie konnte nicht zur Arbeit gehen. Ich bat Frau Lechner, ihre Termine abzusagen, und blieb ebenfalls zu Hause. Ab dann kamen sogar täglich Botschaften per Brief oder SMS, schließlich auch per Telefon, wie ich schon erwähnt habe. Es war klar, dass er sie durchgehend beobachtet hat. Ihre Angst wurde von Tag zu Tag größer. Aber konkret bedroht hat er sie nie.«

Valerie schlug die Hand vor den Mund. »Oh Gott. Das ist so furchtbar. Kein Wunder, dass sie so verunsichert gewirkt hat. Und jetzt ist sie tot. Haben Sie denn nicht die Polizei informiert?«

»Doch, vor ungefähr zwei Wochen. Lieselotte war mittlerweile so fertig, dass sie an manchen Tagen nicht mehr arbeiten konnte. Ich habe bei der Polizei angerufen, und die waren so nett, uns zwei Beamte in Zivil zu schicken, die eine Anzeige wegen Stalkings, offiziell heißt es ›beharrliche Verfolgung‹, gegen unbekannt aufnahmen. Wir wollten nicht, dass der Typ uns beobachtet, wie wir mit der Polizei sprechen.«

»Und wie ging's weiter?« Nora hatte ihr Besteck weggelegt und ihre volle Aufmerksamkeit auf Oliver Hehenberg gerichtet.

»Wie wir es befürchtet hatten.« Er seufzte. »Die Polizisten haben uns nicht viel Hoffnung gemacht. Sie haben sich die Fakten angehört, aber davon gesprochen, dass das ein schwieriger Bereich sei. Da der Stalker Lieselotte nie gedroht oder sie körperlich attackiert hat, konnten sie nicht viel für uns tun. Sie wollten ihre Streifenpolizisten anweisen, regelmäßig nachts eine Runde vorbeizufahren. Mit viel Glück würden sie ihn zufällig beim Überklettern der Mauer erwischen. Aber mehr war nicht drin. Sie rieten uns, entweder einen Privatdetektiv zu engagieren, der den Typen ausfindig machen sollte, oder für längere Zeit zu verreisen.«

Valerie schob ihren Teller von sich und lehnte sich zurück. »Dann ergibt alles Sinn. Dass sie gleich mehrere Wochen gebucht und sich so merkwürdig benommen hat. Sie hatte wirklich Angst und fühlte sich zu Recht verfolgt.«

»Das hätte wohl jeder in ihrer Situation«, sagte Nora.

Oliver Hehenberg fuhr fort. »Leider war es mir beruflich nicht möglich, mich für so lange Zeit und vor allem so spontan freizumachen. Das ist auch der Grund, warum wir Frau Lechner gebeten haben mitzufahren. Ich wollte Lieselotte in dieser Situation nicht allein wissen, obwohl sie ihre Assistentin partout nicht einweihen wollte. Es war ihr peinlich, vermute ich. Sie hat ihr nur gesagt, dass sie eine Auszeit brauche und es ihr lieb wäre, sie würde mitkommen, damit sie, selbst wenn sie keine Termine wahrnahm, zumindest per Mail erreichbar wären. Und ansonsten könne Frau Lechner sich auch ein bisschen Freizeit gönnen.«

»Dann muss er herausgefunden haben, wo sie sich befindet, und ist ihr nachgereist«, sagte Valerie nachdenklich.

»Das muss wohl so sein. Dabei haben wir so aufgepasst. Da wir nicht wussten, wie nahe der Typ ihr stand – es könnte schließlich auch einer unserer Bekannten oder jemand aus der Firma sein –, habe ich mit meinem Privathandy telefonisch bei Ihnen die Buchung gemacht. Von zu Hause wegzukommen war nicht so schwierig, weil wir vom Haus aus in die Garage gehen können. Wir haben ihre Koffer ins Auto gepackt, und sie hat sich hinter die Vordersitze auf den Boden gelegt. Es sollte so aussehen, als würde ich mich normal auf den Weg zur Arbeit machen. Wir haben das Grundstück verlassen und sind in eine Tiefgarage in der Nähe von Frau Lechners Wohnung gefahren. Dort haben wir uns mit ihr getroffen, und ein privater Fahrservice hat Lieselotte und sie hierher nach Bad Gastein gebracht. In der Zwischenzeit habe ich mich in die Firma begeben. Unser Plan war doch perfekt. Ich verstehe nicht, wie er sie hier finden konnte.«

»Ach, das ist so schrecklich. Es tut mir so leid für Sie.« Valerie legte Oliver Hehenberg für einen Moment der Verbundenheit die Hand auf den Unterarm. »Wie wäre es, wenn wir uns einen Schluck Zirbenschnaps gönnen? Ich trinke zwar so gut wie nie Alkohol, aber im Notfall beruhigt er meine Nerven.«

Hehenberg und Nora nickten unisono.

Valerie ging nach hinten zu einem Schrank und holte Gläser und den herrlich rotbraunen Schnaps, für den die Gegend bekannt war. Die Zirbelkiefern, deren Zapfen sie zum Ansetzen des Getränks verwendet hatte, wuchsen oben am Graukogel. Ein Bekannter brachte ihr jedes Jahr welche aus seinem kleinen Wald mit.

Der typische herbe Geruch nach frischem Holz stieg ihr in die Nase. Sie setzte sich wieder an den Tisch, schenkte ihnen allen einen kleinen Schluck ein und hob ihr Glas. »Prost! Ich bin übrigens Valerie. Wenn es okay ist, können wir Du zueinander sagen, nachdem wir schon ein so persönliches Gespräch geführt haben. Und das ist Nora.«

Oliver Hehenberg zog kurz die Stirn in Falten, stimmte dann aber zu. »Sie haben, entschuldige, du hast recht. Ich bin Oliver. Und ich bin sehr froh, dass ich heute Abend nicht allein sein muss. Vielen Dank fürs Zuhören.«

»Kein Problem, aber eine Frage hätte ich noch, Oliver«, sagte nun Nora. »Hast du selbst eine Vermutung, wer der Stalker sein könnte? Es sieht doch so aus, als wäre es jemand aus eurem Umfeld.«

»Darüber haben wir uns natürlich Gedanken gemacht, jeden Tag. Wir hatten kein anderes Gesprächsthema mehr.« Oliver kratzte sich am Kopf. »Wir waren uns nicht einig. Lieselotte meinte, es müsse ein Fremder sein, der sich bei unserem Event, das nur für geladene Gäste war, eingeschlichen hat, zum Beispiel als Kellner beim Catering oder so. Aber ich bin der Meinung, es ist jemand aus der Firma. Ich habe eher den Geschäftsführer im Verdacht. Der Mann ist zwischen fünfzig und sechzig, war meines Wissens nie verheiratet und arbeitet schon seit ewigen Zeiten in der Verwaltung der Möbelhauskette. Den Erzählungen nach war er immer loyal, mein Schwiegervater hat große Stücke auf ihn gehalten, aber seit er nicht mehr lebt, habe ich das Gefühl, dass der Mann zu sehr die Nähe und das Gespräch zu Lieselotte gesucht hat. Ich habe auch mehrmals bemerkt, wie er sie beobachtet hat, und zwar mit einem eigenartigen Gesichtsausdruck, den ich leider nie wirklich interpretieren konnte. Nach außen wirkt er seriös, aber ich hatte von Anfang an ein komisches Gefühl bei ihm.«

Valerie wandte sich an Nora. »Wo haben wir denn das Foto? Hast du es vorhin eingesteckt?«

Während Nora ihre Tasche von der Garderobe holte und das Foto suchte, informierte Valerie Oliver über den Mann im dunklen Anzug, der nach Lieselotte Hehenberg gefragt hatte. Als Nora ihm das Bild in die Hand drückte, zuckte Olivers rechtes Auge unmerklich, aber doch so, dass Valerie es sehen konnte.

Einen Moment lang war es ruhig im Raum, dann räusperte er sich und sagte mit belegter Stimme: »Ja, das ist er. Das ist Roland Merburg, unser Geschäftsführer, mein Chef sozusagen, weil die Firma zwar Lieselotte gehört, er aber für den laufenden Betrieb verantwortlich ist. Er war demnach tatsächlich hier in Bad Gastein und nicht in Wien. Wann war das, sagtest du? Am Tag des Mordes?«

Da brauchte Valerie nicht lange zu überlegen, sie waren den zeitlichen Ablauf schon ein paarmal durchgegangen. »Ja, es war der Feiertag, also der Tag, an dem es passiert ist. Und er hat sich nur schwer abwimmeln lassen, hat noch eine ganze Weile in der Lobby gesessen, als ob er auf sie warten würde. Dann haben wir wohl unseren Täter.« Seufzend lehnte sie sich zurück. Der Tag hatte sein Spuren hinterlassen. Sie brauchte dringend eine Mütze voll Schlaf.

Neben ihr gähnte Oliver verhalten. Er bedankte sich für das Essen und die Gesellschaft, die ihm gutgetan hatte, und verabschiedete sich für diesen Abend.

Sogar Nora, die sonst so aktiv war, hatte bereits müde Augen. »Ich fühle mich, als hätte ich drei Nächte lang nicht geschlafen. Ich geh ins Bett. Danke für den Kaiserschmarrn.« Sie drückte Valerie und zog sich zurück.

Nachdem diese die Küche aufgeräumt hatte, schaltete sie das Licht aus und machte sich grübelnd auf den Weg ins Appartement. Morgen warteten neue Herausforderungen auf sie. Den mutmaßlichen Täter zu entlarven war eine Sache, eine ganz andere hingegen würde es sein, ihn auch aufzuspüren und zu überführen.

# NEUN

Valerie und Viktor waren extra früh aufgestanden, um gemeinsam frühstücken zu können, während die Kinder noch schliefen. Einer halben Stunde zu zweit stand somit nichts im Weg.

Viktor war erst nach Mitternacht nach Hause gekommen. Eine Gruppe Einheimischer hatte am Vorabend in der Gastwirtschaft spontan zu musizieren begonnen, weshalb ihre Gäste unbedingt länger hatten bleiben wollen. Außerdem hatten sie so viel getrunken, dass Viktor froh gewesen war, nicht mehr zu Fuß mit ihnen zurückgehen zu müssen, erzählte er Valerie, die bei seiner Rückkehr längst geschlafen hatte.

Nachdem sie wieder einmal über den Morgen in der Hütte gesprochen hatten, sagte Viktor plötzlich: »Ach, Valerie. Eines wollte ich dich noch fragen. Warum bist du denn gestern mit einem Foto durch die Hotels gezogen und hast Leute ausgehorcht? Der Ferdinand vom Hotel ›Sissi‹ war gestern unter den Musikanten und hat mich darauf angesprochen. Hab ich da was Wichtiges verpasst?«

Valerie fühlte sich ertappt. Nora und sie hatten beschlossen, ihre Suche nach dem Mörder geheim zu halten. Ausnahmen bildeten Felix, Lea und Jakob, die ihnen bei ihren Recherchen halfen. Noch mehr Leute einzuweihen würde nur für unnötige Aufregung und Ärger sorgen. Sie wollte ihren Mann aber auch nicht belügen.

»Du weißt doch, dass neulich dieser Herr im dunklen Anzug nach der Hehenberg gefragt hat und dann noch unten in der Lobby sitzen geblieben ist. Wir haben uns gedacht, dass er womöglich was weiß.« Sie versuchte, so nah wie möglich bei der Wahrheit zu bleiben, ohne zu viel zu verraten. »Weil wir ohnehin einen Spaziergang machen wollten, haben wir uns eben ein bisschen umgehört, ob ihn wer kennt und wo er wohnt. Wenn wir ihn gefunden hätten, hätte das der Polizei doch sicher geholfen.«

»Und das Foto? Woher habt ihr das?«

Diese Frage war brenzlig. Valerie überlegte fieberhaft. Am besten versuchte sie es wieder mit der halben Wahrheit. »Darüber ist Nora zufällig im Internet gestolpert. Du weißt doch, dass sie auf den ganzen Promiklatsch abfährt, deswegen hat sie Bilder von der Hehenberg gesucht und mir gezeigt. Und da habe ich ihn entdeckt.«

Viktors Mimik drückte deutliche Skepsis aus. Er kannte sie schließlich so gut, dass ihm auffallen musste, wenn sie um den heißen Brei herumredete. Er hielt ihren Blick lange fest. Binnen Sekunden begannen ihre Hände zu schwitzen. Sie war sich sicher, dass auch ihr Gesicht gerötet war. Unruhig rutschte sie auf dem Stuhl hin und her.

Nun erst begann Viktor zu sprechen. »Wenn ich nicht wüsste, dass du ein vorsichtiger oder sogar ängstlicher Mensch bist, könnte man meinen, ihr wollt den Mörder selbst finden. Und dass das keine gute Idee ist, brauche ich dir wohl nicht zu erklären, gell? Derjenige, der die Hehenberg ermordet hat, schreckt vor nichts zurück. Das ist nicht so wie in deinen Krimis, wo die Ermittlungen des Hobbydetektivs immer ein Happy End haben, das kann so richtig schiefgehen. Tu mir bitte den Gefallen, Valerie, und halt dich da raus. Das gilt auch für Nora. Wenn ihr etwas zustoßen würde, wäre Anton total von den Socken. Ich glaub nämlich, dass da was im Busch ist bei den beiden.«

Froh, dass er ein unverfängliches Thema angeschnitten hatte, stieg Valerie sofort darauf ein und verriet ihm, dass auch sie das schon bemerkt habe.

Sie sah auf die Uhr. Sie hatten nicht mehr viel Zeit. Sie mussten mit den Angestellten, die im Dienst waren, den Tag besprechen. Schließlich waren bei so wenigen Gästen die Aufgaben anders zu organisieren. Überstunden konnten abgebaut werden, und anstatt des Abendbuffets sollte es viergängige Menüs geben, die die Gäste beim Frühstück auswählen konnten.

Nach einem Blick auf die Nachrichten des Tages stellten sie erleichtert fest, dass es in den Medien ruhiger geworden war. Dr. Siebert gab keine Pressekonferenz und auch kein Interview. Einzig und allein eine Pressemitteilung hatte Dorothea Oswald verfasst, in der stand, dass aus ermittlungstechnischen Gründen keine Einzelheiten genannt werden könnten, es aber eine Spur gebe.

Mit der Spur meinten sie wohl den Stalker. Dass es sich um den Geschäftsführer Roland Merburg handelte, wussten Valerie und Nora seit ihrem Gespräch mit Oliver am Vorabend, der ihn auf dem Foto erkannt hatte. Unter Umständen waren sie der Polizei einen Schritt voraus, aber Valerie ging davon aus, dass Oliver bald mit Dr. Siebert oder Dorothea Oswald darüber reden würde. Dadurch wäre ihr Ermittlungsvorsprung wieder weg. Sofern er noch im Ort war, mussten sie Merburg zumindest vor Siebert ausfindig machen. Das waren sie sich selbst schuldig.

Der Tag verlief ruhig. Da im Hotel ohnehin nicht viel zu tun war, Andi und Nora nach dem verlängerten Wochenende wieder in der Schule waren, Viktor kleine Reparaturen machen wollte und Carla an der Rezeption stand, für den Fall, dass doch jemand ankam oder die verbliebenen Gäste Unterstützung brauchten, widmete Valerie ihren Tag alltäglichen Dingen wie Wäschewaschen, Staubsaugen und Einkaufen. Erst am späten Nachmittag brach sie gemeinsam mit Nora wieder zu einem Spaziergang auf.

In der kleinen Bäckerei war Merburg nicht mehr aufgetaucht, was bedeutete, dass sie weiter in den Hotels nachfragen mussten. Sie gingen die Kaiser-Franz-Josef-Straße hinauf und erkundigten sich im Hotel neben dem Grabenbäckersteig nach ihm, doch dort kannte ihn niemand. Dann wechselten sie die Straßenseite und nahmen die Stufen bei der evangelischen Kirche in den angrenzenden kleinen Park. So erreichten sie binnen kürzester Zeit das alteingesessene »Hotel Strauß«. Aber auch da hatte niemand Roland Merburg gesehen.

Dafür aber bemerkte Valerie einen Mann und eine Frau, die sich die Hände im warmen Thermalwasser des Brunnens gegenüber dem Hotel wuschen. Von hinten kamen sie ihr bekannt vor. Sie stupste Nora an und verlangsamte ihr Tempo, in der Hoffnung, auch einen Blick von der Seite oder von vorn auf die zwei zu erhaschen.

Und tatsächlich bestätigte sich Valeries Verdacht. Emilia Lechner, die Assistentin von Lieselotte Hehenberg, war in ein intensives Gespräch verwickelt, und zwar mit demselben Mann, mit dem Valerie sie schon einmal im Hotel gesehen hatte.

Nach Liebesbeziehung sah das allerdings nicht aus. Trotzdem wirkten sie vertraut miteinander. Das war garantiert keine neue Urlaubsbekanntschaft. Was machte die Lechner hier mit ihm?

Valerie fand dafür keine logische Erklärung und beschloss, sich lieber wieder auf ihr ursprüngliches Vorhaben, den Geschäftsführer zu finden, zu konzentrieren. Viktor sagte ohnehin ständig, sie solle nicht so neugierig sein. Jeder habe ein Recht auf Privatsphäre, was genau genommen auch stimmte.

Beim Büro des Kur- und Tourismusverbands kehrten sie um und nahmen sich die Karl-Heinrich-Waggerl-Straße vor, wo sie endlich Glück hatten. An der Rezeption des Hotels »Bellavista« stand Heidi, eine ehemalige Mitschülerin Valeries. Ihr Gesicht hellte sich sofort auf, als sie ihr das Foto zeigten.

»Das ist doch der Herr Merburg, der wohnt seit ein paar Tagen bei uns. Ein sehr angenehmer Gast, und er gibt auch gute Trinkgelder. Was ist mit ihm?«

Nora ignorierte die Frage. »Ist er momentan im Haus?«

Dass sie mit Merburg reden wollten, wenn sie ihn ausfindig gemacht hatten, hatten sie vorhin noch vereinbart. Sie würden ihm die Chance geben, ihnen zu begründen, warum er Lieselotte Hehenberg unbedingt hatte sprechen wollen. Immerhin konnte es sein, dass sich sein Aufenthalt in Bad Gastein logisch erklären ließ und er gar nichts mit dem Mord zu tun hatte. Da sie aber nicht davon ausgingen, wollten sie ihn in der Bar des Hotels, wo sie sich sicher wähnten, unauffällig ausfragen. Sie würden in der Lobby warten und es wie einen Zufall aussehen lassen, dass sie ihm dort über den Weg liefen, ihn »spontan« einladen und in ein Gespräch verwickeln.

Das war der schwierigste Punkt an ihrem zugegebenermaßen spärlich durchdachten Plan. Improvisation war angesagt, weil Merburg sich fragen würde, woher ihr Interesse an ihm stammte. Aber immerhin hatte er mit Valerie schon einmal gesprochen. Ihre Einladung auszuschlagen würde ihn verdächtig machen. Das hofften sie zumindest. Sie waren sich sicher, an seiner Reaktion ablesen zu können, ob er log oder die Wahrheit sagte. Weibliche Intuition nannte man das. Dass sie darüber verfügten, das wussten sie. Und wenn nötig, würde Valerie heimlich unter dem Tisch eine SMS an Dorothea Oswald schicken, während Nora Merburg ablenkte und das Gespräch in Gang hielt. Auf keinen Fall durfte er merken, dass sie ihn verdächtigten.

Leider ging ihr Plan nicht auf. Merburg war außer Haus und auch nicht erreichbar, da er über das Hotel eine Probefahrt in den Gasteiner Heilstollen gebucht hatte. Dabei fuhren Leute mit körperlichen Beschwerden mit einer Art kleinem Zug in den Berg hinein, wo je nach Station unterschiedliche Temperaturen herrschten. Dort lagen sie dann für eine bestimmte Zeit auf Liegen im Stollen und atmeten die radonangereicherte, warme Luft ein. Diese Kur sollte vor allem bei Rheumaschmerzen, aber auch anderen Erkrankungen wahre Wunder wirken. Der Jüngste war der Geschäftsführer nicht mehr. Da fiel es nicht auf, wenn er zur Tarnung den normalen Gastein-Touristen mimte und Heilanwendungen buchte.

Ganz schön gewieft, dachte Valerie.

Enttäuscht machten sie sich auf den Rückweg. Doch auch wenn sie Merburg nicht angetroffen hatten, wussten sie nun zumindest, wo sie ihn finden konnten. Sie würden es noch einmal versuchen.

So schlenderten sie wieder durch die schmalen Wege ins historische Zentrum, gingen vorbei am »Försterhütterl« und am Hotel »Sissi«, bis sie zum Wasserfall kamen. Dort war Emilia Lechner und sah von der Brücke hinab Richtung »Turbinencafé«. Valerie beschloss, sie anzusprechen.

»Hallo, Frau Lechner. Genießen Sie auch den Ausblick auf unseren Wasserfall?«

Die Frau schreckte hoch, entspannte sich aber wieder, als sie Valerie erkannte. »Ja, er ist gewaltig, und ich habe das Gefühl, es gibt mir Kraft, hier zu stehen und den Wassermassen zuzusehen, wie sie über die Felsen donnern.«

Valerie hatte an dieser Stelle stets die gleichen Gedanken. »Ja, und Kraft können wir im Moment dringend brauchen, oder? Wie geht es Ihnen denn? Die Situation muss schrecklich für Sie sein. Da ermordet jemand Ihre Chefin, Sie sitzen hier fest, bis der Mordfall geklärt ist, und wissen womöglich nicht einmal, wie es danach weitergeht. Sie sind doch nicht im Möbelunternehmen, sondern in Frau Hehenbergs Innenarchitekturbüro angestellt, oder?«

»Stimmt. Ich bin die einzige Mitarbeiterin. Ich weiß noch nicht, wie Herr Hehenberg sich das vorstellt und ob er sich schon Gedanken darüber gemacht hat, aber ich vermute, ich muss alle laufenden Projekte und Termine absagen. Dann werden wohl mein Arbeitsvertrag und die Firma aufgelöst.« Emilia Lechner sah wieder auf den Wasserfall. Valerie hatte den Eindruck, sie redete eher mit sich selbst, als sie leise hinzufügte: »So hatte ich mir das nicht gedacht. Der Plan war doch ein anderer.« Abrupt stieß sie sich vom Geländer ab, verabschiedete sich, ging zur anderen Seite der Brücke und schaute von dort aus ins Wasser. Die Botschaft, dass sie allein sein wollte, war deutlich erkennbar. Eine ungewöhnliche Art, ein Gespräch zu beenden.

Nora und Valerie sahen sich überrascht an, zuckten mit den Schultern und gingen vorbei am Modegeschäft Richtung Hotel.

Schon beim Betreten des Straubingerplatzes erkannten sie Max Weber, der an einem Laternenpfahl lehnte und eine Zigarette rauchte. Offensichtlich hatte er schon wieder das Hotel im Visier. Wem lauerte er wohl dieses Mal auf? Den Ermittlungsbeamten? Oder Oliver Hehenberg, dem trauernden Witwer, um eine möglichst persönliche Klatschstory schreiben zu können? Oder war er gar selbst auf Mörderjagd?

Valerie kochte innerlich vor Wut. Dieser Schmierfink war dafür verantwortlich, dass der Großteil ihrer Gäste, die für die nächste Zeit gebucht hatten, nicht kommen würde. Wenn der Fall nicht bald gelöst war, konnten sie ihr Hotel schließen.

Mit gefurchter Stirn und entschlossenem Gesichtsausdruck steuerte sie auf Weber zu, doch der musste sie rechtzeitig gesehen haben. Feigling, dachte Valerie, als der Reporter schnell seine Zigarette zu Boden warf – allein das regte sie maßlos auf – und eiligen Schrittes um die Ecke Richtung Kirche verschwand.

»Der soll unsere Gäste und die Polizei in Ruhe lassen. Überall, wo er auftaucht, gibt es Ärger. Und davon haben wir derzeit schon genug.« Sie musste sich ihren Zorn von der Seele reden.

Nora, die das zu spüren schien, hörte ihr geduldig zu und ließ sie weiterschimpfen. Als sich aber Valeries Worte zu wiederholen begannen, zog Nora sie ins Hotel und sagte entschlossen: »So, nun lass es wieder gut sein, Valerie. Jetzt sind unsere Familien dran, lass uns eine Kleinigkeit essen und nicht mehr darüber reden. Morgen ist auch noch ein Tag. Außerdem muss ich ein paar Vorbereitungen für die Schule machen. Dafür hatte ich bis jetzt bei all dem Trubel keinen Kopf. Und heute Vormittag musste ich mir schon spontan etwas aus den Fingern saugen. Das ist sonst gar nicht meine Art. Du weißt doch: Immer gut organisiert sein, das ist das A und O im Leben.«

Valerie stimmte ihr zu. Obwohl sie unzufrieden mit der Situation war, konnten sie im Moment nicht viel tun. Und Nora hatte selbstverständlich recht damit, dass sie sich auch um ihre übrigen Pflichten und um ihre Liebsten kümmern mussten. Sie hoffte darauf, am nächsten Tag einen Schritt weiterzukommen, sobald sie mit Roland Merburg sprechen konnten.

# ZEHN

Tags darauf hing der Nebel tief unten im Ort und passte gut zur tristen Stimmung, die seit dem Mord über dem Hotel lag.

Valerie befüllte den Samowar in der Loungeecke mit frischem Wasser und blickte durch die großen Fenster nach draußen. Inständig hoffte sie, dass die Dunstwolken wie so oft an den Bergrücken entlang in die Höhe wanderten und sich auflösten und die Sonne ihnen bald Wärme ins Tal schickte. Sie wünschte sich, dass der beginnende Tag endlich Licht ins Dunkel ihrer Ermittlungen brachte, im besten Fall konnten sie den Mörder der Polizei übergeben. Aber bis es so weit war, hatten sie noch die schwierige Aufgabe vor sich, Roland Merburg ein Geständnis oder zumindest eine Aussage zu entlocken, die ihn verriet.

Sie checkte die E-Mails und besprach mit den Angestellten die Aufgabenverteilung. Die verbliebenen Gäste sollten es so angenehm wie möglich haben. Aus diesem Grund würde Viktor wieder einen Ausflug anbieten. Er hatte mit dem Hotelbus eine Tour auf den Großglockner geplant, weil das erfahrungsgemäß besonders gut bei den Touristen ankam. Die meisten schwärmten davon, auf dem höchsten Berg Österreichs gestanden und Murmeltiere in freier Wildbahn beobachtet zu haben. Ein zünftiges Lunchpaket aus der Küche tat sein Übriges, und meist wurde die Fahrt zu einem Riesenerfolg.

Da es im Hotel so ruhig war, Andi und Nora bis Mittag in der Schule waren und für Valerie keine dringenden Arbeiten anstanden, beschloss sie, sich eine kleine süße Auszeit zu gönnen. Gegen Nervosität half am besten, wenn sie sich in die Küche stellte und eine Partie Pralinen machte. In ihrer persönlichen Rezeptesammlung gustierte sie, bis sie sich für Kaffeepralinen entschied. Für eine zweite Sorte würde die Zeit leider nicht reichen, da der Arbeitsaufwand so groß war.

Sie legte sich die Zutaten zurecht und begann damit, im Wasserbad die Kuvertüre zu schmelzen. Anhand eines Thermometers passte sie auf, dass diese nicht zu heiß wurde. Die geschmolzene Schokolade vermischte sie mit der erhitzten Sahne, in die sie zuvor Instant-Kaffeepulver gerührt hatte, verfeinerte das Ganze mit einer Prise echter Vanille, füllte die noch warme Masse in einen Dressiersack und spritzte sie vorsichtig in die kleinen Tassen aus weißer Kuvertüre. Da das Herstellen solcher Schokoformen noch viel mehr Aufwand bedeutete, bestellte sie üblicherweise fertige Hohlkörper, die sie dann weiterverarbeitete.

Nun musste die Füllung abkühlen, und Valerie konnte neuerlich Kuvertüre schmelzen, um die Tassen im Anschluss damit zu verschließen. Die Schokoladen-Kaffeecreme im Inneren sollte luftdicht eingeschlossen sein, damit sich die Pralinen ein paar Tage hielten. Zu guter Letzt schmolz sie noch eine winzige Menge der weißen Kuvertüre. Sie setzte in die Mitte jeder Kaffeetasse einen kleinen Tropfen davon, den sie mit der Spitze eines Zahnstochers kreisrund in den braunen Milchkuvertürendeckel einrührte. Das war für sie das Tüpfelchen auf dem i, denn Pralinen sollten nicht nur gut schmecken, sondern auch schön aussehen. Ihre Tassen erweckten dadurch rein optisch den Anschein, als hätten sie obenauf noch ein Sahne- oder Milchschaumhäubchen, das sich mit dem Kaffee vermischte.

Valerie blickte zur Uhr. Es war fünf nach zwölf, als sie die fertigen Pralinen zum Abkühlen und Trocknen in den Abstellraum stellte. Das Vorhaben, sich von all den unangenehmen Gedanken abzulenken, war geglückt. Das Herstellen von Pralinen war für sie meditativ und beanspruchte ihre vollste Konzentration. Somit hatte sie zwei Fliegen mit einer Klappe geschlagen. Sie hatte bei der Arbeit abschalten können, und obendrein half ihr das Naschen von Schokolade stets, ihre Nerven zu stärken, wenn sie nervös war.

Viel Zeit zum Vorbereiten eines Mittagessens blieb ihr nun nicht mehr. Für solche Fälle hatte sie Vorräte im Tiefkühlschrank. Kürzlich hatte sie eine große Portion Rindsgulasch gekocht und eingefroren. Das taute sie nun auf und machte dazu Nockerl, so wie ihre Familie sie am liebsten hatte.

Kaum war das Gericht fertig, trudelten auch schon die anderen ein. Nora hatte Andi auf dem Heimweg von der Schule abgeholt, und auch Lea, Jakob und Felix, die den Vormittag über für ihre Prüfungen gelernt hatten, setzten sich hungrig an den Tisch. Manchmal erschien ihr eine Mahlzeit mit den Kindern wie eine Raubtierfütterung. Sie kamen, verschlangen binnen kürzester Zeit Unmengen an Essen und trollten sich dann wieder mit zufriedenem Gesichtsausdruck. Letzteres vor allem, wenn es unerwarteterweise frische Pralinen als Nachtisch gab, deren Genuss auch für sie ein besonderes Highlight bedeutete.

Dass sie an diesem Tag alle ohne Umschweife wieder in ihre Zimmer verschwanden, passte Valerie perfekt. So konnte sie in Ruhe mit Nora besprechen, ob und wie sie in Sachen Mordermittlung weiter vorgehen sollten.

Doch ihr »Meeting« bei Tee und Pralinen dauerte nicht lange. Schnell war klar, dass das einzig Wichtige war, Roland Merburg zu finden und mit ihm zu sprechen.

Nora schlug vor, gleich noch einmal loszuziehen. Da der Plan vom Vortag auf äußerst wackeligen Beinen gestanden hatte, erklärte sie Valerie nun ihre neu überlegte Vorgehensweise. Sie würden Merburg unter einem anderen Vorwand in ein Gespräch verwickeln.

In der Hoffnung, ihn dieses Mal anzutreffen, machten sie sich erneut auf den Weg zum Hotel »Bellavista«. Valeries Nervosität war derartig groß, dass sie sogar vergaß, am Wasserfall stehen zu bleiben. So nahm sie auch nicht wahr, dass ihnen ungefähr auf Höhe des Souvenirladens Anton entgegenkam und sie grüßte. Erst als Nora sie mit dem Ellenbogen unsanft in die Rippen stieß, blickte sie hoch und bemerkte, dass er vor ihr stand und sie besorgt ansah.

Nach einem kurzen Moment, in dem er die Freundinnen eingehend musterte, entspannten sich Antons Gesichtszüge wieder, und sie wechselten ein paar belanglose Worte. Außerdem bot er an, Andi später mit zum Bergbauern zu nehmen, wo er Käse und Brot holen wollte, worüber Valerie sehr froh war. Wenn ihm ihr Verhalten eigenartig vorkam, so ließ er es sich nicht anmerken. Es fehlte noch, dass er Viktor davon Bericht erstattete.

Sie riss sich zusammen, setzte – zumindest ihrer Meinung nach – ein perfektes Pokerface auf und versuchte, ihm das Gefühl zu vermitteln, dass nichts Besonderes los war.

Nach wenigen Minuten verabschiedete sich Anton, weil er ins Hotel musste. Dort sollte heute sein Team mit den Vorbereitungen für die Sommersaison beginnen. Da keine Gäste zu versorgen waren, konnten sie in Ruhe eine ihrer Spezialitäten, nämlich Knödel in den verschiedensten Variationen, vorproduzieren und einfrieren, was ihnen im Stress der Saison viel Zeit abnahm, falls dieses Jahr denn Gäste kommen würden. Dass das noch in den Sternen stand, daran mochte Valerie gar nicht denken. Wie hieß es so schön? Wenn man hingefallen war, sollte man aufstehen, die Krone richten und weitermachen. Genau das wollte sie tun. Umso wichtiger war ihr Gespräch mit Roland Merburg. Wenn es so lief wie vorhergesehen, war in ein paar Stunden der Spuk vorbei, und die Polizei konnte ihn verhaften.

Die Spannung, die sie bei dem Gedanken überkam, war beinahe nicht mehr auszuhalten. Vorfreude und Angst haderten in ihrem Inneren miteinander. Denn dass sie beide ihn als Täter überführen wollten, grenzte an Wahnsinn, das wurde ihr eben wieder bewusst. Sie konnten doch nicht mir nichts, dir nichts ins Hotel gehen, Merburg zu einem Gespräch bitten und fragen, ob er der Mörder von Lieselotte Hehenberg sei.

Die Vorstellung war so abstrus, dass sich Valeries Mundwinkel unmerklich hoben. Aber nein, das ist gar nicht lustig, schalt sie sich selbst. Außerdem hatten sie vor, das Gespräch viel diplomatischer zu führen, quasi freundschaftlich, anteilnehmend. Sie würden vorgeben, Merburg über den Tod seiner Chefin informieren zu wollen, da sie zufällig erfahren hatten, dass er hier Urlaub machte. Bei dieser Gelegenheit wollten sie ihn unauffällig aushorchen. Improvisation und weibliches Taktgefühl waren gefragt. Bis ins Detail planen konnten sie das Gespräch nicht, und wenn Valerie ehrlich zu sich selbst war, hatte sie großen Bammel davor.

»Du, Nora …« Ihre Freundin war wohl ebenfalls tief in Gedanken versunken und ließ nur ein leises Brummen vernehmen, mit dem sie zeigte, dass sie Valerie zuhörte. »Hältst du es wirklich für eine gute Idee, dass wir Merburg im Gespräch in die Enge treiben wollen? Oder sollten wir die Sache doch lieber den Profis überlassen?«

Obwohl die Straße hinauf zum Hotel »Bellavista« steil war, wurde Nora noch um eine Nuance schneller, sodass Valerie Mühe hatte, mit ihr Schritt zu halten. »Bekommst du Muffensausen, oder was? Wir sind so kurz vor der Lösung des Falles und davor, den Ruf deines Hotels wieder zu rehabilitieren, dass wir doch nicht aufgeben. Denk daran, was auf dem Spiel steht.«

Valerie zuckte kurz zusammen, als sie an ihre Misere erinnert wurde. »Ich weiß, du hast recht. Aber was ist, wenn Merburg etwas merkt? Wenn er uns eine Falle stellt oder sich eine von uns als Geisel schnappt oder so?«

»Ich glaube, du hast zu viele Krimis gesehen. Solange wir uns nicht aus dem öffentlichen Bereich des Hotels wegbewegen, kann uns gar nichts passieren. Lass nicht schon wieder den alten Angsthasen raus. Wir schaffen das – wir beide allein. Wir entlocken ihm mit unserem weiblichen Charme eine Antwort, mit der er sich verrät, lassen uns nichts anmerken und rufen

Frau Oswald und den Siebert an. Die sollen sich dann um den Rest kümmern.«

Valerie war noch nicht überzeugt, trotzdem bogen sie von der Straße ab und gingen über die Stufen zum Hintereingang des Hotels. Schwer atmend kamen sie oben an. Der Ort war wunderschön, stellte aber selbst für Einheimische, die daran gewöhnt waren, eine Herausforderung dar. Die Häuser waren an vielen Stellen in den Hang hineingebaut. Überall ging es steil bergauf oder bergab. Da konnte einem durchaus die Luft wegbleiben.

Sie verschnauften einen Moment, bevor sie sich auf den Weg zur Rezeption machten, wo wie am Vortag Heidi stand.

»Oh, ihr seid es, es tut mir leid, aber ihr habt Herrn Merburg schon wieder verpasst. Er ist in der Früh mit dem Hotelbus weggefahren. Heute gibt es eine geführte Wanderung von Dorfgastein hinüber ins Großarltal. Da sind sie den ganzen Tag unterwegs.«

Es war wie verhext. Erneut umsonst. Roland Merburg genoss wohl seinen Aufenthalt in vollen Zügen. Der hatte Nerven. Erst einen Mord verüben und dann noch schön Urlaub machen. Valerie schauderte. Dann hatte sie aber eine plötzliche Eingebung. Mit einem vertrauenerweckenden Lächeln wandte sie sich an Heidi.

»Ach, da fällt mir was ein. Kannst du uns vielleicht weiterhelfen? Wir würden gern wissen, ob Herr Merburg am Abend des 11. noch weg gewesen ist. Ist er zum Beispiel auswärts essen gegangen und erst spät wiedergekommen?«

Heidi sah verwirrt aus. Wahrscheinlich fragte sie sich, warum sie das wissen wollte. Dazu hätte sich Valerie am besten vorher eine glaubhafte Geschichte überlegen sollen, aber die Frage war ihr so spontan herausgerutscht, dass sie das nicht bedacht hatte.

Die Sekunden zogen sich in die Länge, als wären es Minuten. Für Valerie war nicht erkennbar, warum Heidi keine

Antwort gab. Dachte sie darüber nach, ob Roland Merburg an besagtem Abend weg gewesen war? Oder überlegte sie, ob sie auf die Frage eingehen sollte? Schließlich ging es um die Privatsphäre eines Hotelgasts. Valerie befürchtete Letzteres.

Plötzlich hellte sich Heidis Gesicht auf. »Na siehst, wenn man alle Termine im Kopf hat, dann geht's doch.« Sie tippte sich mit dem rechten Zeigefinger an die Schläfe. »Natürlich war er am Abend des 11. auswärts, und zurückgekommen ist er auch erst lang nach Mitternacht.«

Valerie jubelte innerlich. Dann konnte Merburg tatsächlich der Mörder sein. Doch mit dem nächsten Satz hatte sie nicht gerechnet.

»Ich war doch mit von der Partie. Wir waren mit einem Bus voller Leute hinten in Sportgastein beim Volksmusikabend mit Brettljause im ›Haus Stefanie‹. Da war er auch dabei. Und er hat wohl ein paar Zirbenschnäpse zu viel getrunken. Er war viel lockerer als sonst, hat sogar seinen dunklen Anzug zu Hause gelassen und eine zünftige Lederhose angezogen.«

Nun fragte Nora noch einmal nach: »Bist du dir da ganz sicher, Heidi?«

Die sah sie beinahe empört an. »Wenn ich es doch sage, ich habe sogar neben ihm gesessen.«

Valerie und Nora ließen sich nicht anmerken, dass ihnen diese Nachricht den Boden unter den Füßen wegzog. Aus der Traum von der Lösung des Falles. Roland Merburg hatte ein wasserdichtes Alibi. Er war zur fraglichen Zeit gar nicht im Ort gewesen. Wenn er mit dem Hotelbus über die Mautstraße ans Ende des Tales nach Sportgastein gefahren war, dann war es viel zu weit gewesen, als dass er unauffällig in den Ort kommen, den Mord verüben und wieder zu den anderen ins »Haus Stefanie« hätte zurückkehren können. Dafür hätte er ein Auto gebraucht, und selbst dann wäre es wohl aufgefallen, wenn er so lange gefehlt hätte. Schließlich waren in der Hütte auch Vorarbeiten nötig gewesen. Rosenblätter streuen, die Kerzen aufstellen und den Champagner und die Gläser vorbereiten.

Während Valerie ihren Gedanken nachhing, schwärmte Heidi noch von dem Abend in Sportgastein. Sie sei schon des Öfteren bei diesem Event gewesen, meinte sie. Was sie sonst noch plauderte, bekam Valerie gar nicht mehr mit. Bei der ersten kurzen Sprechpause, die Heidi einlegte, bedankte sie sich höflich und verabschiedete sich. Sie hinterließ noch ihre Telefonnummer mit der Bitte, Roland Merburg möge sie anrufen. Möglicherweise konnte er ihnen einen Anhaltspunkt geben. Schließlich hatte er Lieselotte Hehenberg über lange Zeit gekannt.

Sehr still machten sie sich wieder auf den Rückweg zum Hotel. Auf Höhe des leer stehenden Kongresszentrums hörte Valerie aufgeregte Stimmen. Eine davon, die lautere, war auf jeden Fall männlich. Die andere war so leise, dass man sie kaum wahrnehmen konnte. Die Diskussion war Valeries Eindruck nach heftig. Leider konnte sie nicht verstehen, worum es bei dem Gespräch ging, das dem Klang nach hinter dem Gebäude stattfand, dort, wo seit Jahren abgesperrt war.

Zu gern hätte Valerie gewusst, wer sich da stritt, aber wenn sie näher herangegangen wären und um die Ecke gelugt hätten, wäre das Risiko, erwischt zu werden, zu groß gewesen. Sie glaubte, am Tonfall Max Weber zu erkennen, aber die andere Person konnte sie nicht identifizieren.

Nora war das Gespräch auch aufgefallen. »Kannst du heraushören, wer das ist?«, fragte sie Valerie leise.

»Ich glaube, dass der eine unser spezieller Freund Weber ist, kann mich aber auch täuschen. Die andere Stimme ist zu leise, aber es ist ein Mann, würde ich sagen.«

»Na, dann hat sich Weber hier in Bad Gastein wohl schon mehrere Feinde gemacht. Der Typ hat Talent. Das muss man ihm lassen. Das schafft nicht jeder.« Nora hatte es wie üblich auf den Punkt gebracht. Valerie musste sogar ein bisschen schmunzeln.

»Geschieht ihm nur recht, wenn ihm jemand die Meinung sagt. Komm, lass uns lieber weitergehen. Ich möchte ihm nicht begegnen. Außerdem würde der sofort merken, dass wir gelauscht haben, und sich daraus dann wieder eine Story zusammenreimen.«

Im Hotel herrschte wie in den letzten vier Tagen Ruhe. Carla, die sich offenbar schon langweilte, sah Andi zu, wie er »Bring den Futterbeutel« mit Nelly spielte. Er strahlte Valerie und Nora an und musste vorführen, was er ihr beigebracht hatte. Tatsächlich brachte sie ihm den Beutel, das hätte Valerie ihr gar nicht zugetraut.

Sie strich Andi über den Kopf und sagte ihm, dass Anton ihn zu dem Bergbauern mitnehmen werde, wo sie jede Woche Schaf- und Ziegenkäse sowie traditionell gebackenes Holzofenbrot für das Hotel kauften. Ob ihm wohl auffiel, dass sie ständig versuchte, ihn aus der Schusslinie zu bringen? Stets vereinbarte sie ein Treffen oder bat seine Geschwister und Anton, ihn zu beschäftigen. Einerseits hatte sie selbst keine Zeit dazu, andererseits hatte sie Angst um ihn, schließlich lief ein Mörder frei herum, und sie standen wieder am Anfang ihrer Ermittlungen.

Valerie klopfte an die Stüberltür, um zu fragen, ob die Kriminalpolizisten Wünsche hatten.

Nur Dorothea Oswald saß am Tisch und starrte auf ihren Laptop. Sie sah von der Arbeit auf und lächelte Valerie an. »Sie kommen wie gerufen. Also einen Kaffee hätte ich tatsächlich gern. Mir raucht schon der Kopf. In unserem Fall geht nichts weiter. Es ist zum Verzweifeln. Der Täter oder die Täterin ist sehr sorgfältig vorgegangen. Ich habe vorhin den endgültigen Bericht der Kriminaltechnik bekommen. Nichts, absolut nichts. Er hat keine Fingerabdrücke hinterlassen. Es gibt auch keine Hautpartikel unter den Fingernägeln der Toten oder Ähnliches. Der Mord muss so unerwartet und schnell passiert sein, dass sie keine Chance mehr hatte, sich zu wehren.

Auch auf den Kerzen und sogar auf den Rosenblättern haben wir nichts Brauchbares gefunden. Und am Champagnerglas natürlich nur ihre eigenen Abdrücke. Der Mörder muss die Tat bis ins Detail durchdacht und geplant haben.«

Wenn sie schon so gesprächig war, konnte Valerie die Situation wohl ohne Gewissensbisse ausnutzen. »Und haben Sie schon einen Verdächtigen? Wissen Sie, wer es gewesen sein könnte?«

»Einen Verdächtigen? Das wäre zu viel gesagt, aber es gibt jemand, den wir uns ansehen müssen. Oliver Hehenberg hat nämlich unsere Vermutung bestätigt, dass seine Frau in den letzten Wochen von einem Stalker belästigt wurde. Dass der der Täter ist, ist naheliegend. Und Herr Hehenberg war auch der Meinung, dass es jemand aus ihrem Umfeld gewesen sein muss, weil er ihre Gepflogenheiten so gut kannte. Das Problem ist nur, dass der Mann, den er verdächtigt, wie vom Erdboden verschluckt ist, obwohl er am Tag des Mordes hier in Bad Gastein gesichtet worden ist. Er geht auch nicht ans Telefon. Das allein ist schon verdächtig.«

Valerie vermutete, dass es hier um Roland Merburg ging, von dem sie bereits wusste, dass er täglich aktiv war und seinen Urlaub genoss. Höchstwahrscheinlich gehörte er zu den gestressten Managern, die das Handy beiseitelegten und bewusst nicht erreichbar sein wollten, wenn sie endlich einmal freihatten.

»Ja, seinen Verdacht hat er im Gespräch mit uns auch erwähnt. Er hat einen Namen genannt. Aber das wissen Sie vermutlich schon. Nur ich bin da nicht so sicher. Womöglich war es doch ein Wahnsinniger, der Lieselotte Hehenberg aus dem Fernsehen kennt. Oder einer, der sich wegen einer alten Geschichte an ihr rächen wollte.«

Valerie biss sich auf die Lippe. Vielleicht hätte sie lieber den Mund halten sollen. Es war ihr jedoch ein Anliegen, Dorothea Oswald dazu zu bringen, sich nicht zu sehr auf Roland Merburg festzulegen. Denn dass er es nicht gewesen sein konnte, wussten Nora und sie schließlich schon. Da waren sie der Polizei einen entscheidenden Schritt voraus. Zu viel wollte sie aber auch nicht verraten, um den Vorsprung nicht einzubüßen.

Dorothea Oswald legte den Kopf schief und ließ sich Zeit, bevor sie antwortete. »Womöglich haben Sie recht. Unsere Kollegen in Wien überprüfen das Umfeld von Lieselotte Hehenberg. Ich werde sie bitten, auch nach alten Konflikten, Gerichtsverfahren und Ähnlichem Ausschau zu halten. Denkbar, dass sie dabei auf interessante Informationen stoßen.«

In diesem Moment wurde die Tür zum Stüberl aufgerissen. Valerie zuckte erschrocken zusammen und drehte sich reflexartig um. Im Türrahmen stand Dr. Siebert – wie üblich mit finsterem Gesichtsausdruck – und strich sich eine Strähne des gegelten Haares nach hinten.

»Na, haben die Damen nett geplaudert?«, fragte er mit schneidender Stimme. »Ich hoffe, Frau Oswald, dass Sie keine Ermittlungsergebnisse preisgeben. Sie wissen, wie schnell solche Informationen an die Presse kommen. Außerdem ist, solange der Mörder nicht gefasst ist, jeder in der Umgebung der Toten verdächtig.« Er musterte Valerie mit abschätzigem Blick.

Die Inspektorin sah zu Boden, und Valerie schluckte. Am liebsten würde sie diesen ungehobelten Schnösel vor die Tür setzen, aber das konnte sie bei einem Kripobeamten schlecht machen.

Um Dorothea Oswald nicht in Bedrängnis zu bringen, sagte sie schnell: »Keine Sorge, Dr. Siebert. Ich war nur hier und wollte fragen, ob Sie frische Getränke brauchen. Ihre Kollegin hat sich für Kaffee entschieden. Wie sieht es mit Ihnen aus?« Sie zwang sich dazu, möglichst freundlich zu klingen, kochte aber innerlich. Diesen Kerl konnte sie nicht ausstehen. Obwohl er bei der Polizei arbeitete, würde sie einem Typen wie ihm einen Mord sofort zutrauen. Konnte das wie bei Feuerwehrmännern sein, die selbst einen Brand legten und dann heldenhaft als Erste das Feuer löschten? Vereinzelt kam das vor, das wusste sie aus der Zeitung. Ob es dieses Phänomen bei der Mordkommission auch gab?

Nein, Unsinn, die Phantasie ging eindeutig mit ihr durch. Sie gab sich Mühe, Siebert unschuldig anzusehen und auf seine Antwort zu warten.

Wie schon des Öfteren, seit er sich im Stüberl einquartiert hatte, war es nicht nur *ein* Wunsch, sondern es waren gleich mehrere Sonderwünsche, die er ihr im Befehlston entgegenschleuderte. Falsche Bescheidenheit kannte er nicht.

Kein Wunder, dass er nicht verheiratet ist, dachte Valerie. Das wusste sie von Dorothea Oswald. Mit so einem Ekelpaket konnte es doch keine Frau aushalten.

Indessen ihr diese Gedanken durch den Kopf gingen, lächelte sie Siebert freundlich an und versprach, die Bestellung demnächst zu bringen.

Nachdem sie das erledigt hatte, kam Anton durch die Tür, um Andi abzuholen. Wieder war unübersehbar, dass er Nora, die mit dem Rücken zu ihm an der Rezeption lehnte, mit liebevollem Blick betrachtete.

»*Ciao, belle ragazze!*«

Diese Begrüßung konnte er sich einfach nicht abgewöhnen, obwohl Nora und sie eindeutig schon über das Alter hinaus waren, in dem man Frauen als Mädchen bezeichnete. Trotzdem schmeichelte es ihnen – und sie konnten Anton ohnehin nicht davon abhalten, wie etliche Diskussionen gezeigt hatten.

»Was treibt ihr denn die ganze Zeit? Seid ihr auf Mörderjagd?«

Die Frage sollte dem Tonfall nach wohl ein Spaß sein, aber Nora und Valerie erschraken im ersten Moment, nur um sich Sekundenbruchteile später wieder zu fangen.

Hoffentlich hat er nichts gemerkt, dachte Valerie.

Aber das Strahlen in Antons Augen, das beim Hereinkommen deutlich zu sehen gewesen war, war erloschen und einem besorgten Gesichtsausdruck gewichen. Unsicher versuchte er, die Situation zu überspielen. »Das war *uno scherzo*. Ihr würdet doch hoffentlich nicht –«

Er wurde mitten im Satz unterbrochen, weil Andi auf ihn zurannte, seinen Arm umklammerte und ihn in ein Gespräch darüber verwickelte, ob er im Auto vorn sitzen durfte oder nicht.

Somit hatten die Freundinnen noch einmal Glück gehabt. Andi war im richtigen Augenblick aufgetaucht. Sie wechselten noch ein paar belanglose Worte über den Einkauf beim Bergbauern, der außerhalb des Ortes seinen Hof hatte, und verabschiedeten sich von den beiden.

»Huch, das war knapp«, war Noras erster Kommentar, als sie mit dem Lift hochfuhren. »Hoffentlich ahnt er nichts.«

»Ja, und hoffentlich redet er nicht mit Viktor darüber, falls er Verdacht geschöpft hat. Der hat mir eindringlich eingeschärft, dass wir uns da raushalten und die Polizei ihre Arbeit machen lassen sollen.«

Valerie schloss die Tür zum Appartement auf. »Welchen Tee willst du heute? Ich brauche unbedingt ein Tässchen auf den Schrecken.«

Sie einigten sich auf Jasmintee und begannen erneut zu überlegen. Der Geschäftsführer, den sie so schwer im Verdacht gehabt hatten, kam nicht mehr in Frage. Nach einem Fremden zu suchen, der Lieselotte Hehenberg aus dem Fernsehen kannte und sie aus diesem Grund gestalkt hatte, war beinahe unmöglich. Da konnten sie nur hoffen, dass das nicht die Lösung des Falles war. Aber in ihrem Umfeld konnten sie noch näher recherchieren.

Valerie beobachtete über den Tisch hinweg, wie Nora Nelly streichelte und nachdenklich auf ihrer Unterlippe herumkaute. Plötzlich hellte sich ihr Blick auf.

»Sag mal, warum sind wir uns denn so sicher, dass der Täter ein Mann ist?«, fragte sie.

»Na, wegen des romantischen Abends in der Hütte, der so perfekt inszeniert worden ist.«

»Klar, aber das könnte doch auch eine Finte gewesen sein, damit alle denken, dass es ein Mann war. Ein Ablenkungsmanöver sozusagen.«

Valerie ließ Nora in Ruhe weitersprechen. Sie war neugierig, was kommen würde.

»An den Botschaften eines Stalkers kann man oft nicht ablesen, wer dahintersteckt. Wenn der Mord schon von langer Hand geplant war, könnte es ebenso gut eine Frau gewesen sein, die eine Rechnung mit dem Opfer offen hatte. Vielleicht geht es um eine alte Familienfehde oder darum, dass sie einer anderen einmal den Mann weggeschnappt hat. Was weiß ich? Das kann verschiedenste Gründe haben. Bei einem Stalker denkt jeder automatisch an einen Mann, aber das wäre der beste Schutz für eine weibliche Mörderin. Verstehst du?«

Langsam begriff Valerie, worauf Nora hinauswollte. »Unmöglich ist es nicht. Aber wie sollen wir das herausfinden? Wir kennen die Familienverhältnisse und die Vergangenheit der Hehenberg nicht und können uns auch nicht in ihrem Bekanntenkreis umhören. Sie hat schließlich in Wien gelebt, und die Leute aus der Society, in der sie sich bewegt hat, würden uns beiden garantiert nichts verraten. Wir sind rein auf den Computer angewiesen. Aber das zu recherchieren wird schwierig, vor allem weil wir noch aus dem alten Jahrhundert stammen und ewig dafür brauchen.«

»Wir könnten doch wieder Felix, Jakob und Lea bitten, uns zu helfen. Die verpfeifen uns nicht bei den Männern, weil es ihnen selbst Spaß macht herumzuschnüffeln, zumindest solange sie sicher im Hotel sitzen.«

»Meinetwegen, aber das ist nicht alles. Wenn sie schon am Recherchieren sind, sollen sie auch Max Weber ein bisschen genauer unter die Lupe nehmen. Das Gespräch, das wir da mit angehört haben, war schon ziemlich komisch, und auf der Sympathietabelle macht er Dr. Siebert den Platz streitig, wenn ich es salopp ausdrücken darf. Ich glaube, die haben ihre eigenen Leichen im Keller. Ich sage nur: Finca auf Mallorca. Ich traue ihnen vieles zu.«

Gerade als Valerie die Tassen in den Geschirrspüler räumte, kamen ihre Kinder zur Tür herein. Leas Frage, ob es endlich positive Neuigkeiten gebe, mussten sie leider verneinen. Sie berichteten, was sie über Roland Merburg erfahren hatten und dass sie hofften, dass er Licht ins Dunkel bringen würde, wenn er sich telefonisch meldete. Da er aber seinen Urlaub genießen wollte, war unklar, ob und wann das der Fall sein würde. Bis dahin mussten sie weiterüberlegen. Sie baten die drei, in Lieselotte Hehenbergs Umfeld und Familiengeschichte zu kramen und Max Weber zu durchleuchten. So ein schmieriger Typ würde für eine Titelstory unter Umständen sogar im wahrsten Sinne des Wortes über Leichen gehen. Wenn sie Glück hatten, fanden sie einen Hinweis auf Straftaten in der Vergangenheit. Ausschließen sollten sie gar nichts.

Unterdessen machten sich Valerie und Nora auf den Weg zu Oliver, den sie auf einen Kaffee in die Bar einladen wollten. Er tat ihnen leid. Nicht einmal Familie hatte er, die ihn in dieser schweren Zeit unterstützen konnte.

Sie klopften an seine Tür, die er nur einen Spalt öffnete. Seinem Outfit nach zu urteilen, hatte er nicht mit Besuch gerechnet. Er war leicht neben der Spur. Seine sonst so exakt frisierten Haare standen in alle Richtungen ab, was irgendeine Erinnerung in Valerie weckte. Doch war sie verflogen, bevor sie sie greifen und festhalten konnte.

Obwohl Olivers Miene im ersten Moment wenig Begeisterung über ihren Besuch vermuten ließ, hellte sich sein Gesichtsausdruck binnen Sekunden auf, und er fragte, wie er ihnen helfen könne. Auf ihre Einladung hin sagte er spontan zu. Er müsse sich aber noch umziehen und würde dann in die Bar kommen.

Die Freundinnen gingen voraus, und Valerie holte schon einmal einen Caffè Latte für sie beide. Es dauerte nicht lange, da tauchte auch ihr Gast auf, nun mit perfekt frisierten Haaren. Valerie brachte ihm einen Kaffee und stellte ein paar ihrer selbst gemachten Pralinen auf den Tisch.

»Nur für besondere Gäste«, meinte sie mit einem Strahlen.

Die vorhin eher eigenartige Stimmung war wieder komplett entspannt. Oliver erzählte, dass er, weil er ohnehin keine Ruhe finde, kreuz und quer durch den Ort gelaufen sei – oder vielmehr bergauf und bergab, wie er lächelnd meinte.

»Jetzt kann ich erst nachvollziehen, warum meine Frau jedes Jahr hergekommen ist. Der Ort ist wirklich etwas Besonderes, man spürt noch immer das Flair der Kaiserzeit, wenn man sich die herrschaftlichen Gebäude der Belle Époque ansieht. Außerdem ist der Blick auf die Berge wunderschön. An manchen Stellen spiegelt sich die Sonne in kleinen Schneefeldern, die noch an den Winter erinnern, während der Rest bereits saftig grün ist.«

Valerie freute sich über diese wunderbare Beschreibung ihrer Heimat. Da merkte man gleich, dass Oliver Hehenberg ein Mann von Welt war, so wie er sich ausdrückte. Sie konnte ihm nur zustimmen. »Das hast du schön gesagt. Ich mag diese Jahreszeit bei uns am liebsten. Und es freut mich, wenn es dir hier gefällt.«

»Für Großstädter wie mich ist das eine ganz andere Welt. Wäre nur der Anlass, aus dem ich hier bin, nicht so traurig, dann würde ich mich bestimmt richtig wohlfühlen. Ich hätte schon viel früher kommen sollen, gemeinsam mit Lieselotte. Ich bin bis jetzt nur zweimal auf einen Sprung hier gewesen, wenn sie ihre Damenrunde hatte. Da bin ich mir aber wie das fünfte Rad am Wagen vorgekommen und bin spätestens am nächsten Tag wieder abgereist. Ich hätte bleiben oder mit ihr allein herkommen sollen. Jetzt kann ich das nicht mehr nachholen.«

Valerie bemerkte eine kleine Träne in seinem Augenwinkel. Sie hätte ihm so gegönnt, dass er mit seiner Frau ein paar schöne Urlaubstage hier hätte verbringen können. Aber leider würde das nie mehr möglich sein. Der Tod war endgültig, und die volle Tragweite der Tragödie würde Oliver wohl erst zu einem späteren Zeitpunkt bewusst werden. Im Moment befand er sich in einer Art Schockzustand, und solange der Mord nicht aufgeklärt und seine Frau nicht beerdigt war, würde die Situation auf eine gewisse Art irreal bleiben.

Valerie empfand tiefes Mitgefühl mit diesem sympathischen Mann, der seine große Liebe verloren hatte, und schob ihm den Teller mit den Pralinen näher hin. Schokolade war ein perfekter Seelentröster, zumindest war das bei ihr so, obwohl sie sich ansonsten sehr gesund ernährte.

Nachdem sich ihr Gast noch eine der kleinen Schokoladentassen genommen hatte, fragte Nora plötzlich: »Sag mal, Oliver, kannst du dir vorstellen, dass der Stalker gar kein Mann, sondern eine Frau gewesen ist?«

Oliver zog die Augenbrauen in die Höhe. »Eine Frau, meinst du? Daran habe ich noch gar nicht gedacht.« Er schwieg eine Weile, dann nickte er langsam mit dem Kopf. »Theoretisch könnte es schon sein. Es wäre eine gute Tarnung, da man bei einem Stalker eher an einen Mann denkt. Aber natürlich wäre es auch möglich, dass eine Frau dahintersteckt. Nur warum? Was könnte das Motiv sein?«

Nun trumpfte Valerie mit ihrem Fernsehkrimiwissen auf. »Die zwei häufigsten Motive sind Eifersucht und Geld. Kann es sein, dass deine Frau früher, ich meine, bevor sie dich kennengelernt hat, einer anderen den Mann ausgespannt hat? Oder dass eine Frau in ihrem Umfeld sich an ihrem Geld leid gesehen hat? Gibt es in der Familiengeschichte einen dunklen Fleck, eine alte Fehde oder so?«

Oliver hob kopfschüttelnd die Hand und brachte Valerie zum Schweigen. »Stopp mal, Valerie. Du bist mir eindeutig zu schnell. Das sind mehrere Theorien auf einmal. Punkt eins: Prinzipiell kann ich mir das schon vorstellen. Die Vorgehensweise lässt darauf schließen, dass es jemand sein muss, der sie entweder krankhaft geliebt oder umgekehrt richtiggehend gehasst hat, was auch bei einer Frau möglich wäre. Punkt zwei: Ich wüsste leider nicht, wer das sein sollte.«

Er kratzte sich hinter dem rechten Ohr, als würde ihm das beim Nachdenken helfen. Erst nach einer kurzen Pause fuhr er fort. »Über ihre Familiengeschichte weiß ich eher wenig. Da wurde nicht gern darüber gesprochen. Es muss wohl in der Generation ihrer Großeltern einen Vorfall gegeben haben, der die Beziehungen innerhalb des Hehenberg-Clans überschattet hat. Ich glaube, es ging um einen Streit, der so heftig gewesen ist, dass seither kein Kontakt mehr zur Verwandtschaft väterlicherseits bestand. Vielleicht ist Geld der Grund dafür gewesen, ich weiß es nicht. Für Valeries Eltern waren Besitz und Geld auf jeden Fall enorm wichtig, ebenso wie der Name, den ich aus diesem Grund bei der Hochzeit annehmen musste. Es war undenkbar, dass er nicht weitergegeben wird, obwohl das nun leider trotzdem passieren wird, weil wir keine Kinder bekommen haben.« Er senkte den Blick und riss seine Serviette in kleine Stückchen, die er dann in die leere Kaffeetasse fallen ließ. Plötzlich sah er auf. »Oder es war die Lechner.«

Nora riss die Augen auf. Sie war wohl ebenso bestürzt wie Valerie. »Aber, Oliver, wie kommst du denn darauf? Sie wirkt zwar distanziert, aber das macht sie noch lange nicht zur Mörderin. Traust du ihr das etwa zu?«

»Ach, ich weiß es doch selbst nicht. Ich traue in Wahrheit niemandem einen Mord zu, außer so einem schleimigen Typen wie diesem Reporter, der hier täglich herumlungert und auf die nächste Sensationsstory wartet. Der wollte mich doch tatsächlich vor dem Hotel abfangen und ausquetschen. Ich glaube, der würde sich ohne Skrupel über das Gesetz hinwegsetzen, um an eine lukrative Story zu kommen. Aber wissen kann man es bei niemandem. Tatsache ist, dass sich die Lechner aus dem Nichts bei Lieselotte beworben hat. Ihr müsst wissen, meine Frau hatte ihr Büro in unserer Firmenzentrale. So war sie als Eigentümerin anwesend, wenn Merburg oder wer anders eine Frage hatte oder ihre Unterschrift brauchte. Und trotzdem konnte sie sich auf ihre Einrichtungsaufträge konzentrieren, da wir alle ihr die tägliche Arbeit abgenommen haben. Sie wollte den Mitarbeitern das Gefühl vermitteln, dass sie ein offenes Ohr für jeden hat und sich für die Unternehmensbelange interessiert.«

Valerie wurde ungeduldig. »Aber was hat das mit Emilia Lechner zu tun?«

Oliver ließ sich mit der Antwort Zeit. »Ja, das war im Nachhinein betrachtet komisch. Sie hat Lieselotte vor sechs oder sieben Monaten eine Initiativbewerbung geschickt. Darin hat sie extra betont, dass sie gern als ihre persönliche Assistentin arbeiten wolle, nicht im Möbelunternehmen. Sie hat wie meine Frau mehrere Jahre Innenarchitektur studiert, aber, obwohl sie schon eine Mittdreißigerin ist, nie ihren Abschluss gemacht. Lieselotte hat sie damals zu einem Gespräch eingeladen und ist sofort begeistert gewesen. Die zwei verstanden sich auf ihre Art sehr gut und hatten fachlich ähnliche Ansichten, trotz einer gewissen Distanz, die Frau Lechner stets aufrechterhielt. Meine Frau hat ihr vertraut. Und dennoch hatte ich von Anfang an das Gefühl, dass Frau Lechner uns etwas verheimlicht. Aber was, das weiß ich bis heute nicht.«

»Wie bist du darauf gekommen?« Nora waren solche Aussagen zu unklar, so gut kannte Valerie sie.

Oliver schwieg einen Moment. Schließlich runzelte er die Stirn. »Das ist schwer zu sagen, es ist mehr ein Gefühl. Da die Büros der beiden in unserem Firmengebäude liegen, sogar im selben Stockwerk, wo auch Merburg, die anderen Abteilungsleiter und ich untergebracht sind, habe ich sie oft gesehen. Ich hatte den Eindruck, dass sie Lieselotte manchmal heimlich gemustert hat, in letzter Zeit auch immer mal wieder zu einem Gespräch angesetzt und dann doch geschwiegen hat. Außerdem hat sie manchmal den Hörer schnell aufgelegt, wenn ich zur Tür hereingekommen bin, so als hätte sie nicht gewollt, dass ich auch nur das kleinste Detail ihres Telefonats mitbekomme. Alles in allem war ihr Verhalten komisch, aber auch nicht richtig greifbar. Versteht ihr, was ich meine?«

Valerie wiegte den Kopf hin und her, worüber Viktor stets schmunzeln musste. »Ich überlege, welchen Eindruck Frau Lechner auf mich macht. Und ich glaube, er passt zu dem, was du sagst. Einerseits ist sie höflich und nett, andererseits habe auch ich eine Distanz im Umgang mit deiner Frau und mit uns gespürt.«

Nun schaltete sich Nora ins Gespräch ein. »Und vergiss nicht, dass wir sie am Mozartplatz beim Brunnen mit einem fremden Mann gesehen haben, demselben, mit dem du sie am Tag nach dem Mord im Hotel angetroffen hast. Und das, obwohl wir dachten, dass sie hier niemand kennt.«

Langsam kam Valerie in Fahrt. »Es könnte doch sein, dass der Fremde und sie Komplizen sind, die aus einem Grund, den wir unbedingt noch herausfinden müssen, deiner Frau die Briefe geschickt haben. Sie wollten sie ängstigen, in die Enge treiben und dann …«

Plötzlich bemerkte Valerie, wie ruhig und blass Oliver geworden war. »Oh, entschuldige bitte. Das war taktlos von mir. Ich hab gar nicht darüber nachgedacht, wie das für dich sein muss.«

Er schob seinen Stuhl nach hinten und sah betreten in Richtung Boden. »Seid mir nicht böse. Ich glaub, ich leg mich ein bisschen hin«, sagte er mit belegter Stimme. »Das ist alles zu viel im Moment. Ich kann gar nicht mehr klar denken. Ich brauch eine Pause, und dann muss ich mir die Beine vertreten. Ein bisschen Schlaf und frische Luft werden mir hoffentlich helfen.«

»Kein Problem«, beeilte sich Valerie zu sagen. »Falls du was brauchst, melde dich bei mir. Über die Rezeption bin ich jederzeit erreichbar.«

Oliver bedankte sich und stieg mit hängenden Schultern in den Lift.

Valerie war wütend auf sich selbst, weil sie so taktlos gewesen war. Auch Noras Blick sprach Bände. Er tat ihnen beiden leid, aber trotzdem musste der Mörder oder die Mörderin gefunden werden, so hart das Ganze auch für Oliver war.

Schweigend räumten sie das Geschirr ab und gingen zurück ins Appartement, weil sie sehen wollten, wie weit Felix, Lea und Jakob mit ihren Nachforschungen gekommen waren. Genau im richtigen Moment, denn beim Betreten des Vorraumes hörten sie Jakob rufen: »Wow, seht euch das an!«

Als Valerie und Nora die Küche betraten, hatten die drei ihre Stühle zusammengeschoben und schauten gespannt auf Jakobs Bildschirm.

»›… wurde der mutmaßliche Täter Max W., neununddreißig Jahre, wegen des Tatbestands der ›beharrlichen Verfolgung‹ zu zwei Jahren Haft auf Bewährung verurteilt. Das Urteil ist noch nicht rechtskräftig‹«, las Jakob laut vor.

»Bingo!« Felix klatschte mit Jakob und Lea ab. »Wenn das kein guter Hinweis ist.« Triumphierend drehten sie sich zu den beiden Frauen um. »Da seid ihr platt, oder?«

Damit hatte Valerie nicht gerechnet. Das war fast zu simpel. Um zu wissen, dass Weber ein gewissenloser, unsympathischer Typ war, brauchte man kein Hellseher zu sein, auch nicht zu recherchieren, aber dass er so eine Vergangenheit hatte, das hatte keiner von ihnen geahnt. Es passte wie die Faust aufs Auge.

Zur Sicherheit hakte sie noch nach. »Und warum glaubt

ihr, dass es sich um ›unseren‹ Weber handelt? Der Name ist schließlich abgekürzt.«

Jakob drehte den Bildschirm in ihre Richtung. Neben dem Artikel, den er vorgelesen hatte, war ein Foto zu sehen. Über den Augen des Mannes, der darauf abgebildet war, war ein schwarzer Balken. Trotzdem war klar zu erkennen, dass es sich um den Reporter Max Weber handelte.

Nora übertraf sich wieder einmal selbst mit ihrer trockenen Art. »Der hat sicher die Hehenberg ermordet. Da hat er zwei Fliegen mit einer Klappe geschlagen. Einerseits hat er seine kriminellen Triebe ausgelebt, und andererseits hat er sich eine sensationelle Story erschaffen, die er für gutes Geld verkauft hat. Dem müssen wir unbedingt das Handwerk legen.«

Valerie war unsicher. »Sollten wir nicht doch lieber die Polizei informieren? Richtig wohl ist mir nicht bei der Sache.«

Sie bat Jakob eben, den Artikel auszudrucken, da betrat Viktor auf der Suche nach seiner Familie die Küche. Valerie griff nach seinen Armen, die sich von hinten um ihre Taille gelegt hatten. Er gab ihr einen Kuss auf die Wange. Valerie schmiegte sich an ihn, sein vertrauter Geruch stieg ihr in die Nase.

Plötzlich jedoch verspannte sich Viktor, sein Blick haftete an Jakobs Bildschirm. Dann wich er einen Schritt zurück. »Ich seh wohl nicht richtig. Was macht ihr hier? Warum lest ihr euch Artikel über Gerichtsprozesse durch? Ihr seid doch nicht allen Ernstes auf Mördersuche und zieht die Kinder auch noch mit hinein? Valerie, ich hab dir doch gesagt, dass das keiner deiner Fernsehkrimis ist, gell? Haltet euch da raus. Wer auch immer das war, er ist sehr gefährlich. Außerdem verdammt klug, wenn ihr mich fragt, denn so wie es aussieht, hat die Polizei bis heute keinerlei Beweise gegen irgendjemand in der Hand. Und ich möchte nicht, dass eine von euch plötzlich tot aufgefunden wird, haben wir uns da verstanden?«

In dem Wissen, dass er recht hatte, versuchte Valerie zu protestieren. »Aber –«

Doch Viktor ließ sie nicht ausreden. »Hier gibt es kein Aber, Valerie, hier geht es um eure Sicherheit. Die setzt man nicht leichtfertig aufs Spiel.«

Die eben noch euphorische Stimmung in der Küche war verschwunden. Zehn Minuten später kam Anton mit Andi vom Bergbauern wieder, und die Männer zogen sich ins Wohnzimmer zurück. Mit Sicherheit schilderte Viktor seinem Freund, was vorgefallen war. Auf jeden Fall machte der sonst so gesellige Anton ein äußerst miesepetriges Gesicht, als er sich in der Küche ein Glas Wasser holte.

Auch die Gemütslage von Valerie und Nora war um keinen Deut besser. Angesichts von Viktors Reaktion wollten sie nicht mehr über ihre Ermittlungen reden, solange alle in der Wohnung waren. Um die Atmosphäre zu verbessern, beschlossen sie, Eierschwammerlsoße mit Semmelknödeln zu machen. Das war eines der Lieblingsgerichte der beiden Männer um diese Jahreszeit. Oft gingen sie selbst los und suchten an ihren geheimen Plätzen nach den gelbbraunen Pilzen, von denen es in der Umgebung reichlich gab, wenn man nur wusste, wo sie zu finden waren. In diesem Fall hatte Valerie sie aber von einem Nachbarn geschenkt bekommen. Er hatte so viele gesammelt, dass seine Frau und er sie nicht allein essen konnten. Vermutlich war es als nette kleine Geste gedacht, um ihr eine Freude zu machen. Helfen konnten ihre Bekannten ihnen in der Misere schließlich nicht. Aber Valerie hatte sich ehrlich darüber gefreut, und sie hoffte, dass dieses Essen die Gemüter besänftigen würde.

Sie setzten sich an den Küchentisch, um die Pilze zu putzen und klein zu schneiden, bevor sie sie in die Pfanne mit glasig gedünsteter Zwiebel gaben, das Ganze würzten und mit Sahne aufgossen. Auf dem Herd hatten sie einen großen Topf mit Wasser aufgesetzt, in den sie die bereits vorbereiteten und dann eingefrorenen Knödel vorsichtig hineingleiten ließen.

In der Küche roch es verführerisch. Es dauerte nicht lang,

bis Nora die anderen zum Essen rufen konnte, indes Valerie den Tisch mit ihrem besten Geschirr deckte.

Leider ging die Rechnung nicht auf. Viktor und Anton freuten sich zwar über das Essen, aber an ihrem Gesichtsausdruck änderte es trotzdem wenig. Obwohl nicht gesprochen wurde – oder gerade deshalb –, war die Stimmung in der Küche äußerst angespannt, und alle verließen den Tisch unter leicht durchschaubaren Ausreden so schnell wie möglich. Übrig blieben nur Valerie und Nora, die sich noch um das Geschirr kümmerten.

So endete der Abend ziemlich unglücklich. Valerie hatte gewusst, dass Viktor und Anton ihre Vorgehensweise nicht verstehen würden. Dabei wollte sie doch nur das Hotel retten und dafür sorgen, dass ihr Familienerbe auch noch von den Kindern weitergeführt werden konnte. Der Fall musste schließlich aufgeklärt werden. In Dr. Siebert hatte sie zu wenig Vertrauen, und von Dorothea Oswald wusste sie, dass die Kriminalpolizei nach wie vor im Dunkeln tappte. Doch ob die Spur zu Max Weber, die sich nun ergeben hatte, auch wirklich die richtige war?

Valerie hoffte es, weil sie sich so inständig wünschte, endlich einen Schlussstrich unter den Fall Hehenberg setzen zu können.

## ELF

Der neue Tag zog genauso trist ins Land, wie Valerie sich fühlte, als sie früh am Morgen aufstand. Die Wolken hingen erneut tief im Tal herunten, und es sah aus, als ob es jeden Moment zu regnen beginnen könnte. Somit passte das Wetter gut zu ihrer Stimmung – ihr kam absolut keine sinnvolle Idee, ob und was sie nun gegen Max Weber unternehmen sollten. Sie musste abwarten, was Nora dazu meinte.

Als Erstes ging sie in die Hotelküche und holte frische Brötchen und Obst. Viktors Eltern hatten sich zum Frühstück angesagt. Sie wohnten in Bad Hofgastein, nur fünf Kilometer weiter, und waren ebenfalls Hoteliers. Vor rund zwei Jahren hatten sie sich in den Ruhestand verabschiedet, und Valeries Schwager führte mit seiner Frau das Hotel. Trotzdem wohnten die Schwiegereltern noch in ihrer Wohnung im obersten Stock des Betriebs und genossen es, mitten im Geschehen zu sein und außerdem ihre Enkelkinder um sich zu haben.

Nun wollten sie sehen, wie es ihrem zweiten Sohn in Bad Gastein ging. Sie konnten sich vorstellen, was ein Skandal dieser Art mit dem Geschäft machte, und würden sie unterstützen, wo es möglich war. Aus diesem Grund hatten sie auch angeboten, Andi für ein paar Tage zu sich zu nehmen. Zeit, ihn die paar Kilometer zur Schule zu bringen und wieder abzuholen, hatten sie schließlich. Das war kein Problem, und auf diese Art wäre der Familienjüngste weg vom Geschehen. Die Anspannung im Haus konnte nicht gut für ihn sein, und vor allem war es nicht auszuschließen, dass sich der Mörder nach wie vor in der Gegend herumtrieb.

Als der Tisch fertig gedeckt war, weckte Valerie die Kinder und machte sich anschließend auf den Weg zu Noras Zimmer, weil sie sie vor der Schule zu einem schnellen Frühstück zu ihnen bitten wollte.

Nachdem sie geklopft hatte, dauerte es eine Weile, bis die Tür geöffnet wurde. Die sonst so energiegeladene Nora sah ihr mit glasigen Augen und geröteten Wangen entgegen. Sie trug noch ihren Pyjama und stützte sich mit einer Hand am Türrahmen ab.

Valerie erkannte sofort die Lage, schob Nora behutsam ins Zimmer zurück und bedeutete ihr, sich wieder hinzulegen und sich gut zuzudecken. Dann erst ging sie zum Fenster, schob den Vorhang ein kleines Stück zur Seite und machte es auf, damit frische Luft das Zimmer durchfluten konnte.

»Dich hat's ja ordentlich erwischt. Gestern warst du doch noch fit. Hast du dir einen grippalen Infekt eingefangen?«

Nora räusperte sich erst und antwortete schließlich mit belegter Stimme: »Ich hatte es schon befürchtet. Am Tag vor dem verlängerten Wochenende hat mich einer von den Jungs in der Schule angeniest. Er hat eindeutig krank ausgesehen, und die Mutter hat ihn früher abgeholt und gesagt, dass der Bruder und der Vater auch schon im Bett liegen würden. Ich habe gehofft, dass der Kelch an mir vorübergeht, aber wie das Amen im Gebet bekomme ich jeden Infekt, der in der Schule kursiert. Und immer dauert es eine Woche, bis es bei mir richtig losgeht. Da glaube ich schon jedes Mal, dass ich mich nicht angesteckt habe. Aber wie du siehst …«

»Ach, Nora, gut, dass du hier im Hotel bist, dann kann ich mich ein bisschen um dich kümmern. Wo ist übrigens Felix? Ist er auch krank?«

»Ich denke nicht. Er ist im Zimmer nebenan und schläft vermutlich noch. Aber den haut zum Glück nichts um. Der wird so gut wie nie krank, wenn ich einen Infekt aus der Schule mitbringe. Und wenn, dann würde die Sache bei ihm ja später beginnen.«

»Da hast du auch wieder recht. Ich hol dir rasch ein Fieberthermometer und eine schöne Tasse Tee. Kannst du was essen?«

Nora schüttelte vorsichtig den Kopf. »Nein danke. Tee genügt. Hast du ein Grippemittel zu Hause, das du mir bringen kannst? Normalerweise hilft das gut. Ich ruf in der Schule an und bleibe im Bett. Ich muss mich unbedingt ausruhen. So wie es sich anfühlt, liege ich mit Sicherheit drei oder vier Tage flach. Und das ausgerechnet jetzt.« Sie zog sich die Decke bis ans Kinn und seufzte. »Jetzt, wo du mich dringend brauchst. Wenn ich es mir recht überlege, ist es doch besser, du erzählst dem Siebert und der Oswald, was wir herausgefunden haben. Allein solltest du auf keinen Fall nach dem Mörder suchen. Versprich mir das.«

Valerie konnte es nicht glauben. »Du redest schon wie Viktor. Ihr behandelt mich alle wie ein Kleinkind. Ich bin erwachsen, bin nicht auf den Kopf gefallen und froh, dass ich mir endlich einmal mehr zutraue. Mein Lebtag lang bin ich ein Angsthase gewesen. Nun möchte ich das gern durchziehen. Ich kann nicht tatenlos zusehen, wie so ein Siebert den Fall versemmelt und bei uns die Pleitegeier an die Tür klopfen, weil ein ungeklärter Mord über unserem Haus schwebt wie ein unerwünschter Geist.«

Nora rappelte sich ein Stück hoch, stützte sich auf die Ellenbogen und sah ihr ins Gesicht. »Ich meine es ernst, Valerie. Das ist kein Spaß mehr. Der Weber ist schon mindestens ein Mal verurteilt worden. Wenn er nun einen Mord begangen hat, dann lässt er sich von dir nicht so leicht das Handwerk legen. Für ihn steht zu viel auf dem Spiel. Zu zweit war es schon unvernünftig, was wir gemacht haben, aber allein geht es gar nicht. Bitte, rede mit Frau Oswald. Es muss schließlich nicht der Siebert sein, wenn der so ein rotes Tuch für dich ist.« Sie ließ sich wieder auf das Kissen sinken. Ihre Stimme, die vorher schon heiser geklungen hatte, war in ein Krächzen übergegangen.

Valerie machte sich auf den Weg, um eine Thermoskanne mit Salbeitee herzurichten und darüber nachzudenken, was Nora ihr geraten hatte. Bei ihrer Rückkehr klopfte sie leise an, doch nichts rührte sich. Behutsam öffnete sie mit ihrer Generalschlüsselkarte die Tür und stellte die Kanne auf das Nachtschränkchen. Daneben legte sie das Fieberthermometer und das Grippemittel.

Nora atmete ruhig und gleichmäßig, sie schlief tief und fest. Das war gut so. Einerseits, weil Schlaf das beste Heilmittel war, und andererseits, weil sie so das Gespräch von vorhin nicht weiterführen konnten. Valerie hatte sich nämlich entschieden. Sie würde nicht oder zumindest noch nicht aufgeben. Die Spur, auf die sie gestern gestoßen waren, war eindeutig zu heiß. Ein verurteilter Stalker, der zum richtigen Zeitpunkt am richtigen Ort gewesen war und als Zusatzmotiv noch eine sensationelle Story hatte, die er verkaufen konnte, das war schon mehr als verdächtig.

Als Valerie wieder Richtung Appartement ging, begegneten ihr die Schwiegereltern am Treppenabsatz. Gemeinsam betraten sie die Wohnung, wo schon der Rest der Familie auf sie wartete. Valerie freute sich über den Besuch. Vertraute Gesichter in einer emotional schwierigen Situation waren mehr als tröstlich.

Trotzdem schweifte sie während des Gesprächs des Öfteren mit ihren Gedanken ab und überlegte, welche Schritte sie als Nächstes setzen würde. Max Weber lungerte ohnehin ständig in der Nähe des Hotels herum. Sollte sie ihn auf seine Vergangenheit ansprechen und schauen, wie er reagierte? Im besten Fall verriet er sich selbst, was sie aber eher für unwahrscheinlich hielt.

In ihrem Kopf spielte sie ein mögliches Gespräch durch, als plötzlich Viktors Handy das Geräusch eines röhrenden Hirsches von sich gab. Daran würde sie sich wohl nie gewöhnen. Ihr Mann hatte den Nachrichtenton extra so gewählt, da er aufgrund seiner freiwilligen Mitarbeit bei der Bergwacht viel am Berg und in den Wäldern der Umgebung war. Seiner Meinung nach störte ein röhrender Hirsch die Tiere in der Natur weniger als ein schriller Klingelton. Vermutlich hatte er damit sogar recht, sie fand es trotzdem gewöhnungsbedürftig und erschrak jedes Mal, wenn es in der Wohnung röhrte.

Nachdem Viktor die Nachricht gelesen hatte, schob er seinen Stuhl nach hinten. »Es tut mir leid, ich muss weg. Ein Jäger hat oben bei der Palfnerscharte einen abgestürzten Wanderer in unwegsamem Gelände gesichtet. Er versucht, zu ihm abzusteigen, aber er meint, es sehe nicht gut aus. Seine Rufe hat der Wanderer entweder aufgrund der Distanz nicht gehört, oder er ist nicht ansprechbar.«

Valerie packte schnell eine Kleinigkeit zu essen und zu trinken in den Rucksack, der für diese Zwecke stets im Vorzimmer bereitstand und die Ausrüstung beinhaltete, die für Einsätze am Berg vonnöten war. Schon als Student war Viktor der Bergwacht beigetreten und wurde regelmäßig zu Personenbergungen gerufen. Das war Routine und gehörte zu ihrem Familienalltag dazu. Es dauerte keine fünf Minuten, bis er mit Sack und Pack durch die Tür verschwunden war.

Nun allein mit den Schwiegereltern und den Kindern, bot Valerie noch eine Runde Kaffee und Tee an und reichte den Brotkorb erneut umher. Sie plauderten noch eine Weile, dann schickte sie Andi, um seine Schulsachen und die Tasche mit Kleidung zu holen, die sie für ihn gepackt hatte. Ihr Jüngster freute sich riesig darauf, ein paar Tage bei den Großeltern bleiben zu dürfen. Dass er vorher noch normal zur Schule gehen sollte, gefiel ihm gar nicht. Doch da half auch Bitten und Betteln nichts. Nur die Tatsache, dass die Cousins am Vormittag ebenso wenig zu Hause waren, konnte ihn schließlich überzeugen, nicht sofort nach Bad Hofgastein mitzufahren. Er steckte eindeutig schon in der Vorpubertät, was Valerie so manchen Seufzer entlockte.

Als er mit den Großeltern endlich zur Tür draußen war und Jakob und Lea sich wieder in ihre Zimmer zurückgezogen hatten, weil sie für ihre Prüfungen lernen mussten, kümmerte sich Valerie noch schnell um die Küche. Sie hasste es, wenn das Geschirr stehen blieb und sie aus Zeitgründen erst später aufräumen konnte. Danach machte sie sich auf den Weg ins Büro.

Schon auf der Treppe hörte sie Dr. Siebert ins Telefon schreien. »Nun machen Sie endlich Ihren Job ordentlich in Wien! Das gibt es doch gar nicht, dass Sie nichts Brauchbares im Umfeld von Lieselotte Hehenberg herausgefunden haben! Gibt es Gerüchte über einen Liebhaber? Mit wem war sie vor ihrer Heirat zusammen? Gibt es Verwandtschaft? Entlassene Mitarbeiter, die mit ihr noch eine Rechnung offen haben? Irgendwo muss es doch einen Anhaltspunkt geben. Machen Sie Ihren Mitarbeitern gefälligst einmal Dampf! … Es ist mir egal, ob die schon mit allen geredet haben. Dann machen sie das eben noch einmal! Achten Sie auf Widersprüche. Auf jede Kleinigkeit, ich will einen detaillierten Bericht. Haben Sie mich verstanden?«

Oje, da hatte aber jemand schlechte Laune. Valerie drehte kurzerhand auf der Stiege wieder um und nahm die Personaltreppe, über die sie von der anderen Seite ungesehen ins Büro schlüpfen konnte.

Um in Ruhe ihren Plan reifen zu lassen, beschloss sie, zuerst die angefallenen Arbeiten zu erledigen. Zu ihrer großen Freude waren zwei Buchungen für Juli hereingekommen. Beide waren aus dem Ausland, und Valerie ging davon aus, dass die Familien, die ihren Urlaub gern bei ihnen im Haus verbringen wollten, nichts von den Vorfällen gehört hatten.

Üblicherweise beherbergten sie hauptsächlich Gäste aus Österreich und Deutschland. Das hatte sich daraus ergeben, dass ihr Hotel bereits über mehrere Generationen geführt wurde und Stammgäste, die als Kinder schon hier gewesen waren, auch als Erwachsene wiederkamen und so fort. Diese Entwicklung hatte in einer Zeit begonnen, in der aus dem ferneren Ausland noch nicht so viele Gäste nach Bad Gastein gereist waren wie heute. Andere Hotels, die sich erst später einen Kundenstock aufgebaut hatten, hatten hingegen hauptsächlich englische oder skandinavische Gäste. Es konnte durchaus eine Möglichkeit sein, über entsprechende Buchungsplattformen, die sie bisher nicht gebraucht hatten, mehr internationale Gäste anzuziehen. Sie musste das unbedingt mit Viktor besprechen. Diese Art der Gästeakquise könnte den Betrieb retten, nur mussten sie schnell handeln, da allerorts die Buchungen für die Sommersaison in vollem Gange waren.

Valeries triste Stimmung hob sich leicht. Daran hätte sie auch früher denken können. Und dennoch wäre es nur eine halbe Sache, solange der ungeklärte Mord wie ein Damoklesschwert über ihnen schwebte. Sie wollte auch nicht, dass sich unter neuen Gästen herumsprach, dass das Hotel in einen derartigen Skandal verwickelt war und hier Leute um ihr Leben fürchten mussten, wie es Weber angedeutet hatte. Ihre Gäste sollten sich wohlfühlen und einen unbeschwerten Urlaub verbringen dürfen.

Aus diesem Grund blieb sie bei ihrem Entschluss, so lange zu ermitteln, bis der Mörder überführt war. Und wenn Nora krank war, würde sie es eben ohne sie durchziehen müssen. Das wäre doch gelacht. Sie hatte noch immer geschafft, was sie sich ernsthaft vorgenommen hatte.

Um nicht Gefahr zu laufen, doch noch kalte Füße zu bekommen, schnappte sie sich eine Jacke und die Hundeleine, rief nach Nelly und verließ das Hotel. Zuerst wollte sie nachsehen, ob Max Weber in der Hoffnung, Details zu den Ermittlungen zu erfahren, in der Nähe des »Grand Hotel« herumlungerte.

Sie trat ins Freie und sah sich in alle Richtungen um. Vereinzelte Urlauber spazierten in Wanderkleidung vorbei, ansonsten war niemand zu entdecken. Von Max Weber keine Spur.

Seufzend machte sie sich auf den Weg vom Straubingerplatz Richtung Wasserfall, blieb wie üblich dort stehen, atmete ein paarmal tief durch und eilte dann zum Kongresszentrum. Obwohl der Weg dahinter, von wo sie neulich Webers Stimme gehört hatten, abgesperrt war, schlüpfte sie an der Hürde vorbei und lugte vorsichtig um die Ecke. Weit und breit keine Menschenseele. Dennoch beschloss sie, dort hinten entlangzugehen und an der anderen Seite des Gebäudes, unmittelbar vor dem Hotel »Carolina«, wieder auf den Gehsteig neben der Straße zu biegen.

Sie war schon lange nicht mehr hier gewesen. Der Belag aus Waschbeton, der auf dem Weg lag, war teilweise zerbrochen. Überall wuchsen Gras und Löwenzahn zwischen den einzelnen Platten hervor, die sich teilweise gehoben hatten und zur Stolperfalle geworden waren. Die Entscheidung, hier abzusperren, war auf jeden Fall richtig gewesen.

Als Valerie erst wenige Meter weit gegangen war, kam sie an eine Stelle, an der mindestens acht Zigarettenkippen lagen. Hier musste ein starker Raucher längere Zeit gestanden haben. Daneben fand sie zwei Bonbonpapiere, silberfarben. Wieder einmal ärgerte sie sich über die Sorglosigkeit der Leute, die überall ihren Müll wegwarfen.

Sie hob beide Papiere auf und stutzte. Die Bonbonmarke war ihr zwar fremd, aber die Verpackung kam ihr bekannt vor. Sie hatte sie schon einmal gesehen. Doch sosehr sie auch überlegte, es wollte ihr nicht einfallen, wo. Na egal. Die Erinnerung daran würde wiederkommen.

Konnte das Max Weber gewesen sein? Auf jeden Fall war er Raucher, und seine Stimme hatten sie von hier hinten gehört.

In Gedanken versunken, ging Valerie weiter. Nelly zog schon ungeduldig an der Leine. Ein Spaziergang, bei dem ihr Frauchen alle paar Meter stehen blieb, war ihr zu langweilig.

Auf der Suche nach Max Weber schlenderte Valerie noch länger in der Gegend herum. Doch ausgerechnet heute, da sie mit ihm reden wollte, war der Reporter wie vom Erdboden verschluckt.

Schließlich landete sie wieder beim Wasserfall und dachte nach. Wo hatte Weber früher gewohnt, wenn er zu Besuch in Bad Gastein gewesen war? Schließlich hatte er hier im Ort schon so manchem prominenten Gast und auch verschiedenen Hoteliers das Leben schwer gemacht. Bei ihnen im Hotel hatte er noch nie eingecheckt. Valerie erinnerte sich dunkel daran, dass es eine Pension gewesen war, aber welche?

Sie wechselte die Straßenseite und blickte Richtung »Turbinencafé«, dabei fiel es ihr plötzlich ein. Weber war häufig Gast in der Pension »Alpenrose« gewesen. Dort würde sie es noch versuchen. Wenn sie ihn da nicht antraf, konnten ihr die zwei älteren Schwestern, die das Haus seit fünfzig Jahren gemeinsam führten, sagen, ob er wieder bei ihnen wohnte und wann sie ihn am besten im Haus erreichen konnte.

Neuen Mutes machte sie sich auf den Weg. Nelly sprang voran, sie störten die Höhenunterschiede im Ort nicht – im Gegensatz zu Valerie, die oft aus der Puste geriet.

Endlich stand sie in der schmalen Straße, auf deren rechter Seite sie ein Stück weiter vorn die Pension sehen konnte. Von unten war das Rauschen des Wasserfalls zu hören, das jedoch mit jedem Schritt leiser wurde.

Beim Näherkommen wurde Valerie wieder bewusst, warum sie stets ein ungutes Gefühl überkam, wenn sie an der »Alpenrose« vorbeiging. Prinzipiell handelte es sich um einen schönen, aber in die Jahre gekommenen Bau. Gruselig fand Valerie jedoch die vielen Jagdtrophäen, die an der Außenmauer hingen, seit sie denken konnte. Über der Eingangstür prangte ein riesiges Hirschgeweih, unter dem man hindurchgehen musste, wollte man das Haus betreten.

Die Fassade, ursprünglich in einem Gelbton gestrichen,

war im Lauf der Zeit so verblasst und schmutzig geworden, dass die Farbe kaum noch erkennbar war. Von den hölzernen Fensterläden und -rahmen blätterte der grüne Lack ab. An der schweren Eingangstür war ein Klopfer aus Messing angebracht, wie man ihn aus alten Filmen kannte. Valerie benutzte ihn und öffnete vorsichtig die Tür.

Abgestandene Luft schlug ihr entgegen. Von der Wand gegenüber starrten sie mehrere Augenpaare an, die allesamt zu ausgestopften Tierköpfen gehörten. Bei ihrem Anblick bekam Valerie Gänsehaut. Am liebsten wäre sie umgekehrt. Für viele hier war es Teil der alpenländischen Tradition, sich Jagdtrophäen an die Wand zu hängen, aber sie hatte sich dafür noch nie begeistern können.

Während sie auf einem Teppichläufer, der einmal rot gewesen sein musste, Richtung Rezeptionstheke ging, sah sie sich um. Der Boden bestand aus gesprenkeltem grauen Granitstein. Die Stiege führte seitlich hinauf in die oberen Stockwerke und hinunter in das Kellergeschoss, wo sich vermutlich die Wirtschaftsräume befanden. In einer Ecke standen ein kleiner Holztisch und zwei Stühle mit Bezügen, wie sie in den siebziger Jahren modern gewesen waren.

Die kleine Empfangstheke aus dunklem Holz wies deutliche Gebrauchsspuren auf. Die einzigen Gegenstände, die Valerie dort erblickte, waren eine altmodische Klingel, ein Telefon mit Wählscheibe und ein großes, schweres Gästebuch mit Füllfederhalter. Ein Computer war weit und breit nirgends zu sehen. Es hatte den Anschein, als liefe der Betrieb noch so wie vor Jahrzehnten. Moderne Technik hatte in der Pension »Alpenrose« nicht Einzug gehalten.

Da die Rezeption unbesetzt war und Valerie auch keine Geräusche im Haus wahrnahm, drückte sie auf den Klingelknopf. Der Klang war schrill und so laut, dass es in den Ohren schmerzte. Zuerst dachte sie, dass niemand ihr Kommen bemerkt hatte, doch dann hörte sie ein langsames Schlurfen im unteren Stockwerk. Dem Geräusch nach zu urteilen, kamen die Schritte nun die Steintreppe herauf.

Valerie musste sich gedulden, bis eine der Schwestern vor ihr stand, deren Alter sie auf gut neunzig Jahre schätzte. Das Gesicht war von tiefen Falten geprägt, doch die Augen verrieten einen wachen Geist. Valerie begrüßte sie freundlich und reichte ihr die Hand, die die alte Dame ungewöhnlich lange festhielt, derweil sie Valerie musterte.

Plötzlich begann sie zu strahlen und sagte mit rauer Stimme: »Ja, so was. Die Valerie vom ›Grand Hotel‹. Du warst schon lange nicht mehr bei uns. Zuletzt mit deiner Großmutter, als du noch klein warst. Wir waren gut befreundet, weißt du das?«

Eine dunkle Erinnerung streifte Valerie. Stimmt, sie war einmal hier gewesen, doch die ausgestopften Tiere hatten sie damals so erschreckt, dass sie sich später geweigert hatte, noch einmal mit ihrer Omi herzukommen. Nun fiel ihr auch wieder ein, wie die Schwestern hießen: Salzmann. Evi und Lotte Salzmann. Ein typischer Nachname im Gasteiner Tal.

Nachdem auch geklärt war, welche von beiden Valerie vor sich hatte, plauderte sie eine Weile mit Lotte, die sich ehrlich freute, sie zu sehen. Wie so viele ältere Menschen blühte sie auf, als sie von früher sprach. Sie erinnerte sich an Geschichten, die sie mit Valeries Großmutter erlebt hatte, und erwähnte auch, dass sie in ihrer Jugend gemeinsam zur Quelle baden gegangen waren.

»Ach, das ist so lange her. Damals hat es die betonierte Wanne noch gar nicht gegeben. Und auch die jetzige Hütte ist erst später gebaut worden«, erzählte sie Valerie.

Lotte lächelte, als Valerie ihr von ihrem Freitagsritual mit ihrer Großmutter berichtete. »Das ist schön. Ihr beide in der Hütte, das kann ich mir gut vorstellen.« Dann bekam sie einen wehmütigen Gesichtsausdruck. »Es ist schade, dass ich schon so schlecht zu Fuß bin. Ich schaffe den Weg runter zur Quelle nicht mehr, dabei habe ich es geliebt, dort zu baden.«

Das konnte Valerie nachvollziehen. Geduldig hörte sie Lotte zu, die mit ihrer Erzählung noch nicht zu Ende war.

»Stell dir vor, seit die Hütte gebaut worden ist, habe ich nie wieder einen Badeanzug getragen«, fügte sie spitzbübisch grinsend hinzu. »Ich bin im warmen Thermalwasser gelegen, wie Gott mich erschaffen hat. Da haben sich die Touristen oft erschreckt, die beim Spazierengehen einen Blick in die Hütte geworfen haben.«

Nun musste Valerie herzlich lachen. Gehört hatte sie schon davon, dass manche der Einheimischen dort nackt badeten, aber gesehen hatte sie es noch nie.

Als eine kleine Gesprächspause entstand, fasste sie Mut und kam auf ihr tatsächliches Anliegen zu sprechen. Sie fragte, ob Max Weber bei ihnen in der Pension wohne.

Lotte verzog das Gesicht und bejahte, hielt aber mit ihrer Meinung nicht hinter dem Berg, wie unsympathisch sie ihn fand. »Ein unguter Zeitgenosse, wenn du mich fragst. Wir hatten in den letzten Jahren kaum Gäste, weil wir mit den schicken Hotels nicht mehr mithalten können. Aber ab und zu kommt noch jemand, der billig wohnen will, so wie der Herr Weber. Weil er schon so oft hier war, wollten wir ihn nicht abweisen. Und es ist ja auch Abwechslung für meine Schwester Evi und mich. Dann bleiben wir fit«, sagte sie mit einem Lächeln.

Auf die Frage, ob er da sei, schüttelte Lotte den Kopf und meinte, dass er in der Nacht gar nicht im Haus gewesen sei. »Herr Weber ist heute nicht zum Frühstück erschienen, da habe ich bei ihm geklopft und bin in sein Zimmer rein. Aber das Bett war unberührt. Vielleicht hat er sich ja eine Dame angelacht.« Bei dieser Vorstellung schmunzelte sie und wurde leicht rot.

Valerie bedankte sich herzlich bei ihr und versprach, demnächst mit Fotos aus den Beständen ihrer Großmutter und einer Schachtel Pralinen wiederzukommen. Egal, ob das Haus gruselig war oder nicht, Lotte und wohl auch ihre Schwester Evi hatten nicht mehr viel Kontakt nach außen, das hatte Valerie herausgehört. Dabei war die alte Dame so liebenswürdig. Fest nahm sie sich vor, ab und zu in der »Alpenrose« vorbeizuschauen. Das wäre auch eine schöne Gelegenheit, die Erinnerungen an ihre Omi aufzufrischen, worauf sie sich schon freute.

Von der Straße aus winkte Valerie Lotte noch einmal zu und wandte sich Richtung Ortszentrum. Trotz des unerwartet netten Gesprächs war sie enttäuscht. In Sachen Mordfall war sie keinen Schritt vorangekommen. Wieso musste dieser Max Weber auch ausgerechnet heute verschwinden? So ein blöder Zufall.

Um Nelly noch eine Runde Auslauf zu gönnen, beschloss Valerie, den Grabenbäckersteig hinunterzugehen.

Der Tatort war noch immer nicht zugänglich. Schon von Weitem sichtbar flatterten die Absperrbänder im Wind. Valerie ging daran vorbei, überquerte die Brücke und wandte sich nicht nach rechts Richtung Hintereingang des Hotels, sondern nach links. Ein ausgetretener Pfad führte an der Ache entlang durch den Wald bis nach Badbruck. Außer dem lauten Tosen des Wassers war nichts zu hören.

Da um diese Jahreszeit nur wenige Leute den Weg nutzten, ließ Valerie Nelly von der Leine. Sie hatte so viel Temperament, dass es ihr guttat, einmal richtig herumzutoben, und es war eine Freude, ihr zuzusehen. Normalerweise blieb sie brav in der Nähe und versicherte sich zwischendurch, dass ihr Frauchen noch da war. Heute jedoch schoss sie um die nächste Kurve und verschwand.

Zunächst dachte sich Valerie nichts dabei, aber dann begann sie, sich Sorgen zu machen. Sie rief nach Nelly, doch nichts rührte sich.

Mit den Augen suchte Valerie den Hang ab, der hinter der Wegbiegung rechts nach oben ging. Durch die vielen Bäume war es schwer, einen kleinen Hund auszumachen. Auch hören konnte sie nichts, da der Geräuschpegel so hoch war.

Wieder rief sie laut Nellys Namen, doch das Tosen des Wassers verschlang ihre Rufe. Als sie an einer Stelle abgebrochene Zweige und niedergetrampeltes Gras entdeckte, verließ sie den Pfad und folgte den Spuren hinauf. Womöglich war Nelly dort hochgelaufen und jagte einem Hasen nach.

Tatsächlich, nachdem sie sich durchs Gestrüpp gekämpft hatte, erblickte sie die Ausreißerin. Sie stand hinter einer Buche mit einem dicken Stamm, wo sie vom Weg aus unmöglich gesehen werden konnte, und grub wie verrückt in der Erde.

Valerie ging zu ihr und sprach beruhigend auf sie ein, damit sie ihr nicht im letzten Moment entwischte, bevor sie sie an die Leine nehmen konnte. Dann erst blickte sie zu Boden. Eigenartigerweise war rund um Nelly die Erde aufgewühlt. Es hatte den Anschein, als wäre sie nicht die Erste gewesen, die hier gegraben hatte.

Valerie zog sie am Halsband weg und staunte nicht schlecht, als ein blauer Plastiksack sichtbar wurde. Nun war ihre Neugierde geweckt. Ihr Gefühl sagte ihr, dass der Fund wichtig sein könnte und mit dem Mord an Lieselotte Hehenberg zu tun hatte.

Um nichts anzufassen, versuchte sie, den Sack mit einem Stock, den sie in der Nähe gefunden hatte, freizulegen, was ihr binnen weniger Minuten gelang, da das Erdreich so locker war.

Sie suchte sich einen zweiten Stock und schob mit Hilfe der beiden Hölzer den oberen Teil des Sackes auseinander, bis sie einen Blick hineinwerfen konnte.

Beim Anblick dessen, was zuoberst darin lag, begannen ihre Hände zu zittern: das Badetuch, das Lieselotte Hehenberg am Tag des Mordes in der Hand getragen hatte! Es war voll Blut. Darunter glaubte sie auch die Kleidung der Toten zu sehen, doch konnte sie das nicht mit Gewissheit sagen, ohne die Sachen zu berühren.

Detektivspiel hin oder her. Über diesen Fund musste sie die Polizei informieren.

Entschlossen stieg sie ein Stück weiter hoch, weg von der tosenden Ache, zog ihr Handy aus der Tasche und suchte den Kontakt von Dorothea Oswald heraus. Diese war überrascht über Valeries Anruf, war aber sofort alarmiert, als sie den Grund dafür erfuhr. Sie bat Valerie, an der Fundstelle zu bleiben, bis Dr. Siebert und sie eintrafen. Auch die Tatortgruppe würde sie wieder informieren, aber die würde natürlich länger brauchen.

Valerie setzte sich abseits des Erdlochs auf einen Baumstumpf. Sie wollte nicht noch mehr Spuren zerstören, als sie es unwissentlich schon getan hatte.

Es dauerte nicht lange, bis unterhalb der Fundstelle Dr. Sieberts nörgelnde Stimme zu hören war. Der Mann ist echt unglaublich, dachte Valerie. Mit seinem Geschimpfe darüber, dass die Stelle nicht mit dem Auto erreichbar sei und er später wieder bergauf zurückgehen müsse, übertönte er sogar das Rauschen der Ache.

»Dieser Ort bringt mich noch um den Verstand. Da gibt es nichts Flaches. Überall muss ich bergauf oder bergab latschen. Schrecklich!«, hörte Valerie seine Beschwerde.

Dorothea Oswald tat ihr leid. Vermutlich hatte sie schon eine Taktik entwickelt und konnte das ewige Nörgeln, Kritisieren und Schreien ausblenden. Anders wäre es kaum auszuhalten gewesen.

Um sich bemerkbar zu machen, stand sie auf, winkte und rief, so laut sie konnte, nach den beiden. Sie zeigte ihnen, wie sie am besten zur Fundstelle kamen, ohne etwaige Fußspuren zu zertrampeln. Es reichte schon, dass sie selbst auf der Suche nach Nelly der Spur der geknickten Äste nachgegangen war.

Siebert kam schwer atmend oben an. Seinem Blick nach zu urteilen, passte ihm nicht, dass Valerie das gefunden hatte, wonach die Polizei vergeblich gesucht hatte. Das Erdloch lag nicht weit vom Tatort entfernt. Eigentlich hätten es seine Leute aufspüren müssen.

Valerie beobachtete Dr. Siebert dabei, wie er sich Handschuhe überstreifte und sich vor das Erdloch kauerte. Langsam zog er die Sackenden auseinander und untersuchte den Inhalt. Ohne dabei hochzublicken, berichtete er Dorothea Oswald, dass sich nebst Badetuch und Kleidung auch das fehlende Champagnerglas und sogar die Mordwaffe im Sack befanden. Bingo.

Aus Valeries Sicht war der Täter mit dem nahe gelegenen Versteck ein hohes Risiko eingegangen. Es schien sein erster Fehler in einem sonst gut durchdachten Plan gewesen zu sein. Die Chance, dass seine DNA auf den Sachen nachzuweisen war, war relativ hoch. Nellys Entdeckung konnte also zur baldigen Lösung des Falles beitragen.

Nachdem sie den Kripobeamten ausführlich geschildert hatte, wie es zu dem Fund gekommen war, machte sich Valerie wieder auf den Heimweg. Sie war viel länger weg gewesen als geplant und wollte unbedingt nachsehen, wie es Nora ging.

Vorsichtig klopfte sie an die Tür und rief leise Noras Namen, woraufhin sie ein heiseres »Kannst schon reinkommen« vernahm.

Der Schlaf hatte ihrer Freundin offensichtlich gutgetan, und das Grippemittel wirkte. Sie saß mit einem Rätselheft im Bett, das sie nun zur Seite legte. Ohne Umschweife kam sie zum Punkt und wollte wissen, ob es Neuigkeiten gebe und ob sie mit Max Weber gesprochen habe.

Froh, dies wahrheitsgemäß verneinen zu können, verschwieg Valerie, dass sie es zwar versucht hatte, Weber aber wie vom Erdboden verschluckt war. Stattdessen informierte sie sie über ihren Zufallsfund. Das war unbedenklich. Schließlich hatte sie nicht damit gerechnet, dass Nelly beim Spaziergang Kleidung und Badetuch der Toten sowie das fehlende Champagnerglas und das Messer aufspüren würde. Nun mussten die Gegenstände ins Labor.

Valerie spann den Gedanken weiter. »Wenn fremde DNA-Spuren auf den Sachen gefunden werden, was glaubst du, wie lange es dauert, bis sie den Täter überführen können?«

»Das hängt ganz davon ab, ob sie schon Vergleichsmaterial haben«, antwortete Nora. »Wenn die DNA bekannt ist, kann es sehr schnell gehen, ansonsten müssen sie von allen in Frage kommenden Personen Abstriche nehmen, in der Hoffnung, dass der Täter dabei ist.«

»Meinst du?« Leichte Enttäuschung machte sich bei Valerie breit. »So genau habe ich noch nicht darüber nachgedacht. Da hab ich mich wohl zu früh gefreut.«

»Hör mal, Valerie. Du darfst trotzdem nicht frustriert sein. Nelly hat das hervorragend gemacht. Und selbst wenn es sich noch hinzieht, der Fund wird über kurz oder lang den Mörder entlarven, da bin ich mir sicher.«

Als Valerie und Nora noch spekulierten, wie lange es wohl dauern würde, bis die Kriminaltechniker mit ihren Untersuchungen fertig waren, klopfte es an der Tür, und Anton erschien mit einem Tablett. Er hatte Nora eine kräftigende Suppe gemacht.

Valerie verabschiedete sich und ließ die zwei allein, um oben im Appartement zu kochen. Sie wollte nichts aus der Hotelküche holen, da sie Ablenkung dringend nötig hatte.

Nachdem sie eine Kleinigkeit zubereitet und mit Lea, Jakob und Felix gegessen hatte, wurde sie unruhig. Viktors Teller war unberührt geblieben. Sie hatte ihn zum Warmhalten in den Ofen gestellt. Viktor sollte längst von seinem Einsatz zurück sein oder sich zumindest gemeldet haben. Sie hatte mehrmals versucht, ihn zu erreichen, aber ohne Erfolg. Mit Sicherheit war es eine schwierige Rettungsaktion. Das Gelände vom Graukogel runter zur Palfnerscharte erforderte Trittsicherheit.

Wenn dort im steilen Gelände jemand abgerutscht war, war es nicht ungefährlich, ihn zu bergen. Hoffentlich war Viktor vorsichtig. Es kam regelmäßig vor, dass eine Bergung auch mit großem Risiko für die Bergretter verbunden war.

Um sich zu beschäftigen, machte sich Valerie auf den Weg in den Spa-Bereich. Auf ihre üblichen Kontrollrunden, bei denen sie regelmäßig nachsah, ob Sauna und Dampfbad ordnungsgemäß funktionierten, ob die Räumlichkeiten sauber waren, ob es Schäden gab, die gerichtet werden mussten, und ob genügend Badetücher vorhanden waren, hatte sie seit dem Vorfall in der Hütte vor fünf Tagen verzichtet.

Aus dem Massageraum drangen die Stimmen ihrer Tochter und Emilia Lechners. Sie konnte sich nicht daran erinnern, dass sie einen Termin vereinbart hatten. Auch beim Mittagessen hatte Lea es nicht erwähnt. Aber Valerie war schließlich zurzeit massiv abgelenkt. Gut möglich, dass sie es schlichtweg überhört hatte.

Lea hatte das Talent von ihr geerbt, Menschen schnell für sich zu gewinnen, sodass sie sich ihr anvertrauten. Die Situation allein bei einer Massage war so persönlich, dass manche Leute sehr offenherzig über ihre Sorgen redeten. Auch Lieselotte Hehenbergs Assistentin bildete da offenkundig keine Ausnahme.

Valerie setzte sich auf den Stuhl neben der Tür, die einen Spaltbreit offen stand, und lauschte gespannt der Unterhaltung. Für einen Augenblick überkam sie ein schlechtes Gewissen, doch dann siegte die Neugierde. Die Massageliege befand sich hinter einem Vorhang. Somit konnte sie ungesehen zuhören, was drinnen gesprochen wurde.

Emilia Lechner beschäftigte vor allem die Frage, was Roland Merburg von ihrer Chefin gewollt haben könnte. »Er hat so oft versucht, sie zu kontaktieren. Sein Anliegen muss dringend gewesen sein. Aber jetzt, da Lieselotte Hehenberg tot ist, meldet er sich nicht mehr und ist weder in der Firma noch auf seinem privaten Handy erreichbar. Ich habe es immer wieder versucht. Das passt nicht zu ihm, oder?«

Die Frage war vermutlich rhetorisch gemeint. Lea konnte sie ihr keinesfalls beantworten. Doch Emilia Lechner hatte großen Redebedarf. Die Situation, in der sie momentan leben musste, war alles andere als lustig. Die Chefin tot, der Job vermutlich weg, die Polizei, die sie nicht abreisen ließ, weil sie zum nächsten Umfeld des Mordopfers gehörte, und zu guter Letzt auch noch ein unausgesprochener, minimaler Verdacht, der über ihr hing, bis der wahre Mörder gefunden wurde. Da war es nur logisch, dass sie selbst viel über die jüngsten Geschehnisse nachdachte.

Valerie lauschte weiter. Lea hatte sich gerade danach erkundigt, ob Emilia Lechner eine Idee habe, wer es gewesen sein könnte.

Nach kurzer Pause, in der sie vermutlich über die Frage nachdachte, sagte Emilia Lechner: »Einen Verdacht habe ich leider nicht. Dazu habe ich sie zu wenig gekannt. Aber der Mord hat bestimmt mit diesen Briefen zu tun, die sie in letzter Zeit bekommen hat, oder?«

Auch dieses Mal erwartete Emilia Lechner offenbar keine Antwort, da sie gleich weitersprach. »Alle in einem roten Umschlag. Ein Absender stand nie darauf. Und jedes Mal war sie komplett durch den Wind und hat mich gebeten, ihre Termine abzusagen. Ich war so froh, dass ihr Mann im selben Gebäude arbeitet, weil nur er es geschafft hat, sie zu beruhigen. Aber die Briefe sind dann immer öfter gekommen, und die Angst ist ein Dauerzustand geworden. Lieselotte Hehenberg war nicht mehr sie selbst, nur mehr ein Schatten der Frau, die ich vor einigen Monaten kennengelernt habe. Sie hat sich total zurückgezogen. Der einzige Tag während der letzten Wochen, an dem sie annähernd glücklich oder zumindest ein bisschen gelöster gewirkt hat, war ihr Todestag. Sie hat von einem Rendezvous gesprochen, hat sich richtig hübsch gemacht und unbesorgt ausgesehen. Die Arme. Der Mörder muss ihr eine Falle gestellt haben, oder?«

Dieses Mal verstummte sie, und Lea gab ihr recht. Dann bat sie Emilia Lechner, sich auf den Rücken zu drehen.

Valerie war hellhörig geworden. Eine Falle. Das war ein interessanter Ansatzpunkt. Gespannt lauschte sie, als Emilia Lechner weitersprach.

»Seit ihrem Tod denke ich über diese Briefe nach. Nehmen wir an, es war ein Stalker, der sie geschickt hat. Auf eine Einladung von ihm hin wäre sie doch nie zur Hütte gegangen. Die Nachricht, die sie am Tag ihres Todes bekommen hat – wahrscheinlich gemeinsam mit den Blumen –, muss also eine andere gewesen sein. Mit bekannter Unterschrift, sonst hätte sie doch Verdacht geschöpft.«

Valerie war so in Gedanken versunken, dass sie Leas Erwiderung nicht mitbekam. Emilia Lechner hatte einen wesentlichen Punkt angesprochen, über den sich Nora und sie noch keine Gedanken gemacht hatten: Warum war Lieselotte Hehenberg überhaupt zu dem Treffen gegangen? Es musste tatsächlich eine Falle gewesen sein. Und wo war die Nachricht, die bei den Blumen gesteckt hatte? Die Nachricht, die sie ihrem Mörder in die Arme treiben sollte?

Valerie war stolz auf Lea. Sie hatte Emilia Lechner zugehört und an den passenden Stellen diskret nachgehakt, ohne neugierig zu wirken. Das machte sie richtig gut.

Da das Gespräch im Massageraum beendet war, stand Valerie leise von ihrem Stuhl auf und verließ den Spa-Bereich. Ihre Gedanken kreisten um das eben Gehörte. Trotz Emilia Lechners Offenherzigkeit hatte sie das Gefühl, dass diese etwas verschwieg. Als hätte sie ein Geheimnis, das man zwischen den Zeilen erahnen konnte, wenn man gut aufpasste.

Valerie konnte nicht greifen, worum es sich handelte. Es war eben nur ein Gefühl. Da sich bislang meistens gezeigt hatte, dass sie damit richtiglag, blieb es spannend.

Der Nachmittag war schon fortgeschritten. Sie würde noch einen Blick bei Nora reinwerfen und dann wieder versuchen, Viktor zu erreichen.

Nachdem sie sich vergewissert hatte, dass Nora tief und fest schlief, zog sich Valerie leise zurück und rief Viktor an, doch wie zuvor meldete sich nur die Mailbox. Obwohl das ungewöhnlich war, beruhigte sie sich selbst, indem sie sich vor Augen hielt, dass sie im Falle eines Unglücks von seinen Kollegen verständigt worden wäre.

An das mulmige Gefühl, wenn Viktor bei einem Einsatz war, würde sie sich nie richtig gewöhnen. Dabei war seine Arbeit bei der Bergwacht so wichtig. Da Wandern und Klettern in den Bergen beliebter denn je war, kam es auch vermehrt zu Unfällen. Es brauchte Menschen wie ihn, die die Verletzten bargen und ins Tal brachten, damit sie medizinisch versorgt werden konnten. Und die Leute hier waren solidarisch. Sie waren darum bemüht, aufeinander und auch auf ihre Gäste zu achten und zu helfen, wo Hilfe notwendig war. Wieder einmal wurde Valerie bewusst, wie gern sie im Tal lebte.

Sie atmete dreimal tief durch, das beruhigte sie meistens.

Da sie nicht allein sein wollte, ging sie in die Hotelküche und suchte Anton. Sie berichtete ihm von Nellys Fund im Wald und erkundigte sich, ob Nora ausreichend gegessen habe.

Während sie im Anschluss den Menüplan für die nächsten Tage durchgingen, trat endlich Viktor durch die Tür. Der Tag hatte seine Spuren hinterlassen. Viktor sah erledigt aus und ließ sich mit einem Seufzer auf die Bank fallen. Sein Haar war verstrubbelt und seine Körperhaltung angespannt. Valerie und Anton sahen ihn besorgt an.

Nach nochmaligem Seufzen begann er zu sprechen: »Es gibt Neuigkeiten, die euch nicht gefallen werden. Der Verunglückte hinter dem Graukogel war kein unbekannter Wanderer, es war Max Weber. Und er hat den Sturz nicht überlebt.«

Valerie schlug sich die Hand vor den Mund. Das erklärte, warum sie Weber nirgends angetroffen hatte.

Viktors Gesichtsausdruck nach zu urteilen, war das noch nicht alles. Sie drückte seinen Arm und ermunterte ihn, weiterzusprechen.

»Wir haben ihn weit unten gefunden. Er muss vom Grat abgestürzt sein, der vom Graukogel zur Palfnerscharte führt. Der Jäger, der uns alarmiert hat, war schon zu ihm abgestiegen, als wir eintrafen. Aber jede Hilfe kam zu spät. Der Arzt vermutet, dass er gestern verunglückt ist, vermutlich am frühen Abend. Genaueres wird eine Obduktion ergeben. Wir mussten die Polizei einschalten, da sein Rucksack, der noch an der Absturzstelle lag, eindeutig durchwühlt worden ist. Handy, Geldtasche und der Notizblock, den er überall mit sich herumgetragen hat, waren nicht drin. Das sieht für mich nicht nach einem normalen Unfall aus, eher so, als hätte da jemand nachgeholfen ... Aber bei uns in den Bergen? ... Außerdem glaube ich nicht, dass Weber der Wandertyp war. Was hat er da oben gemacht?, frage ich mich.«

»Du glaubst, das war schon wieder ein Verbrechen?« Valerie war entsetzt.

»Das glaube nicht nur ich, sondern auch die Polizei. Ich war den ganzen Nachmittag oben bei Erwin in der Inspektion und habe meine Aussage gemacht. Dr. Siebert war woanders und stieß erst später dazu. Sie vermuten eine Verbindung zwischen den beiden Todesfällen, aber sicher ist das natürlich noch nicht. Offiziell ist Max Weber Opfer eines tragischen Wanderunfalls geworden. Sollten sich bei der Obduktion Hinweise darauf ergeben, dass er mutwillig gestoßen worden ist, dann wird natürlich in diese Richtung ermittelt werden. Aber für mich ist das auch so eindeutig. Ich nehme an, er ist mit seiner Schnüffelei dem Mörder auf die Schliche gekommen – und das wurde ihm zum Verhängnis. So wie es aussieht, hat der Täter nun schon zwei Mal zugeschlagen. Und er kennt kein Erbarmen.«

Valerie konnte sich lebhaft vorstellen, welche Schlagzeilen das geben würde. Ein Mörder lief im Tal herum, der sogar auf den Bergen sein Unwesen trieb. Wer würde da noch nach Bad Gastein kommen wollen? Das Ganze war eine einzige Katastrophe.

Anton klopfte seinem besten Freund auf die Schulter. »Tut mir leid, Vik. Blöder könnte es wohl nicht laufen.« Dann ging er wieder an die Arbeit. Er hatte schon lang genug pausiert.

Valerie und Viktor fuhren ins Appartement hinauf. Während sich Viktor unter die Dusche stellte, hing Valerie ihren Gedanken nach. Sie war sich so sicher gewesen, dass Max Weber der Mörder von Lieselotte Hehenberg war. Alle Informationen hatten darauf hingedeutet. Er war mindestens einmal wegen Stalkings verurteilt worden, er hatte ihr vor dem Hotel aufzulauern versucht, und er profitierte von der Story. Das hatte so gut zusammengepasst. Und nun war ihre Theorie wie ein Kartenhaus in sich zusammengebrochen.

Max Weber war ihr zutiefst unsympathisch gewesen. Gleichwohl war sie entsetzt über seine Ermordung. So aus dem Leben zu scheiden, hatte niemand verdient.

Valerie war am Ende ihres Lateins. Wer sollte sonst als Täter in Frage kommen? Der große Unbekannte? Hatten sie jemand übersehen? Und ausgerechnet jetzt lag Nora mit einem Infekt flach. Dabei war sie diejenige von ihnen beiden, die stets weiterwusste. Ihr logisches Denken war beeindruckend. Das musste Valerie neidlos zugeben. Hoffentlich ging es ihr bald besser. An diesem Abend würde sie sie nicht mehr mit den Neuigkeiten belasten. Anton hatte versprochen, noch einmal bei ihr vorbeizuschauen und ihr eine Kleinigkeit zur Stärkung zu bringen. Felix würde bei ihnen im Appartement essen, und Valerie wollte danach noch bei ihren Schwiegereltern anrufen, um zu hören, wie es Andi ging.

Am besten würde es sein, das Thema Hehenberg beiseitezuschieben, sich auf ihre Familie zu konzentrieren und früh ins Bett zu gehen. Momentan konnte sie ohnehin nichts ausrichten. Sie hatte nicht einmal annähernd eine Ahnung, wer Lieselotte Hehenberg und vermutlich auch Max Weber umgebracht haben könnte und ob derjenige noch einmal zuschlagen würde.

Nervig war nur, dass ihre alten Ängste wieder hochkamen. Unruhig ging sie im Appartement auf und ab, unfähig, sich zu konzentrieren. Die typischen Symptome, die ihre Angstzustände begleiteten, meldeten sich vehement. Sie verspürte Druck im Magen, fror und fühlte sich zittrig. Außerdem überkam sie eine Art Ohnmachtsgefühl. Sie fühlte sich wie eine Nussschale, die von den Wellen des Meeres hin und her getrieben wird, ohne dabei Einfluss auf die Richtung nehmen zu können.

Sie war froh, als Viktor endlich aus der Dusche kam und ihre Kinder samt Felix plötzlich in der Küche auftauchten und Leben mit hereinbrachten.

Indes sie das Abendessen herrichtete, hörte sie dem Geplänkel der anderen zu. Viktor, der ihre Stimmungen gut einschätzen konnte, bemühte sich spürbar, sie auf andere Gedanken zu bringen. So entspannte sie sich dann auch zunehmend im Laufe des Abends. Ihre Zweifel begannen, sich wieder aufzulösen. An ihre Stelle trat Entschlossenheit. Sie ließ sich nicht in die Knie zwingen, wollte keine Nussschale mehr sein. Ihr Leben sollte endlich wieder in geordneten Bahnen verlaufen. Und dafür würde sie sorgen. Der Mörder konnte sich warm anziehen. Ihr reichte es jetzt endgültig. Sie würde ihn schon finden – falls es denn ein Er war.

## ZWÖLF

Nach einer unruhigen Nacht richtete Valerie ein Frühstückstablett für Nora her. Sie vermisste ihre sonst so aktive Freundin, wollte diese aber momentan auch nicht mit ihren Sorgen belasten.

Auf dem Weg zu Noras Zimmer lief sie Oliver in die Arme. Er konnte nur knapp ausweichen und grinste sie an. »Hoppla, du kommst aber schnell um die Ecke. Ist heute die Chefin höchstpersönlich für den Zimmerservice zuständig?«

Valerie lächelte zurück und erzählte von Noras Erkrankung. Oliver richtete ihr liebe Grüße und gute Besserung aus und machte sich auf den Weg zum Frühstück.

Valerie biss sich auf die Lippe. Oliver war so schnell wieder verschwunden, dass sie keine Gelegenheit gehabt hatte, ihn über den Mord an Max Weber zu informieren. Aber warum eigentlich auch? Sollte er noch in Ruhe seinen Morgenkaffee genießen. Dr. Siebert würde ihm schon Bescheid geben, wenn er es für nötig hielt. Außerdem war sie sich sicher, dass in den Medien ausführlich darüber berichtet werden würde.

Sie selbst hatte beschlossen, erst gar keine Nachrichten anzusehen. Sie konnte darauf verzichten, wieder in das gleiche Loch zu fallen wie beim letzten Mal. Schließlich gab es mit Sicherheit genügend andere Reporter, die auf ähnlichem Niveau wie Max Weber arbeiteten. Sensationen verkauften sich nun mal gut. Je spektakulärer eine Meldung war, desto mehr Leser fand sie. Das war abstoßend. Valerie verzweifelte manchmal ob der Sensationslust der Medien und ihrer Leser.

Sie balancierte das Tablett in einer Hand und klopfte an Noras Tür.

Ihre Freundin war zwar angeschlagen, hatte aber nicht mehr so glasige Augen wie am Vortag. Das war ein gutes Zeichen.

Valerie stellte das Frühstück vor Nora ab, öffnete das Fenster und erkundigte sich nach ihrem Befinden. Auch über Anton sprachen sie kurz, der den Erzählungen nach gestern drei Mal bei Nora vorbeigeschaut hatte. Valerie kommentierte das nicht, freute sich aber still darüber.

»Nun sag's endlich«, meinte Nora unvermittelt. »Rück raus mit der Sprache. Was ist los?«

Valerie zuckte zusammen. Nora kannte sie so gut, dass sie natürlich sofort registriert hatte, dass ihr etwas auf der Seele brannte.

Sie drückte den Rücken durch und begann zu schildern, was Viktor am Vortag erlebt hatte.

Nora war bestürzt. »Was, die haben unseren Mörder umgebracht?«

Natürlich war es in der Situation nicht angebracht, aber trotzdem musste Valerie schmunzeln. »Na, dann wird er wohl nicht unser Mörder gewesen sein. Wir haben falschgelegen, meine Liebe. So gut unsere Theorie auch war, es war eben nur eine Theorie, nicht mehr. Wir haben uns geirrt. Hätten wir den richtigen Mörder vorher gefunden, könnte Weber noch leben.«

»Sieh es lieber so: Hätten wir den richtigen Mörder gefunden, dann würden *wir* womöglich nicht mehr leben«, erwiderte Nora in ihrer trockenen Art. »Der Täter scheint doch vor nichts zurückzuschrecken. Ich nehme an, Weber hat ihn entlarvt. Gut, dass wir aus dem Rennen sind. Das war eine schöne Schnapsidee von uns, Detektiv zu spielen. Ich habe es spannend und lustig gefunden. Mal was anderes eben. Außerdem wollte ich dich aus deiner Komfortzone holen.« Genüsslich biss sie in ihr frisches Croissant.

Valerie schluckte. Dies war eindeutig der falsche Zeitpunkt, Nora zu gestehen, dass sie gar nicht aufgehört hatte, nachzuforschen. Davon, dass sie Weber überall gesucht hatte, hatte sie nichts erwähnt. Am besten beließ sie es dabei. Nora sollte sich auskurieren und sich nicht unnötig aufregen. Dennoch brauchte sie ihren Rat.

»Aber angenommen, wir würden noch recherchieren. Was würdest du machen? Wir können doch ziemlich sicher davon ausgehen, dass weder Merburg noch Weber die Tat begangen haben. Wir haben keine Ahnung, wer es sonst gewesen sein könnte, und tappen komplett im Dunkeln. Was wären deine nächsten Schritte? Rein theoretisch natürlich.«

»Bist du dir sicher, dass wir im Dunkeln tappen? Wir haben doch schon konkret über die Lechner nachgedacht, bei allem, was uns Oliver über sie berichtet hat. Das war aber, bevor Jakob den Artikel über die Verurteilung von Max Weber aufgestöbert hat. Es wäre schon interessant, was es über sie herauszufinden gibt. Vielleicht hat sie ja Leichen im Keller liegen. Nur haben wir darüber in der Aufregung wegen Webers Verurteilung gar nicht mehr gesprochen. Keine Ahnung, ob es da was Interessantes gibt.«

Valeries Erinnerung kam bei dieser Aussage wieder. »Stimmt, du hast recht. Daran habe ich gar nicht mehr gedacht. Und dann hab ich sie gestern mit Lea bei der Massage reden gehört, da war für mich klar, dass sie nichts damit zu tun haben kann. Aber –«

Nora unterbrach sie. »Hast du etwa gelauscht? Ich glaub's nicht. Die Privatsphäre deiner Gäste war dir doch bis jetzt heilig.«

Valerie wurde rot. »Na ja, ›lauschen‹ kann man es nicht wirklich nennen. Es war Zufall, dass ich vorbeigekommen bin«, sagte sie zu ihrer Verteidigung. »Ich musste nach den Badetüchern sehen, die Tür stand einen Spalt offen, und ich wollte dann nicht hineingehen, weil ich sie gestört hätte.«

Nora grinste. »Und dann hast du dich zufällig auf den Stuhl neben der Tür gesetzt und zugehört. Ich kenne euren Spa-Bereich, Valerie. Sei ehrlich, du hast es dir gemütlich gemacht und gelauscht.«

Es hatte keinen Zweck. Zerknirscht gab Valerie das Gespräch wieder, das unverdächtig gewesen war. Sie erwähnte aber auch ihr Gefühl, dass Emilia Lechner ein Geheimnis mit sich herumtrug, das sie belastete. Sie war sich sicher, dass sie nicht mit offenen Karten spielte. Das würde auch zu dem fremden Mann passen, mit dem sie sie zweimal gesehen hatte. Was da wohl dahinterstecken mochte?

»Nur damit das klar ist, du hältst dich aus der Sache raus, Valerie. Ich trau dir zu, dass du dich da in was verrennst. Der gestrige Tag hat gezeigt, wie ernst die Sache ist. Versprich mir, dass du nicht allein weitermachst. Der Siebert und die Oswald werden ihn oder sie schon kriegen.«

Da war Valerie sich nicht so sicher. Trotzdem nickte sie bestätigend und verabschiedete sich dann von Nora. Innerlich überlegte sie jedoch fieberhaft, was zu tun war.

Fest entschlossen ging sie ins Büro und fuhr den Computer hoch. Sie würde noch einmal in Lieselotte Hehenbergs Leben herumstöbern. Vielleicht stieß sie ja doch auf eine interessante Spur. Wenn sie Glück hatte, ließ sich sogar eine Verbindung zwischen ihr und Emilia Lechner herstellen. Darauf würde sie besonders achten. Irgendetwas musste doch zu finden sein. Wenn Felix, Jakob und Lea gut im Recherchieren waren, warum sollte sie das nicht ebenfalls schaffen?

Sie legte sich Papier und Stift für Notizen zurecht. Als Erstes beschäftigte sie sich mit der Webseite des Innenarchitekturbüros. Die Informationen dort waren für ihre Zwecke jedoch uninteressant. Über die Firmeninhaberin war nur zu lesen, welchen Ausbildungsweg sie gemacht hatte und warum sie diesen Job so liebte.

Emilia Lechners Eintrag war sogar noch kürzer. Das brachte Valerie nicht weiter. Und eine Verbindung zwischen den beiden Frauen konnte sie aufgrund dieser Informationen mit Sicherheit nicht herstellen.

Unter dem Menüpunkt »Referenzen« fand sie schließlich

die Namen von Kunden, die Lieselotte Hehenberg bei ihren Projekten betreut hatte. Sie schrieb sie heraus, ohne sich viel davon zu versprechen. Aber vielleicht würde sich später ein Bezug zu ihrem Fall ergeben. Falls Emilia Lechners Spur im Sand verlief, musste der Mörder schließlich an anderer Stelle zu suchen sein. Doch davon ging Valerie momentan nicht aus.

Dann nahm sie sich die Webseite der Möbelhauskette vor und notierte alle wichtigen Mitarbeiter, die im Internet zu sehen waren. Dazu schrieb sie deren Funktion in der Firma und ihren Eindruck aufgrund der Fotos.

Bei Olivers Eintrag blieb sie länger hängen. Gemeinsam mussten er und Lieselotte Hehenberg ein schönes Paar abgegeben haben.

Bevor sie zu sentimental wurde – dazu neigte sie seit jeher –, klickte sie schnell weiter. Leider gab es nur Informationen über die Angestellten in den obersten Hierarchieebenen. Sie war sich dessen bewusst, dass es bei einem so großen Unternehmen nahezu unmöglich war, alle Personen aufzuzählen, die zum Team gehörten. Dennoch hätte sie gern weitere Anhaltspunkte gefunden.

Mittlerweile hatte sie eine Liste mit rund fünfzehn Namen erstellt, mit der sie aber noch nichts anfangen konnte, ohne mehr über die Leute zu wissen. Sie fühlte sich wie im Blindflug. Auf diese Weise weiterzukommen würde an ein Wunder grenzen.

Um den Kopf freizubekommen und den Rücken nach dem Sitzen am Computer durchzustrecken, stand sie auf, ließ Nelly, die sich gewohnheitsmäßig auf ihren Füßen niedergelassen hatte, zur Hintertür in den Garten hinaus und machte sich daran, eine Tasse Earl Grey aufzubrühen. Sie dehnte und streckte sich und massierte ihre Schläfen. Ihr Blick wanderte vom Computer über ihre Notizen bis zum Schrank. Das war eindeutig eine Notsituation. Da half nur Schokolade! Schwarztee und Pralinen waren für sie der Inbegriff von Genuss, die Kombination musste ihren kleinen grauen Zellen einfach auf die Sprünge helfen.

Voll Vorfreude holte sie die Dose hervor und stellte sie vor sich auf den Tisch. Der Tee stand gleich daneben. Nun fühlte sich Valerie bereit für weitere Recherchen. Sie spürte, dass sie nun mehr Glück bei der Suche haben würde.

Noch einmal rief sie die Startseite der Möbelhauskette auf und klickte ungeduldig das Hauptmenü an. Unter dem Punkt »Firmengeschichte« musste doch Interessantes zu finden sein.

Die Seite war ansprechend gestaltet. Es gab alte Fotos, die Lieselotte Hehenbergs Urgroßeltern zeigten, wie sie in den zwanziger Jahren des letzten Jahrhunderts vor dem ersten Sägewerk und ihrer neu erbauten Möbeltischlerei standen. Mit hochgekrempelten Ärmeln vermittelte der Gründer des Unternehmens das Gefühl, dass er selbst mit Hand anlegte. Auch die Fotos der Großeltern und Eltern studierte Valerie aufmerksam. Zudem wurde erklärt, wie aus einer kleinen Tischlerei eine große Möbelhauskette hatte entstehen können. Jede Generation hatte ihren Teil zur Expansion beigetragen.

Eine beeindruckende Firmengeschichte, fand Valerie. Sie musste neidlos anerkennen, dass die Vorfahren Lieselotte Hehenbergs außerordentlich fleißig gewesen waren.

Als sie die Seite überflogen hatte, nahm sie sich einen neuen Notizzettel und zeichnete eine Art Stammbaum, in den sie nun die Namen der Familienmitglieder eintragen wollte. Vielleicht gab es da eine Stelle, wo sie einhaken konnte, etwas, das nicht plausibel war.

Sie fing noch einmal bei den Urgroßeltern an, die mit ihren beiden Söhnen Joseph und Franz abgebildet waren. Den Betrieb weitergeführt hatte Franz, der jüngere der beiden Brüder und Lieselotte Hehenbergs Großvater. Valerie fragte sich jedoch, warum Franz den Betrieb übernommen hatte. War es in dieser Zeit nicht üblich gewesen, dass der Erstgeborene in das Familienunternehmen einstieg?

Valerie nahm sich vor, jede Generation unter die Lupe zu nehmen und mit dem Zweig der Familie zu beginnen, der nichts von dem großen Vermögen geerbt hatte. Geld war immer ein gutes Motiv.

Zuerst googelte sie nach Joseph Hehenberg und kam tatsächlich auf mehrere Einträge. Aufgrund seiner adeligen Herkunft wurde er da und dort erwähnt, hatte aber allem Anschein nach in bescheidenen Verhältnissen gelebt und war erst vor rund zehn Jahren im Alter von achtundneunzig verstorben. Sie fand seine Todesanzeige in einer regionalen Zeitung. Als Verwandte waren sein Sohn Albert mit Frau und seine Enkelkinder Emilia und Sebastian Hehenberg angegeben.

Als Nächstes suchte sie nach Josephs Sohn Albert, dem Cousin von Lieselotte Hehenbergs Vater. Auch hier fand sie Einträge, aber nur sehr wenige. Einmal wurde er erwähnt, weil er in seinem Heimatort Stockschützenkönig geworden war, und ein andermal war er zu seiner Abstammung interviewt worden.

Valerie las den Artikel mit großem Interesse. War da Neid auf den anderen Zweig der Familie herauszulesen, der die Ländereien und die Firma geerbt hatte? Albert erwähnte einen Streit, bei dem sich sein Vater Joseph mit dem Rest der Familie überworfen hatte, ging aber nicht näher darauf ein.

Wie schade. Das hätte Valerie interessiert.

Beim Weitersuchen stieß sie auch auf Alberts Todesanzeige. Er hatte seinen Vater nur um wenige Jahre überlebt. Als Hinterbliebene waren wiederum Sebastian und Emilia angeführt. Doch Letztere musste in der Zwischenzeit geheiratet haben, da sich ihr Name geändert hatte und sie gemeinsam mit ihrem Gatten erwähnt wurde.

Als Valerie diesen Namen las, machte sie innerlich einen

Jubelschrei. Das war's. Hier in der Familiengeschichte lag das Geheimnis begraben, von dem sie schon die ganze Zeit geahnt hatte, dass es existierte.

Emilia, die Urenkelin des Firmengründers, hieß nach ihrer Heirat Lechner mit Familiennamen. Lieselotte Hehenbergs Assistentin hieß ebenso. Das konnte kein Zufall sein. Emilia Lechner war die Großcousine von Lieselotte Hehenberg.

Valerie druckte die wichtigsten Artikel und die Todesanzeigen aus und steckte sie in einen schmalen Ordner, den sie in ihrer Schublade einschloss, um ihn vor Viktor zu verbergen. Sie hatte das Gefühl, dass die Lösung des Mordfalls zum Greifen nah war. Aber einige Fragen waren noch offen. Wer war der Mann, mit dem sie Emilia Lechner zweimal gesehen hatte? War es ihr Ehemann? Oder konnte es ihr Bruder gewesen sein? Hatten sie bei den Morden zusammengearbeitet, waren sie folglich Komplizen? Was war ihr Motiv?

Valerie hatte jegliches Zeitgefühl verloren. Überrascht stellte sie fest, dass es beinahe Mittag war. Sie schaute bei Anton in der Küche vorbei, weil sie Essen für Nora besorgen wollte. Doch dieses Anliegen erübrigte sich. Als sie den Raum betrat, richtete er eben ein Tablett für Nora her. Bei so viel Fürsorge musste es ihr bald besser gehen, da war sich Valerie sicher.

Sie bedankte sich bei Anton, ließ Nora lieb grüßen und ging ins Appartement, wo sie für ihre eigene Familie und Felix kochte. Viktor kam relativ spät. Er nutzte den Tag für allerlei Arbeiten, die liegen geblieben waren. Instandhaltung war in so einem großen Haus immer ein Thema. Für Juli sollte alles tipptopp sein. Die Hoffnung, dass bis dahin Normalität einkehren würde und der Ruf des »Grand Hotel« nicht auf Dauer Schaden nahm, durften sie nicht aufgeben.

Das Essen verlief schweigend. Valerie wollte ihre Neuigkeiten vorerst für sich behalten, und Viktor und die Zwillinge inklusive Felix wirkten frustriert. Sie hatten es nicht nur mit einem Mord, sondern vermutlich mit zweien zu tun, und von der Polizei gab es keinerlei Erfolgsmeldungen. Auch von den Ergebnissen der Kriminaltechniker, was die Kleidung des Opfers betraf, hatten sie nichts gehört.

Valerie war in Gedanken bei Emilia Lechner und deren Familiengeschichte. Warum nur hatte sie bei Lieselotte Hehenberg zu arbeiten begonnen? Das konnte kein Zufall gewesen sein. Sie hatte sich auf eigene Initiative als ihre persönliche Assistentin beworben, obwohl die Stelle gar nicht ausgeschrieben gewesen war. Die Frage nach dem Warum prangte wie ein riesiges Schild in Valeries Kopf. Dazu das Rätsel um den geheimnisvollen Mann.

Verzweifelt suchte sie nach einer sinnvollen Lösung, was es unmöglich machte, sich auf das Gespräch der anderen zu konzentrieren. Sie bat Lea, die Küche aufzuräumen, verabschiedete sich möglichst bald und ging wieder ins Büro.

Dort fuhr sie den Computer hoch, setzte sich erneut vor den Bildschirm und überlegte, wonach sie zuerst suchen sollte. Am besten nach dem Ehemann. Wenn sie Glück hatte, gab es ein Foto von ihm im Netz.

Unter dem Namen Harald Lechner, den sie der Todesanzeige entnommen hatte, erschienen bei der Bildersuche verschiedenste Einträge. Keines der Gesichter kam ihr bekannt vor. Dann gab sie erneut den Namen ein und klickte unter dem Suchfeld auf »Alle«. Unerwarteterweise stieß sie auf eine Hochzeitsanzeige vom Mai dieses Jahres. Sie stammte aus dem kleinen Ort, in dem Emilia Lechner laut Information auf der Unternehmenswebseite wohnte. Harald Lechner hatte demnach eine gewisse Anna Berbacher geheiratet, aber nur standesamtlich. Da Emilia Lechner keinen Ehering trug, bedeutete das vermutlich, dass sie geschieden war und ihr Mann nach kurzer Ehe mit ihr eine andere geheiratet hatte. Folglich war anzunehmen, dass er nicht der Komplize war. Im Leben von Emilia Lechner war wohl so manches nicht nach Plan gelaufen.

Als Nächstes versuchte es Valerie mit der Bildersuche nach Sebastian Hehenberg, Emilias Bruder. Bingo! Das dritte Foto zeigte den Mann, mit dem Valerie Emilia Lechner zweimal gesehen hatte. Daher kam auch die Vertrautheit zwischen den beiden, ohne dass sie den Eindruck erweckten, ein Paar zu sein.

Valerie war stolz auf sich. So viel Geschick im Recherchieren hätte sie sich gar nicht zugetraut. Sie klopfte sich innerlich auf die Schulter. Sie hatte eindeutig eine Verbindung zwischen Lieselotte Hehenberg und ihrer Assistentin Emilia Lechner gefunden. Außerdem wusste sie nun, wer der geheimnisvolle Unbekannte war. Und sie wusste, dass es in der Geschichte der Hehenbergs einen großen Streit gegeben hatte und dass der Teil der Familie, der den Großteil des Vermögens hätte erben sollen, leer ausgegangen war. Das roch eindeutig nach Tatmotiv. Die jungen Hehenbergs wollten sich rächen. Doch was hatten sie davon?

Valerie rauchte der Kopf. Wie viel leichter wäre es gewesen, mit Nora gemeinsam zu überlegen. Doch Nora hatte ihr unmissverständlich klargemacht, dass die Mördersuche für sie beendet war. Hinter ihrem Meinungsumschwung mochte wohl Anton stecken. Schließlich hielt er ihr Vorhaben für sehr gefährlich.

Es war zum Verrücktwerden, dass sie sich niemandem anvertrauen konnte. Valerie nagte an ihrer Unterlippe. Da kam ihr plötzlich eine Idee.

Natürlich! Es gab noch jemand, der großes Interesse an der schnellen Lösung des Falles hatte. Oliver Hehenberg. Wenn sie ihm von ihren Recherchen erzählte, konnte er mit ihr gemeinsam überlegen, was zu tun war. Und sie würde sich mit seiner Unterstützung deutlich sicherer fühlen.

Die Erleichterung über diese Idee währte jedoch nicht lang. Ein neuer Gedanke machte sich breit. Wenn Emilia Lechner und ihr Bruder für den Tod von Lieselotte Hehenberg verantwortlich waren, dann würden sie wohl allein damit nicht zufrieden sein. Es lag nahe, dass sie es auch auf das Hehenberg'sche Vermögen abgesehen hatten.

Oh Gott! Wenn dies das Motiv hinter dem Mord war, dann war Oliver in höchster Gefahr. Er stand zwischen Emilia, Sebastian und der gigantischen Hinterlassenschaft. Wenn auch er nicht mehr lebte, würden die einzigen Verwandten gesucht werden, und das waren die zwei Geschwister.

Das musste ein durch und durch ausgeklügelter Plan sein, der über Monate oder Jahre hinweg vorbereitet worden war. Emilia Lechner hatte sich bei ihrer Großcousine eingeschlichen, hatte ihre Gewohnheiten so gut kennengelernt, dass sie ihr mit den Stalker-Nachrichten Angst einflößen konnten. Nachdem Lieselotte Hehenberg wochenlang in Furcht gelebt hatte, wurde sie ermordet. All das war möglich, weil Emilia Lechner als ihre enge Mitarbeiterin unmittelbar an der Informationsquelle saß.

Doch was war mit Weber? War er ihnen auf die Schliche gekommen? Bestimmt. Wahrscheinlich war er so unklug gewesen, seine Vermutung preiszugeben, und hatte das mit dem Leben bezahlen müssen. Das war unglaublich!

Valerie war entsetzt. Dem gefährlichen Geschwisterpaar musste unbedingt das Handwerk gelegt werden. Wenn das passiert war, konnten sie sich im Hotel wieder um die Ankurbelung ihres Geschäfts kümmern. Sie würden sich voll ins Zeug legen und so viele Buchungen an Land ziehen, dass ihnen eine gute Sommersaison bevorstand.

Diese Aussicht beflügelte Valerie. Sie schrieb Oliver eine SMS, dass sie unbedingt mit ihm reden müsse und am Abend in den Speisesaal kommen werde. Er solle sich in eine ruhige Ecke setzen.

Oliver reagierte umgehend und sagte zu. Er freue sich, nicht schon wieder allein essen zu müssen, und werde gegen neunzehn Uhr unten sein.

Valerie hatte zwar nicht vorgehabt, mit ihm zu Abend zu essen, wollte ihn aber nicht enttäuschen. Sie gab Viktor Bescheid.

Für ihn war das kein Problem. Valerie hatte ein großes Herz für Gäste, denen es nicht gut ging, und verbrachte manchmal mehr Zeit mit ihnen, als es für eine Hotelchefin üblich war. Das war einer der Gründe, warum sich die Urlauber bei ihnen so wohlfühlten. Sie spürten die liebevolle, achtsame Art, mit der sie hier behandelt wurden.

Valerie beschloss, nach Bad Hofgastein zu fahren und bei Andi vorbeizuschauen, der die Großeltern wohl ganz schön auf Trab halten würde. Sie holte sich von Viktor den Schlüssel vom Hotelbus und machte sich auf den Weg zu den Schwiegereltern. Sie musste endlich einmal raus und auf andere Gedanken kommen.

Es wurde ein netter Nachmittag. Alle vermieden das Thema Mord und plauderten über andere Dinge wie zum Beispiel den Umbau, den ihr Schwager im Hotel plante, oder den Verkauf eines heruntergekommenen, aber alteingesessenen Kurhotels im Ort. Bei Kaffee und Kuchen vergaß Valerie sogar für einen Moment, was sie derzeit belastete.

Als es draußen dunkel wurde, verabschiedete sie sich und machte sich auf den Weg ins »Grand Hotel«. Während sie nach Bad Gastein fuhr, dachte sie an Andis begeisterte Erzählungen darüber, was er mit seinen Großeltern und vor allem mit den Cousins erlebt hatte. Sie war froh, dass er in Bad Hofgastein so gut aufgehoben war und so wenig von der katastrophalen Situation zu Hause mitbekam.

Als es neunzehn Uhr war, machte sie sich auf in Richtung Speisesaal. Oliver Hehenberg saß bereits an einem Tisch abseits mit Blick auf den Wasserfall. Die Fenster waren schalldicht, damit die Gäste während des Essens nicht vom Tosen des Wassers gestört wurden. Nicht jeder liebte das Geräusch so wie Valerie. Sie fand es beruhigend, wusste aber, dass es manche Menschen ziemlich nervte.

Oliver erhob sich zur Begrüßung und rückte ihr den Stuhl zurecht. Er war nicht nur nett, sondern auch ein Gentleman der alten Schule. Er schenkte ihnen Wein und Wasser ein. Beides hatte er vor ihrer Ankunft schon bestellt. Dann begann er, über Belanglosigkeiten zu sprechen. Auf Valeries überraschten Blick hin bat er sie darum, mit den ernsteren Themen bis nach dem Essen zu warten. Er brauche dringend ein bisschen Normalität und Abwechslung. Ihm falle sonst die Decke auf den Kopf, meinte er.

Valerie war zwar enttäuscht, weil sie ihre Neuigkeiten für äußerst wichtig hielt, konnte ihn aber auch verstehen. So plauderten sie über den Ort und berühmte Gäste, die sie schon beherbergt hatten, und aßen eine kleine Vorspeise.

Schließlich schlug Oliver vor, ans Salatbuffet zu gehen. Anton sorgte dafür, dass sein Team für die Gäste eine ansprechende und vor allem frisch zubereitete Auswahl an Salaten bereitstellte. Hier gab es nichts aus der Dose oder dem Glas. Alle Zutaten waren von feinster Qualität.

Sie bedienten sich beide am Buffet. Oliver ließ Valerie danach den Vortritt. Der Weg zu ihrem Platz führte an Emilia Lechners Tisch vorbei, was Valerie äußerst unangenehm war. Gefährlich konnte sie ihr im Speisesaal zwar nicht werden, dennoch hatte sie ein mulmiges Gefühl, so nah an einer Mörderin vorbeizugehen. Sie zwängte sich hinter ihr durch und atmete befreit auf. Doch plötzlich hörte sie ein ungewöhnliches Geräusch und wenig später Olivers Stimme, der sich mit zerknirschtem Tonfall entschuldigte.

Valerie drehte sich angespannt um. Emilia Lechners Handtasche, die eben noch an der Stuhllehne gehangen hatte, war zu Boden gefallen. Olivers Worten zufolge hatte er sie im Vorbeigehen unabsichtlich gestreift. Der gesamte Inhalt war am Boden verstreut.

Valerie stellte ihren Teller auf einem der leeren Tische ab und beeilte sich, in gewohnter Weise ihrem Gast zu Hilfe zu kommen. Sie bemühte sich, Emilia Lechner gegenüber ein möglichst normales Verhalten an den Tag zu legen. Diese sollte schließlich nicht merken, dass sie sie verdächtigte.

Typisch Frauenhandtasche, dachte sie beim Anblick der auf dem Parkett verstreuten Utensilien. Wie bei ihr selbst hatte sich in Emilia Lechners Tasche wohl im Laufe der Zeit allerhand angesammelt. Da war von Taschentüchern, Heftpflastern, Schreibblock und Stiften über Schmerztabletten, Schminksachen und Geldtasche bis hin zu Autopapieren, alten Einkaufszetteln und Kaugummi alles Mögliche vorhanden.

Plötzlich aber stutzte Valerie. Unter dem Schreibblock, den sie aufgehoben hatte, lagen zwei Teelichter und ein paar vertrocknete Rosenblätter, die schon bräunlich waren, deren ursprünglich rote Farbe aber noch erkennbar war.

Valerie erstarrte. Für den Bruchteil einer Sekunde schien die Zeit stillzustehen. Ohne sich etwas anmerken zu lassen, hob sie langsam ein paar weitere Dinge auf und reichte sie Emilia Lechner. Schließlich drückte sie ihr die Teelichter in die Hand, vermochte es aber nicht, ihren Gesichtsausdruck zu deuten. Aus dem Augenwinkel sah sie, dass sich Oliver, der ebenfalls mitgeholfen hatte, aufrichtete und darauf wartete, dass Valerie den Weg zu ihrem Tisch fortsetzte.

Sie nahm ihren Teller, ging wie ferngesteuert an ihren Platz und trank einen großen Schluck Wasser. Es war eine Sache, zu wissen, wer die Mörderin war, aber eine andere, zu wissen, dass auch diese wusste, dass man es wusste.

Ach, das wurde zu kompliziert. Valeries Gedanken waren wirr. Die Teelichter – die gleichen, die am Tatort gestanden hatten – und die Rosenblätter waren doch ein eindeutiger Beweis dafür, dass Emilia Lechner den Mord begangen hatte. Warum sonst sollte sie die Sachen mit sich herumtragen?

Erst in diesem Moment realisierte Valerie, dass Oliver sie

unverwandt ansah. Als er sich ihrer Aufmerksamkeit sicher war, fragte er: »Hast du das auch gesehen?«

Valerie versuchte, das Zittern ihrer Hände unter Kontrolle zu bringen, indem sie ihr Wasserglas mit beiden Händen fest umschloss. Sie räusperte sich. »Du meinst die Kerzen und die Rosenblätter?« Auf Olivers Nicken hin fuhr sie fort. »Die waren nicht zu übersehen … Sie wird sich denken können, dass wir sie verdächtigen. Das ist echt blöd, weil wir nicht wissen, wie sie reagiert, wenn sie sich in die Enge getrieben fühlt. Haut sie ab? Schlägt sie erneut zu? Ich wünschte, ich wüsste es …«

»Ich gebe dir recht, es ist eine unangenehme Situation«, erwiderte Oliver. »Wir sollten nun besonders vorsichtig sein. Du gehst nachher zu deiner Familie ins Appartement, da hat sie keine Chance. Und ich werde auf mein Zimmer gehen, die Tür und die Fenster gut verschließen und niemandem öffnen. Solange wir uns nicht nach draußen begeben oder uns mit ihr verabreden, kann uns nichts passieren. Außerdem bin ich trotzdem unsicher, ob sie es war. Sie ist doch eine harmlose, nette Frau, distanziert, aber sonst? Warum sollte sie etwas so Grausames machen? Sie hat doch gar kein Motiv.«

»Da irrst du dich leider.« Valeries Stimme zitterte. »Darüber wollte ich heute mit dir sprechen und dich warnen. Ich bin mir mittlerweile sicher, den Grund für den Mord gefunden zu haben. Und ich glaube außerdem, dass du in großer Gefahr bist.«

»Den Grund?« Olivers Überraschung war nicht zu übersehen. Er ahnte nichts von dem intriganten Plan der Geschwister.

Valerie setzte ihr Glas ab, wischte sich den Schweiß ihrer Hände undamenhaft am Kleid ab, nahm einen Schluck Wein und begann, von ihren Recherchen zu berichten. Sie musste ausholen, weil sie nicht wusste, inwieweit Oliver mit den alten Familiengeschichten vertraut war. Seinen Bemerkungen nach war dieses Thema weder von seiner Frau noch von seinen

Schwiegereltern angesprochen worden. Dass Lieselottes Großvater einen älteren Bruder gehabt hatte, wusste er nicht.

Als Valerie erzählte, dass Emilia Lechner mit Mädchennamen Hehenberg hieß und die Großcousine seiner Frau war, zog er scharf die Luft ein.

»Meinst du etwa, dass sie sich rächen wollte? Hat der Ast der Familie, der nichts von den Ländereien und der damals neu gegründeten Firma abbekommen hat, so eine Wut auf die reiche Verwandtschaft, dass Lieselotte deswegen getötet wurde? Wegen der alten Geschichte, für die sie nichts konnte? Das ist unglaublich.« Er lehnte sich zurück und legte die Gabel zur Seite, mit der er eben noch in seinem Salat herumgestochert hatte.

»Ja, dieser Meinung bin ich. Alles andere ergibt keinen Sinn. Rache ist ein gutes Motiv und nicht immer rational erklärbar. Da haben sich wohl über die Generationen die Emotionen oder vielmehr der Hass so aufgebaut, dass sie sich zu diesem Schritt entschlossen hat.«

Valerie nahm aus dem Augenwinkel wahr, dass Emilia Lechner aufstand und den Speisesaal verließ. Ihr Teller sah unberührt aus.

Vermutlich ist ihr der Appetit vergangen, dachte Valerie. Das war nur logisch, wenn plötzlich Beweise dafür auf dem Boden lagen, dass man eine Mörderin war.

Auch Oliver sah Emilia Lechner hinterher. Als seine Aufmerksamkeit wieder bei ihr war, fuhr Valerie fort. »Wenn ich mich nicht täusche, hat sie das Ganze nicht allein geplant. Es gibt noch ihren Bruder Sebastian, der sich zurzeit in Bad Gastein aufhält. Ich habe sie schon zweimal mit ihm gesehen und heute beim Recherchieren ein Foto von ihm im Internet gefunden.«

»Wow, du bist eine richtige Detektivin. Gute Arbeit, Miss Marple.« Oliver nickte anerkennend. »Aber im Ernst. Du glaubst, dass die Geschwister die Aktion von langer Hand geplant haben? Dass sich Emilia Lechner nur aus diesem Grund bei Lieselotte beworben hat? Um sie fertigzumachen, bis sie am Boden war, und sie dann umzubringen? Wie abgrundtief böse ist das denn? Meine arme Lieselotte. Das hat sie nicht verdient. Sie war doch so ein herzensguter Mensch, und für die alten Geschichten konnte sie doch nichts.«

Valerie bemerkte einen feuchten Glanz in seinen Augen. Doch es half nichts. Sie musste noch eins draufsetzen. »Du, Oliver, ich hab den Verdacht, dass das noch nicht das Ende der Geschichte ist.«

Er hob irritiert den Kopf. Wie sie es hasste, ihm so wehzutun. Darin war sie gar nicht gut. Normalerweise schaffte sie es, alle Leute aufzumuntern. Nun musste sie ihrem Gegenüber den nächsten Stoß verpassen. »Ich sag's kurz und bündig, weil ich nicht weiß, wie ich dir das schonend beibringen könnte. Meiner Meinung nach bist du das nächste Opfer.«

Oliver sah sie perplex an. »Wie kommst du denn darauf?« Offenkundig hatte er den Ernst der Lage noch nicht erkannt.

»Glaubst du, dass Rache das einzige Motiv für den Mord war? Ich bin mir sicher, wenn jemand einen so perfekten Plan austüftelt, dann geht es um mehr. Emilia Lechner und ihr Bruder wollen das Geld, das ist für mich klar.«

»Das Geld?«

»Ja klar, das Geld. Das Erbe. Deine Frau stammt doch aus einer extrem reichen adeligen Familie, dazu die riesige Firma – die Hinterlassenschaft muss beträchtlich sein. Und sie hat keine Kinder. Der Haken daran ist nur, dass du als Alleinerbe – das vermute ich zumindest – zwischen den Geschwistern und dem Geld stehst. Die logische Schlussfolgerung ist demnach, dass du sterben musst, damit sie an das Geld kommen. Denn weder hast du andere Verwandte, noch hat deine verstorbene Frau welche, soweit ich informiert bin.«

»Daran habe ich überhaupt nicht gedacht«, erwiderte Oliver mit belegter Stimme. »Mir ist das Erbe doch egal. Mir war nur Lieselotte wichtig und dass es ihr gut geht. Ich hab in den letzten Wochen so mit ihr gelitten. Alles, was ich will, ist, dass ihr Mörder gefunden wird. Aber an das Geld oder daran, dass auch ich in Gefahr sein könnte, habe ich gar nicht gedacht.« Er versank in Schweigen.

Der Hauptgang, den der Kellner zwischendurch serviert hatte, war noch von beiden unberührt. Die Lust auf Essen war ihnen gründlich vergangen. Auch das Gespräch wollte nicht mehr in Gang kommen, was kein Wunder war. Wer wollte schon gern hören, dass er auf der Liste der potenziellen Mordopfer an oberster Stelle stand? Selbst Valerie schwebte in Gefahr, schließlich musste für Emilia Lechner klar sein, dass sie sich mit den Rosenblättern und Teelichtern verraten hatte. Eine richtig unangenehme Situation.

Valerie, aus der trotz des trostlosen und frustrierenden Gesprächsthemas noch die Gastgeberin sprach, bot Oliver an, ihm eine Nachspeise zu holen. Er lehnte jedoch ab. Es gebe Situationen, in denen nichts auf der Welt helfen könne, nicht einmal Süßes. Sie verstand ihn gut.

Gemeinsam beratschlagten sie die nächsten Schritte. An diesem Abend würde vermutlich nichts mehr passieren. Das hofften sie zumindest. Und morgen würde Oliver mit Dr. Siebert sprechen, der nach wie vor jeden Tag für ein paar Stunden nach Bad Gastein kam. Was er hier machte, ließ sich von außen nicht beurteilen. Aber meistens sah Valerie ihn lautstark telefonieren, wenn er durch die Lobby Richtung Stüberl ging.

Oliver hatte ihr ausdrücklich davon abgeraten, allein etwas zu unternehmen. Da der Fall aus ihrer Sicht so gut wie geklärt war, sollte sie kein Risiko mehr eingehen. Um ein Geständnis der Geschwister würde sich die Polizei kümmern.

Danach gab es nichts mehr zu sagen. Sie verabschiedeten sich voneinander und machten sich auf den Weg in ihre jeweiligen Appartements.

Eine ganze Woche hatte es gedauert, bis für Valerie klar

geworden war, wer hinter dem heimtückischen Mord an Lieselotte Hehenberg stecken musste. Die einzelnen Puzzleteile passten perfekt zusammen. Es gab Heimlichkeiten und ein starkes Motiv. Auch die Gelegenheit zum Mord war vorhanden gewesen. Wie im Lehrbuch der Kriminologie. Eigentlich sollte sich Valerie erleichtert fühlen. Und doch störte sie etwas. Sie konnte nur nicht ergründen, was es war. Aber tief in ihrem Inneren gab es dieses Gefühl, das ihr sagte, dass sie etwas Wichtiges übersehen hatte.

## DREIZEHN

Der Wetterbericht hatte strahlenden Sonnenschein gemeldet. Vorerst war es jedoch wie so oft unten im Tal noch trüb. An manchen Tagen, wenn im Ort der Nebel hing, war es auf den Bergen darüber wunderschön, und man konnte, während man in der Sonne stand, auf ein Meer von weißen Wolken hinabblicken, aus dem sich nur da und dort ein Kirchturm erhob. Meistens hatte Valerie jedoch keine Zeit, auf den Berg zu gehen.

Sie quälte sich mit der Aussicht auf einen Tag aus dem Bett, den sie viel lieber schon hinter sich gebracht hätte. Zu viele Fragezeichen gab es. Sie wünschte sich, dass es bei den Ermittlungen zu keiner brenzligen Situation kam. Mörder, die mutmaßlich schon zweimal zugeschlagen hatten, schreckten bestimmt auch vor einem dritten Mord nicht zurück. Sie hoffte inständig, dass Oliver die Nacht gut verbracht hatte und nicht als weiteres Opfer in seinem Zimmer lag.

Innerlich schüttelte sie den Kopf. Wo war sie da nur hineingeraten, dass sie solche Gedanken hegte? Bisher war ihr Leben so ruhig und unspektakulär verlaufen, dass sie sich ab und zu ein bisschen Abenteuer erträumt hatte. Doch nun war sie zwiegespalten. Einerseits hatte sie sich schon lange nicht mehr so lebendig gefühlt wie in der letzten Woche, andererseits hatte sie große Angst und sehnte sich nach ihrem gemütlichen Alltag, der plan- und vorhersehbar war. Aber das Leben war kein Wunschkonzert, wie ihre Mutter sagte. Damit hatte sie mehr als recht.

Auch den heutigen Tag konnte sie nicht vorhersehen und schon gar nicht planen. Sie musste ihn nehmen, wie er kam, mit all seinen Überraschungen. Inbrünstig betete sie dafür, dass die Polizei die Geschwister möglichst schnell dingfest machte und dadurch wieder Ruhe im Hotel, im Ort und vor allem in ihrer Familie einkehrte.

Hoffentlich waren die Ergebnisse der Kriminaltechniker endlich eingetroffen und führten rasch zu den mutmaßlichen Tätern. Doch mit Olivers Hinweisen zu Emilia Lechner und ihrem Bruder sollte es auch ohne die Auswertung der Spuren für die Polizei möglich sein, sie zu einem Geständnis zu bringen. Die Tatsachen sprachen gegen sie.

Der Mord an Max Weber – sofern es wirklich einer war – lag hingegen etwas anders. Vermutlich war es schwer, ihn den Geschwistern nachzuweisen, auch wenn Valerie fest davon ausging, dass ein Zusammenhang zwischen den Mordfällen bestand. Dr. Siebert mit seinen Verhörmethoden traute sie aber durchaus zu, dass Emilia Lechner und Sebastian Hehenberg bei einer Befragung einknicken und diesen zweiten Mord sogar zugeben würden.

Nachdem Valerie das Frühstück hergerichtet hatte, ging sie in die Lobby. Carla, die die ruhige Arbeit an der Rezeption übernommen hatte, freute sich sichtlich, als Valerie ihr anbot, einen Kaffee aus der Bar mitzubringen.

Da die Maschine erst warm laufen musste, nutzte Valerie die Zeit und bestückte die kleinen Holztabletts mit Serviette, Milch, Zucker und einem Glas Wasser. Währenddessen sah sie sich verstohlen um. Aus unerfindlichen Gründen hatte sie kein gutes Gefühl dabei, mit dem Rücken zum Raum zu stehen. Einmal bildete sie sich ein, leise Schritte zu hören, dann meinte sie, warmen Atem in ihrem Nacken zu spüren. Unglaublich, was man sich einbilden konnte. Es war höchste Zeit, dass der Spuk aufhörte. Sie wurde sonst noch paranoid, was sie wahrlich nicht gebrauchen konnte.

Froh, dass der Kaffee fertig war, ging sie durch die Lobby und stellte Carlas Tasse hinter den Empfangstresen. Sie selbst nahm ihre mit ins Büro. Dort war sie sicher. An Carla würde niemand ungesehen vorbeikommen, der Ausgang zum Garten war ohnehin verriegelt, und die Tür, die zur Personaltreppe führte, sperrte sie einfach ab, was sie sonst nie machte.

Ausnahmsweise setzte sie sich an Viktors Schreibtisch. Von dort aus hatte sie einen besseren Überblick und konnte sehen, wer vom Lift in die Lobby trat oder auch in Richtung Restaurant oder Stüberl ging. Dafür musste sie nur den Zugang zu Rezeption und Lobby offen lassen.

Das Warten fiel ihr schwer. Wiederholt ertappte sie sich dabei, wie sie mit dem Fuß wippte oder mit den Fingern auf den Tisch trommelte. Gut, dass sie allein im Büro saß. Für andere wäre das wohl schwer zu ertragen gewesen.

Halbherzig versuchte sie, im Internet die besten Buchungsplattformen für internationale Gäste herauszusuchen, doch sie konnte sich nicht auf die Arbeit konzentrieren. So nervös war sie schon lange nicht mehr gewesen. Auch in ihrem Magen spürte sie die Anspannung und die Tatsache, dass sie entgegen ihren sonstigen Gewohnheiten in den letzten Tagen zu viel Kaffee getrunken hatte. Entschlossen schob sie die Tasse von sich und brühte sich mit dem kleinen Wasserkocher im Büro Kräutertee auf.

Als es schon nach halb neun und von Oliver keine Spur zu sehen war, wurde sie unruhig. Der Versuch zu arbeiten scheiterte kläglich, da ihre Gedanken ständig abschweiften. Erschrocken zuckte sie zusammen, als plötzlich ihr privates Handy läutete. Die Nummer auf dem Display kannte sie nicht. Es war eine österreichische Mobilfunknummer.

Immerhin ist sie nicht unterdrückt, dann kann es nichts Gefährliches sein, dachte Valerie und wischte über den grünen Hörer auf dem Bildschirm. In dieser speziellen Situation schienen die alltäglichsten Dinge plötzlich unnormal zu sein. Trotzdem würde sie wohl kaum ein Mörder per Telefon mit angezeigter Nummer in eine Falle locken. So viel war gewiss.

Sie meldete sich förmlich und war überrascht, eine tiefe, sympathisch klingende Männerstimme zu hören, die sich als Roland Merburg vorstellte. Da sie so in Gedanken war, brauchte sie einen kurzen Moment, um den Namen zuordnen zu können. Doch dann fiel es ihr ein. Na klar, das war der Geschäftsführer, den sie gesucht hatten. An ihn hatte sie gar nicht mehr gedacht.

Merburg entschuldigte sich dafür, dass er so lange nicht erreichbar gewesen war. »Wissen Sie, ich war doch bei diesem Ausflug, der vom Hotel organisiert worden ist. Wir sind von Dorfgastein rüber ins Großarltarl gewandert. Ein traumhafter Tag. Aber leider bin ich oben am Berg gestolpert und über eine Felskante gerutscht. Mein rechtes Bein wurde im Zuge dessen so verdreht, dass ich mir einen Bruch zugezogen habe und im Hospital in St. Veit operiert werden musste. Gestern Nachmittag bin ich dann auf eigenen Wunsch hin entlassen und zurück ins Hotel gebracht worden. Herumsitzen kann ich hier genauso wie im Krankenhaus, nur schmeckt das Essen wesentlich besser.«

Diese Einstellung war nicht ganz alltäglich. Herr Merburg hatte sich selbst entlassen und ließ sich lieber im Hotel verwöhnen. Höflich erkundigte sie sich nach seinem Befinden, doch solch eine Frage schien ihn nicht sonderlich zu interessieren.

»Den Umständen entsprechend gut, danke, aber ich denke, wir haben Wichtigeres zu besprechen. Von der Rezeptionistin habe ich heute erfahren, dass Sie mit mir reden wollten.«

Valerie bestätigte das und bedankte sich, dass er sich trotz der widrigen Umstände bei ihr meldete.

Seine Antwort kam prompt. »Das ist doch selbstverständlich und passt gut. Vielleicht können Sie mir bei dieser Gelegenheit behilflich sein. Ich habe einiges zu erzählen, was wirklich wichtig ist. Doch darüber möchte ich nicht am Telefon sprechen. Könnten Sie zu mir ins Hotel ›Bellavista‹ kommen? Ich bin leider nicht mobil mit meinem Gips. Das Gehen mit den Krücken ist wirklich beschwerlich, und ich muss schon froh sein, im Haus kurze Distanzen zu schaffen.«

Valerie überlegte, was sie tun sollte. Sie hatte sich einerseits vorgenommen, das Hotel nicht zu verlassen, andererseits war es nicht weit bis zum »Bellavista«, und um diese Uhrzeit waren genügend Leute unterwegs. Auf dem Weg dorthin sollte ihr nichts passieren. Zudem war sie neugierig, was Merburg ihr mitzuteilen hatte, und im Mordfall waren ihr ohnehin die Hände gebunden. Der war ihrer Meinung nach so gut wie gelöst.

Kurzerhand sagte sie zu und verabredete sich mit Merburg im Speisesaal seines Hotels, wo er sie zu einem Frühstück einlud.

Sie holte ihre Jacke und die Handtasche und gab Carla Bescheid, dass sie für eine Stunde wegmüsse. Beim Verlassen des Hotels sah sie sich vorsichtig um. Richtig verrückt wurde sie schon.

Sie eilte am Wasserfall vorbei und wandte sich beim Merangarten nach links. Das steile Wegstück, das nun folgte, brachte sie in Rekordzeit hinter sich und betrat durch den Hintereingang das Hotel »Bellavista«. Ziemlich aus der Puste stieg sie in den Lift, fuhr bis zur Rezeption und begab sich zügig zum Speisesaal. Die Kellnerin, die die Zimmernummern der Gäste kontrollierte, wusste Bescheid, dass Roland Merburg Besuch erwartete. Sie zeigte nach hinten in den Frühstücksraum, wo er bereits abseits an einem runden Tisch in der Ecke saß. Neben ihm lehnten Krücken, das Bein lag auf einem Polster auf dem Nebenstuhl. Er schien gut umsorgt zu werden.

Merburg lächelte Valerie entgegen. »Ich würde ja aufstehen, wie es sich gehört, aber ich hoffe, Sie nehmen es mir nicht übel, wenn ich sitzen bleibe, Frau Thaller«, sagte er, kaum dass sie an den Tisch getreten war.

Nachdem sie sich beide noch einmal vorgestellt hatten, die kurze Begegnung im Hotel vor acht Tagen konnte man kaum als Kennenlernen werten, wurde Roland Merburg ernst. Mit leicht zittrigen Händen begann er zu sprechen:

»Wissen Sie, ich habe erst gestern erfahren, dass Lieselotte Hehenberg ermordet worden ist. Ich hab so oft versucht, sie zu erreichen, weil ich unbedingt mit ihr reden wollte, aber sie hat alle Anrufe und E-Mails von Emilia Lechner abblocken lassen. Von der habe ich zufällig erfahren, dass sie beide nach Bad Gastein gefahren waren. Das ist ihr bei einem Telefonat ungewollt herausgerutscht. Da habe ich kurzfristig beschlossen, meinen lang überfälligen Urlaub zu nehmen und herzukommen. Ich wollte mein Glück versuchen, bin aber von Ihnen prompt abgewiesen worden.« Eindringlich sah er Valerie an.

Die zuckte nur mit den Schultern. »Lieselotte Hehenberg hatte uns darum gebeten, unter keinen Umständen gestört zu werden. Ich musste Sie wieder wegschicken. Aber trotzdem verstehe ich nicht, warum Sie erst gestern von dem Mord erfahren haben. Die Presse hat sich doch sofort auf die Geschichte gestürzt.«

Nun seufzte Roland Merburg. »Das ist leicht erklärt. Da ich so selten Urlaub nehme, habe ich mir angewöhnt, mein Smartphone in den paar Tagen, die ich freihabe, abzuschalten und auch sonst keine Medien zu konsumieren. Wissen Sie, ich brauche das zur Erholung. Es tut mir gut. Hätte ich gewusst, was passiert ist, hätte ich garantiert nicht in aller Seelenruhe meinen Urlaub genossen. Gestern habe ich nach dem Krankenhaus erstmals mein Telefon eingeschaltet, weil ich in der Firma Bescheid geben wollte, dass ich im Krankenstand bin und vorerst in Bad Gastein bleibe. Da haben meine Kollegen mich über den Mord informiert.« Roland Merburg fuhr sich mit den Händen über das Gesicht. Sein Blick ging ins Leere. »Ich mache mir solche Vorwürfe«, fügte er leise hinzu.

Auf Valerie wirkte er aufrichtig zerknirscht, doch warum? Er konnte doch nichts dafür, wenn jemand seine Chefin ermordete. Oder wusste er von Emilia Lechner und davon, dass sie mit Lieselotte Hehenberg verwandt war? Aber dann hätte er doch nicht über sie versucht, Kontakt herzustellen.

Valerie schwirrte der Kopf. Sie bot Merburg an, für sie beide zum Buffet zu gehen und ihr Gespräch nach dem Frühstück fortzusetzen. Sie brauchte Zeit zum Nachdenken.

Merburg war das recht. Auch ihn nehme das Ganze schwer mit. Eine Stärkung könne nicht schaden.

Valerie versuchte, die Umstände auszublenden und sich über ihr Frühstück zu freuen. Das Buffet im Hotel »Bellavista« war wunderbar. Es war alles da, was man sich als Gast wünschen konnte.

Zwei Teller waren schnell beladen. Dann genoss sie das nette Beisammensein.

Roland Merburg stellte sich als interessanter Gesprächspartner heraus. Er schwärmte in den höchsten Tönen von Lieselotte Hehenberg und ihren Eltern, für die er auch schon gearbeitet hatte. »Wissen Sie, ich bin quasi das Urgestein im Unternehmen, und ich hoffe, dass ich bis zur Pensionierung dortbleiben kann. Die Arbeit ist mein Leben. Gemeinsam mit Lieselottes Vater habe ich die Möbelhauskette groß gemacht. Und ich hab immer darauf geachtet, dass es unseren Angestellten gut geht. Nur über zufriedene Mitarbeiter bekommt man zufriedene Kunden.«

Diese Einstellung gefiel Valerie. »Das ist genau wie bei uns im Hotel. Jeder verdient den gleichen Respekt und die gleiche Wertschätzung. Wir versuchen, durch unser Vorbild einen ordentlichen Umgang miteinander zu kultivieren. Und die angenehme Stimmung im Team überträgt sich auf die Gäste. Da sind wir uns wohl sehr ähnlich. Ich habe das auch bei Lieselotte Hehenberg gespürt.«

Bei der Erwähnung des Namens zuckte Roland Merburg zusammen. »Ja, über Frau Hehenberg sollten wir jetzt reden.«

Valerie wurde neugierig. Hatte er Informationen, die von Bedeutung waren? Das konnte sie sich nur schwer vorstellen. Vermutlich war nichts Neues dabei, da der Fall wohl prinzipiell gelöst war. Aber unter Umständen hatte er noch aufschlussreiche Details zu berichten, die die Arbeit der Polizei erleichtern würden.

»Warum wollten Sie Lieselotte Hehenberg denn nun unbedingt sprechen, Herr Merburg?«, fragte sie deshalb interessiert.

»Ich habe schon längere Zeit gemerkt, dass es Unregelmäßigkeiten im Unternehmen gab«, sagte er leise. »Wir hatten wesentlich mehr Ausgaben als sonst, es war für mich aber nicht ersichtlich, warum. Es gab keinen logischen Grund dafür. Anfangs habe ich mir nicht viel dabei gedacht, aber vor drei Wochen ungefähr habe ich einmal ein ganzes Wochenende im Büro verbracht. Ich wollte in Ruhe recherchieren, woher die Kosten kamen. Ich hatte den Verdacht, dass jemand Geld abzweigte, aber auf so schlaue Art und Weise, dass es nur auffiel, wenn man in der Buchhaltung allen Zahlungen gewissenhaft nachging. Was ich herausgefunden habe, hat mich erschüttert, aber, um ehrlich zu sein, nicht verwundert. Ich bin auf zahlreiche Zahlungen an eine zypriotische Firma gestoßen, die uns wohl Leder und Stoffe für die Sitzbänke, die wir selbst produzieren, verkauft haben soll. Ich kenne alle unsere Lieferanten persönlich, deswegen habe ich die Buchungen genauer unter die Lupe genommen. Immerhin wäre es möglich gewesen, dass unsere Einkaufsabteilung übersehen hatte, mir von dem Geschäftskontakt zu berichten. Meine Nachforschungen haben relativ schnell deutlich gemacht, dass wir zwar Rechnungen zugeschickt bekommen haben, es aber keine entsprechenden Lieferungen dazu gab.«

»Sie meinen, Sie haben kein Leder und keine Stoffe bekommen, das Geld dafür aber an diese Firma überwiesen?«

»Richtig.« Merburg fuhr sich mit den Fingern durch die Haare. »Ich habe alle Zahlungen rausgesucht, die nach Zypern gegangen waren, und kam auf eine siebenstellige Summe. Das Ganze lief schon über zwei Jahre.«

»Siebenstellig? Das ist unglaublich! Das ist Betrug vom Feinsten.« Valerie erkannte zwar keinen Zusammenhang zwischen dem Mord und den Zahlungen, da Emilia Lechner erst vor wenigen Monaten begonnen hatte, für Lieselotte Hehenberg zu arbeiten, aber interessant war es trotzdem. »Haben Sie auch eine Ahnung, wer dahinterstecken könnte?«

Roland Merburg richtete sich, soweit das mit dem Gipsbein möglich war, auf und sagte mit klarer Stimme: »Ich vermute es nicht, ich *weiß* es. Und aus diesem Grund wollte ich auch unbedingt mit Lieselotte Hehenberg sprechen. Es wäre unmöglich gewesen, das über die Lechner ausrichten zu lassen. Aber ich bin sicher, sie würde noch leben, wenn ich stärker auf einem Gespräch beharrt hätte. Ich dachte doch nicht, dass er …« Er brach den Satz ab, sank wieder auf seinem Stuhl zusammen und ließ die Schultern nach vorn sacken.

Langsam war Valerie verwirrt. Redeten sie aneinander vorbei? Was sollte Emilia Lechner mit den Betrügereien in der Firma zu tun haben? Außerdem war sie eine Sie und kein Er.

Während sie ihre Gedanken sortierte, begann ihr Gegenüber weiterzureden. Sie hatte den Eindruck, als spräche er mehr zu sich selbst als zu ihr, als nähme er ihre Anwesenheit gar nicht mehr wahr. Sein Blick glitt in die Ferne.

»Ich hatte von Anfang an ein ungutes Gefühl, als er in ihrem Leben aufgetaucht ist. Er war der Typ Mann, der es nur auf ihr Geld abgesehen hatte. Aber das fiel außer mir offenbar niemandem auf. Und es stand mir auch nicht zu, sie zu warnen. Ich hatte nur Vermutungen, keine Beweise. Dass er ziemlich schnell in der Firma angefangen hat, fand ich auch unpassend, aber aus ihrer Sicht schien es logisch, da er zufällig auf Jobsuche gewesen ist. Seinen Angaben zufolge war er höchst qualifiziert, doch wenn man eng zusammenarbeitet, merkt man, ob jemand seine Aufgaben beherrscht oder nicht. Dass das nicht der Fall war, wurde mir schon bald klar, aber mir waren die Hände gebunden. So habe ich das Spiel mitgespielt und sogar versucht, seine Fehler auszubügeln. Doch Betrug konnte ich nicht dulden …«

»Entschuldigen Sie, Herr Merburg, aber ich kann Ihnen nicht ganz folgen. Ich denke, wir reden aneinander vorbei. Der Betrug ist zwar furchtbar, aber momentan steht der Mord im Mittelpunkt. Ich sehe den Zusammenhang nicht.«

»Aber verstehen Sie denn nicht?«, fragte Merburg ungeduldig. »Das ist doch das Motiv des Mordes. Wenn sie dahintergekommen wäre, dass er Riesensummen Geld abzweigt, hätte sie ihn doch fallen lassen. Und dann hätte er mit seiner Spielsucht vor dem Nichts gestanden.«

»Spielsucht? Von wem reden Sie? Von Emilia Lechners Bruder? Arbeitet der auch bei Ihnen?«

»Was soll der Bruder von Frau Lechner damit zu tun haben? Den kenne ich nicht. Nein, ich rede natürlich von ihrem Mann, von Oliver Hehenberg.«

Es war, als wäre ihr der Boden unter den Füßen weggezogen worden. Im ersten Moment bekam Valerie kaum Luft. Das konnte nicht sein. Oliver war ein so zuvorkommender, sympathischer Mann, der seine Frau ehrlich und aufrichtig geliebt hatte.

Barsch fuhr sie ihr Gegenüber an. »Da irren Sie sich. Emilia Lechner ist die Mörderin, gemeinsam mit ihrem Bruder. Und Oliver soll das nächste Opfer sein. Dann erben die zwei Geschwister nämlich alles, das Geld, die Ländereien und das Unternehmen.«

Nun war es an Merburg, überrascht zu sein. »Davon weiß ich nichts. Ich kann nur sagen, dass Emilia Lechner überaus höflich und kompetent ist, obwohl ich schon länger das Gefühl habe, dass sie etwas bedrückt, das sie gern loswerden würde. Aber den Mord, den hat sie nicht begangen. Die Fakten sprechen gegen Oliver Hehenberg. Ich habe sogar auf meine eigenen Kosten einen Privatdetektiv engagiert. Ich wollte mehr über ihn erfahren. Tatsache ist, dass der Detektiv einiges gefunden hat.«

»Was kann er denn noch mehr gefunden haben als den Betrug?«

»Beginnen wir bei seiner Vergangenheit. Die Ausbildungen und Arbeitsstellen, die Oliver Hehenberg bei uns angegeben hat, waren gelogen. Er hat die Schule abgebrochen und sich mit Gelegenheitsjobs durchs Leben geschlagen, bis er damit begonnen hat, sich von wohlhabenden Frauen aushalten zu lassen. Zweimal wurde er als Heiratsschwindler verurteilt. Das ist aber nicht alles. Er ist ein notorischer Spieler. Wenn er angeblich auf Geschäftsreise bei Lieferanten war, ist er in den großen Casinos Europas gewesen. In den letzten Jahren dürfte er eine ziemliche Pechsträhne durchgemacht haben, weswegen er auch immer mehr Geld abgezweigt hat. Die Firma in Zypern, die uns Leder und Stoffe hätte liefern sollen, existiert nur auf dem Papier. Gegründet wurde sie von Oliver Hehenberg. Und falls all das noch nicht als Mordmotiv reicht: Derzeit hat er eine junge Freundin in Zell am See, die sich wiederum von ihm aushalten lässt und sehr kostspielig zu sein scheint.«

Valerie war erschüttert. Wenn Merburgs Anschuldigungen stimmten, wäre es nur eine Frage der Zeit gewesen, bis Lieselotte Hehenberg gemerkt hätte, dass Oliver sie auf mehreren Ebenen betrog. Eine Scheidung wäre wohl unvermeidbar gewesen. Das war ein starkes Motiv für einen Mord. Und sie, Valerie Thaller, hatte diesem Mann vertraut, hatte sich mit ihm besprochen. Schön blöd war sie gewesen, so hatte er alles perfekt unter Kontrolle gehabt und konnte sie in die Richtung lenken, wo er sie haben wollte. Ihretwegen würde nun die Falsche verhaftet werden, und der wahre Täter käme ungeschoren davon.

Valeries Kopf arbeitete auf Hochtouren. Was sollte sie als Nächstes tun? Die Polizei anrufen? Aber nein, gut möglich, dass Oliver bereits dort gewesen war, wie er es vorgehabt hatte. Besser, sie sprach nachher mit ihnen. Zuallererst musste sie dafür sorgen, dass ihre Familie aus dem Schussfeld kam. Sollte es im Zuge der Verhaftung zu Problemen kommen, mussten sie alle in Sicherheit sein. Aber wie sollte sie das anstellen?

Sie versprach Merburg, der wegen seines Beines nicht viel tun konnte, mit der Polizei zu reden. Sie waren sich beide einig, dass das kein Thema fürs Telefon war. Die Sachlage war so komplex, dass es am besten sein würde, den Polizisten den Sachverhalt persönlich zu erklären. Und sie durfte keine Zeit verlieren. Je eher Oliver Hehenberg das Handwerk gelegt wurde, desto besser.

Nachdem sich Valerie verabschiedet hatte, verließ sie das »Bellavista« durch den Hinterausgang und eilte auf schnellstem Wege zum Hotel. Die Zeit drängte, sie musste improvisieren und durfte sich nichts anmerken lassen, sollte sie Oliver begegnen.

Vor dem Haus atmete sie noch einmal tief durch, sah sich vorsichtig um und betrat die Lobby. Ängstlich ließ sie den Blick durch den Raum schweifen.

Dorothea Oswald saß in der Ecke an einem der Bartische und befand sich im Gespräch mit einem Polizisten. Sie winkte Valerie freundlich zu. Es hatte nicht den Anschein, als hätte sie schon von dem Verdacht gegen Emilia Lechner und deren Bruder Sebastian gehört, da sie sich sehr entspannt unterhielt.

Gut so, dachte Valerie. Dann blieb ihr Zeit, ihre Familie unauffällig in Sicherheit zu bringen.

Jakob, Lea und auch Felix saßen im Appartement rund um den Esstisch, jeder eine Tasse vor sich. Bestimmt waren sie spät aufgestanden. Valerie setzte ihren langjährig eingeübten »Tut doch eurer Mutter einen Gefallen«-Blick auf und bat sie, mit dem Hotelbus gemeinsam nach St. Johann zu fahren. Der neue Wohnzimmertisch, den sie vor etlichen Wochen bestellt hatte, müsse unbedingt abgeholt werden. Anschließend könnten sie gegenüber ins Fast-Food-Restaurant gehen, was sie wie beinahe alle jungen Leute gern taten, und beim Heimfahren noch bei den Großeltern vorbeischauen. Die würden sich über einen Besuch freuen.

Die drei waren nicht unbedingt begeistert von ihrem Auftrag, aber sie konnten Valeries Blick nichts entgegenhalten. Das hatte sie gehofft. Die Kinder waren somit in Sicherheit.

Viktor war um diese Zeit meistens in der Küche bei Anton, und Nora lag in ihrem Zimmer – bei dem Gedanken daran überkam Valerie ein schlechtes Gewissen, weil sie noch gar nicht nach ihr gesehen hatte. Sollte sie sie einweihen und um Rat fragen? Vielleicht wäre das das Vernünftigste.

Kurz entschlossen machte sie sich auf den Weg zu Noras Zimmer. Als sie den Raum betreten hatte, schloss sie sofort die Tür hinter sich, atmete tief durch und kam ohne Umschweife zur Sache.

»Ich weiß, wer Lieselotte Hehenberg ermordet hat. Und ich hab keine Ahnung, was ich jetzt machen soll. Ich brauch unbedingt deinen Rat.«

Nora rappelte sich hoch. Sie sah viel fitter aus an diesem Morgen, war aber, ihrem Gesichtsausdruck nach zu schließen, ehrlich entsetzt über Valeries Mitteilung. »Wie meinst du das, du weißt, wer es war? Bist du dir sicher? Sag schon, wer war's?«

In wenigen Worten berichtete Valerie Nora von ihren Nachforschungen in Bezug auf Emilia Lechner, ihrem Abendessen mit Oliver und dem Frühstück mit Roland Merburg.

Nora reagierte, wie befürchtet, wenig begeistert. »Sag mal, bist du noch bei Sinnen? Allein loszuziehen und Leute einzuweihen, die du in Wahrheit nicht einschätzen kannst?«

Valerie senkte betreten den Blick. Was hatte sie sich auch erwartet? Dass Nora ihr auf die Schulter klopfte?

Doch dann überraschte Nora sie plötzlich mit ihrem nächsten Satz. »Valerie, ich bin so stolz auf dich!« Mit ihrem strengen Lehrerinnentonfall fügte sie jedoch abmildernd hinzu: »Aber du warst ganz schön unvernünftig. Das mit Oliver hätte gewaltig schiefgehen können.«

»Und was mach ich jetzt?«, fragte Valerie. »Mit Dr. Siebert reden? Das will ich nicht. Vor allem hat ihm Oliver wohl schon die Lechner-Geschichte aufgetischt und ihn darüber informiert, dass ich es war, die die Familienhintergründe herausgefunden hat. Der glaubt mir doch nie, wenn ich jetzt im Stüberl auftauche und eine gänzlich andere Version der Geschichte zum Besten gebe. Vertrauensvorschuss hab ich bestimmt keinen bei ihm.«

»Den hat niemand. So tickt er nun mal. Aber geh doch zu Dorothea Oswald. Und falls die nicht da ist, dann rede mit Erwin«, schlug Nora vor. »Wenn irgendwas ist, rufst du mich an. Dann organisiere ich einen Hilfstrupp für dich«, meinte sie mit einem schiefen Lächeln.

Das beruhigte Valerie ein bisschen. So würde sie es machen.

Sie schickte Nora noch einen Luftkuss, sagte: »Drück mir die Daumen«, straffte die Schultern und ging zur Tür hinaus. Auf dem Weg in die Lobby fühlte sie sich, als wenn sie in eine Schlacht zöge, die geschlagen werden musste, um einerseits Oliver Hehenberg zu seiner gerechten Strafe zu verhelfen und andererseits ein Zeichen für alle betrogenen und hintergangenen Ehefrauen dieser Welt zu setzen.

Entschlossen betrat sie den Eingangsbereich des Hotels. Mit einem Blick erkannte sie, dass Dorothea Oswald nicht mehr im Barbereich saß und Dr. Siebert gerade zur Tür hinausging. Oliver kam mit einem Lächeln auf den Lippen auf sie zu, das wohl Erleichterung ausdrücken sollte.

»Puh, geschafft. Ich hab eben mit dem Stinkstiefel von Polizisten gesprochen. Der kannte die Verbindung von Emilia Lechner und meiner Frau noch nicht. Er hat furchtbar auf die Wiener Kollegen geschimpft, die den Auftrag hatten, ihre Verwandtschaft und die Leute aus der Firma zu durchleuchten. Das hätte ihnen nicht entgehen dürfen. Aber Schwamm drüber. Er ist wie wir der Meinung, dass das Motiv klar auf der Hand liegt und dass ich wohl das nächste Opfer sein soll. Er hat gesagt, er müsse sich die Beine vertreten und könne bei der Gelegenheit telefonisch seine Kollegen informieren und die weiteren Schritte in die Wege leiten. Er möchte zeitgleich die Lechner verhaften und mit genügend Einsatzkräften im Ort nach ihrem Bruder suchen, bevor der Wind von der Sache bekommt und in Ruhe abhaut.« Oliver sah mehr als zufrieden aus.

Kein Wunder, dachte Valerie.

Nun lag es an ihr, richtig zu reagieren. Auf keinen Fall durfte er merken, dass sie bereits wusste, was in Wahrheit passiert war.

Sie beobachtete, wie Oliver in seine Hosentasche griff und ein Bonbon hervorholte.

»Willst du auch eins? Die schmecken zwar nicht so gut wie deine Pralinen, aber trotzdem mag ich sie gern.« Er reichte ihr ein in silberne Folie gewickeltes Toffee.

Das letzte Puzzleteil, das das Bild vervollständigte, ging es Valerie durch den Kopf. Es handelte sich um die Sorte Bonbon, deren Verpackung sie sowohl am Tatort als auch hinter dem Kongresszentrum neben den Zigarettenkippen gefunden hatte. Sie schluckte und bemühte sich, das Zittern ihrer Hände zu unterdrücken.

»Oh, danke, Oliver. Na, da bin ich heilfroh, dass die Sache geregelt ist. Hat Siebert gesagt, wann er die Lechner festnehmen will?« Sie starrte auf das Bonbon in ihrer Hand. Ihr fiel selbst auf, wie gepresst und hoch ihre Stimme klang.

Oliver zögerte einen Moment und musterte sie mit durchdringendem Blick, dem Valerie instinktiv auswich. Dann beendete er hastig das Gespräch und verabschiedete sich mit ein paar nichtssagenden Worten. »Nein, hat er nicht. Du, ich geh dann mal lieber hoch in mein Zimmer. Dort bin ich in Sicherheit. Wer weiß, was der Lechner und ihrem Bruder noch einfällt.«

Valerie drehte das Bonbon in ihren Händen hin und her, wünschte ihm alles Gute, ohne ihm in die Augen zu sehen, und eilte nach draußen. Sie hoffte, dass er ihr nichts angemerkt hatte.

Vor dem Hotel gab es keine Spur von Dr. Siebert und Dorothea Oswald. Auch im Stüberl, durch dessen Fenster Valerie einen Blick warf, war niemand zu sehen. Enttäuscht griff sie in die Tasche und kramte ihr Handy hervor. Darin hatte sie die Nummer der Inspektorin gespeichert. Doch zu ihrer großen Bestürzung war der Akku leer, der Bildschirm blieb schwarz.

Hektisch überlegte sie, was sie tun konnte. Siedend heiß fiel ihr ein, dass sie ihr Aufladekabel am Vortag im Bus vergessen hatte. Sie hatte ihr Telefon auf der Fahrt von Bad Hofgastein angehängt, dann aber vor Aufregung wegen der Verabredung mit Oliver das Kabel stecken lassen. Doch der Bus war weg. Die Kinder waren damit auf dem Weg nach St. Johann. Wenn sie also Dorothea Oswald nicht sprechen konnte, blieb nur Erwin. Mit ihm konnte sie sowieso am besten reden. Nur würde sie das gern persönlich machen.

Kurz entschlossen drehte sie deshalb dem Hotel den Rücken zu und machte sich eilig auf den Weg in Richtung Polizeiinspektion. Die paar Minuten Zeit hatte sie auch noch. Außerdem kannte sie jede Abkürzung im Ort und würde gleich oben sein. Wenn sie so darüber nachdachte, war sie wirklich froh, sich in Ruhe Erwin anvertrauen zu können. Er würde ihr glauben, da war sie sich sicher.

Ohne sich noch einmal umzublicken, ging sie schnellen Schrittes zum gegenüberliegenden »Thermalschlösschen«, dem Nachbarhotel, das seinerzeit Kaiser Wilhelm beherbergt hatte und an dessen rechter Seite eine schmale, steile Metallstiege nach oben führte. Sie war Teil des Wasserfallweges, der an dieser Stelle selten benutzt wurde, da er leicht zu übersehen war.

Nach ungefähr fünf Höhenmetern ging die Stiege in einen Pfad über, der sich neben dem Wasserfall bergaufwärts schlängelte. Rechter Hand fiel eine Felswand steil nach unten ab. Von dort war das ohrenbetäubende Tosen zu hören. Bald schon erreichte Valerie eine Terrasse, die früher gern als Aussichtsplattform besucht worden war. In den letzten Jahren war der Weg verwildert, die Bodenplatten und die Geländer waren baufällig geworden. Kaum jemand verirrte sich noch hierher.

Valerie blieb stehen. Aufgrund des steilen Weges war sie binnen kürzester Zeit aus der Puste geraten. Nur einen Augenblick wollte sie verschnaufen, bevor sie die letzten Höhenmeter in Angriff nahm, als sie plötzlich ein Geräusch hinter sich hörte. Das Rollen eines Steines und dann deutlich erkennbar eilige Schritte. Vermutlich wollte ein Einheimischer auf dem kürzesten Weg zur oberen Brücke, genau wie sie.

Doch nur wenig später erkannte sie ihren Irrtum. Es war Oliver Hehenberg, der von unten kommend auf die Terrasse trat und sie mit eigenartigem Gesichtsausdruck musterte, ohne sie zu begrüßen.

Valerie rutschte das Herz in die Hose, sie starrte ihn erschrocken an und stammelte: »Hallo, Oliver, was machst du denn hier?«

Er sah ihr tief in die Augen. Seine sonst so freundliche Stimme klang nun eiskalt und schneidend. »Du weißt es, hab ich recht?«

Valerie wich ein paar Schritte zurück. »Was meinst du?«, fragte sie unsicher. »Was soll ich wissen? Dass Emilia Lechner heute verhaftet werden soll? Natürlich weiß ich das.«

Olivers Zorn war deutlich spürbar. »Stell dich nicht blöd. Du weißt, was ich meine. Die ganze Zeit habe ich befürchtet, dass das passiert. Du wolltest ja nicht aufhören, dich einzumischen und herumzuschnüffeln. Gestern Abend hatte ich das Gefühl, dass meine Schlacht gewonnen war. Du hast mir quasi zum Sieg verholfen. Wir waren ein gutes Team, und nun machst du kaputt, woran ich so lange gearbeitet habe.«

»Ich weiß nicht, wovon du sprichst«, erwiderte Valerie unsicher. »Lass uns doch später darüber reden, ich hab gerade keine Zeit.« Rasch machte sie kehrt und wollte weitereilen, doch mit drei großen Schritten war Oliver hinter ihr und hielt sie fest. Der Griff war schmerzhaft, seine Finger bohrten sich durch ihre Kleidung in den Oberarm.

»Nicht so hastig«, presste er zwischen zusammengebissenen Zähnen hervor. »Ich will mich doch nur mit dir unterhalten.« Er lockerte den Griff, umfasste stattdessen ihr Handgelenk – das jedoch nicht minder fest – und drehte sie so, dass sie unmittelbar vor dem Wasserfall stand. Im Rücken spürte sie das hölzerne Geländer. Hinter ihr, das wusste sie, befand sich der felsige Abgrund, der ins tosende Wasser führte.

Oliver baute sich vor ihr auf und versperrte den Weg. Jetzt, da sie ihm so nahe war, wurde ihr erst bewusst, wie viel größer als sie er war. Grob hob er mit der anderen Hand ihr Kinn in die Höhe, sodass sie ihm ins Gesicht blicken musste.

»Woran hast du erkannt, dass es nicht die dämliche Assistentin und ihr Bruder waren? Das Motiv, das du gefunden hattest, war perfekt. Damit hatte ich nicht gerechnet. Schöner ging's nicht. Aber als ich dich heute unten in der Lobby getroffen habe, war mir sofort klar, dass du Bescheid weißt. Du bist eine denkbar schlechte Lügnerin, Valerie Thaller. Jeder, der dich nur ein bisschen kennt, sieht es, wenn du Geheimnisse verbergen willst. Dein Gesicht ist wie ein offenes Buch, in dem man lesen kann. Der Satz »Du bist der Mörder« ist mir förmlich entgegengesprungen, als du mir im Hotel gegenüberstandest. Raus mit der Sprache, was hat mich verraten? Mein Plan war perfekt.«

Spätestens zu diesem Zeitpunkt wurde Valerie bewusst, dass es keinen Sinn mehr hatte, die Unwissende zu mimen. Außerdem war sein Verhalten wie ein Schuldeingeständnis.

Schlagartig erkannte sie, dass das nur eines bedeuten konnte: Sie war die Nächste. Ihr würde es so gehen wie Max Weber, der Oliver wohl auch auf die Schliche gekommen war. Ein Unfall am Wasserfall oder ein Selbstmord, wer wusste das schon im Nachhinein? Die Polizei würde beides für möglich halten.

Fieberhaft überlegte sie, was sie sagen sollte. Zu ihrer großen Überraschung war sie keineswegs vor Angst erstarrt, obwohl das naheliegend gewesen wäre. Im Gegenteil, angesichts der immensen Gefahr, in der sie sich befand, wurde ihr Geist klarer. Sie erinnerte sich an ihr Gespräch mit Nora, in dem sie ihr zwei Möglichkeiten aufgezeigt hatte. Ihre Freundin hatte gemeint, sie könne entweder die Dinge geschehen lassen oder sie könne für das kämpfen, was ihr wichtig war. Und verdammt noch mal, ihr Leben war ihr wichtig! Ihre Familie brauchte sie, und das Hotel musste gerettet werden! So leicht würde sie es Oliver Hehenberg nicht machen. Sie musste versuchen, so lange wie möglich im Gespräch mit ihm zu bleiben. Wenn sie Zeit gewann und Glück hatte, ergab sich schon eine Möglichkeit zu fliehen.

Aber was konnte sie ihm antworten? Ihr war erst im Gespräch mit Roland Merburg bewusst geworden, dass Oliver der Täter war. Seitdem hatte sie die vielen kleinen Puzzleteilchen so zusammengestellt, dass sie nun das richtige Bild ergaben. Manche Teilchen hatte sie vorher übersehen oder nicht sehen wollen. Doch dass Merburgs Erzählungen Oliver letztendlich entlarvt hatten, konnte sie diesem unmöglich sagen, sonst wäre der nette Geschäftsführer das nächste Opfer. Und mit einem Gipsbein konnte der sich nicht einmal wehren.

Valerie traute Oliver mittlerweile alles zu. An seinem Blick, der vor Hass troff, konnte sie ablesen, dass er mit dem Mord an seiner Frau eine Schwelle überschritten hatte, nach der er zu allem fähig war. Was war aus dem netten, umgänglichen Mann geworden?

Der Griff um ihr Handgelenk wurde noch fester. »Valerie, ich will von dir wissen, was mich verraten hat.«

Sie tat so, als müsste sie überlegen. Jede Sekunde, die sie gewann, konnte ihr helfen. »Das, was mich schon die ganze Zeit stutzig gemacht hat, war die Tatsache, dass deine Frau, obwohl sie so große Angst vor dem Stalker gehabt und sich kaum aus dem Hotel getraut hat, plötzlich so guter Laune gewesen ist und sich zugetraut hat, allein zur Badehütte zu gehen. Warum hätte sie das tun sollen? Das ergab nur Sinn, wenn sie sich mit jemandem treffen wollte, dem sie vertraute, bei dem sie sich sicher fühlte, den sie liebte. Du bist es gewesen, der ihr am Nachmittag den Strauß Blumen mit einer Nachricht bringen ließ. Sie kannte deine Handschrift, nur deshalb hat sie sich sicher gefühlt. Was hast du ihr geschrieben? Dass du eine Überraschung für sie hast? Es war ein Kinderspiel für dich, sie zur Hütte zu locken, oder? Nur eines verstehe ich nicht: Wie hast du es geschafft, dass die Nachricht von der Polizei nicht gefunden wurde? Das Zimmer wurde nach Entdeckung des Mordes doch durchsucht. Aber dort ist sie nicht aufgetaucht.«

Oliver schien zu überlegen, ob er auf ihre Frage antworten sollte. Sein Blick ging ins Leere, und Valerie hatte den Eindruck, dass er in Gedanken beim Abend des Mordes war. Ein selbstbewusstes Lächeln umspielte plötzlich seine Lippen.

»Ach das, das war meine leichteste Übung. Lieselotte hat mir blind vertraut. Sie hat von Anfang an nicht kapiert, dass ich nur an ihrem Geld interessiert war und sie von vorn bis hinten angelogen habe. In der Nachricht stand, dass sie sie mitbringen und um dreiundzwanzig Uhr unten in der Hütte gegen ein Geschenk einlösen solle. Sie hat solche Spiele geliebt. Sie war eben eine Romantikerin, die gute Lieselotte. Aber ich habe lange genug mitgespielt. Endlich will ich meinen Lohn für die letzten Jahre, die ich mit ihr verbringen musste. Es war höchste Zeit, dass sie das Zeitliche segnet. Bald gehört das ganze Vermögen mir, und ich muss nicht mehr gute Miene zum unerträglichen Spiel machen.«

Valerie wurde übel. Sie war entsetzt, wie er über seine Frau sprach, die sie jahrelang als herzensguten und sympathischen Menschen gekannt hatte. Die Gefühle für ihren Mann waren so deutlich spürbar gewesen. Sie hatte so oft von ihm geschwärmt. Für sie war er die große Liebe gewesen, und er hatte nur Verachtung und Hohn für sie übrig.

Sie merkte, dass Oliver sie wieder mit durchdringendem Blick musterte. »Die Nachricht hat dich stutzig gemacht. Was noch?« Er drängte Valerie ein paar Zentimeter näher an den Abgrund. Das Holz bohrte sich in ihren Rücken, und sie befürchtete, dass das durch die Feuchtigkeit morsch gewordene Geländer hinter ihr brechen könnte. Trotzdem unterdrückte sie jeglichen Schmerzenslaut.

»Wenn du es unbedingt wissen willst, da gibt es noch mehrere Punkte. Dazu muss ich aber ausholen. Ich bin letzte Woche in Zell am See gewesen. Dort habe ich bei einem Spaziergang ein Pärchen gesehen – er Mitte vierzig und sie deutlich jünger –, sie standen eng umschlungen auf einem Steg. Der Kuss der beiden war sehr intensiv. Du bist mir die ganze Zeit über bekannt vorgekommen, aber mir wollte nicht einfallen, woher. Heute Vormittag ist es mir wie Schuppen von den Augen gefallen. Der Mann am Steg, das warst du. Folglich warst du nicht der treue Ehemann, den du uns allen vorgegaukelt hast. Du hast in Zell am See eine Freundin, nicht wahr?«, fragte Valerie mit herausforderndem Unterton.

Oliver kniff die Augen zusammen. »Ich wusste, dass das ein Schwachpunkt in meinem Plan war. Bad Gastein liegt zu nah an Zell am See. Aber Lieselottes Lieblingshotel befindet sich nun einmal hier. Mir war klar, wenn ich sie von zu Hause weglocken wollte, dann würde sie nur hierherfahren. Dass ausgerechnet du einen Ausflug nach Zell am See machst, damit konnte ich nicht rechnen.«

Valerie verschwieg bewusst, dass auch Nora mit von der Partie gewesen war. »Das war aber nicht alles«, sagte sie stattdessen.

Oliver hob fragend eine Augenbraue. Die Tatsache, dass er sich durch mehrere Aspekte verraten hatte, gefiel ihm augenscheinlich gar nicht. »Was noch?«

»Ich habe mir an dem Tag in Zell am See einen kleinen Casinobesuch geleistet. Zweimal im Jahr nehme ich mir eine

Auszeit und genieße einige Stunden ganz für mich allein. Dort habe ich mitbekommen, wie ein Mann am hinteren Roulettetisch großes Aufsehen erregt hat. Er hatte eine Menge Geld verloren und ist vor Wut laut und ausfallend geworden. Es war derselbe Mann wie der vom Steg. Das bist du gewesen, Oliver. An deinem Blick konnte ich erkennen, dass du ein Getriebener bist, ein notorischer Spieler. Sobald mir heute Morgen eingefallen ist, wo ich dich schon mal gesehen hatte, war mir klar, dass du damit ein sehr starkes Motiv hattest. Du bist vermutlich der Alleinerbe deiner Frau, du gehst fremd, und du brauchst für deine Spielsucht viel Geld. Das waren schon einige sehr konkrete Hinweise, und dann …«

Oliver riss grob an ihrem Handgelenk und kam mit wutverzerrtem Gesicht dem ihren so nahe, dass sie die Schweißperlen auf seiner Stirn sah. »Was ›und dann‹?«, zischte er.

»Und dann hast du mir heute eines deiner Toffees angeboten. Die sind nicht von hier, du musst sie von einer deiner Auslandsreisen mitgenommen haben. Ich habe das gleiche Bonbonpapier auf dem Weg zum Tatort gefunden. Es rächt sich halt, wenn man Müll in die Natur wirft.«

Diese kleine Spitze hätte sie sich lieber sparen sollen.

Olivers Kopf wurde noch röter, sofern das denn möglich war. Er machte einen Schritt nach hinten und fauchte: »Du kleine Schlampe, du machst dich auch noch über mich lustig, was? Dir wird das Lachen schon noch vergehen.« Mit einem Ruck zog er sie ein Stück vom Abgrund weg, hob das Bein und trat mit voller Wucht gegen das morsche Holz, das sofort in zwei Teile brach. Dann stieß er sie unsanft wieder auf ihren Platz zurück, nur fehlte nun das Geländer. Einzig ein schmaler Streifen Gras trennte sie noch vom Abgrund.

Spätestens jetzt wäre der Zeitpunkt gewesen, zu dem Valerie vor Angst hätte zusammensacken müssen, aber sie verspürte den Drang, sich ihm nicht zu beugen, ihm ihre Angst nicht zu zeigen, sondern zu kämpfen, solange es ging.

»Noch etwas ist mir aufgefallen«, sagte sie provozierend.

Oliver zog die Stirn in Falten, und seine Augen verengten sich, er antwortete jedoch nicht.

»Auf der Terrasse hinter dem Kongresszentrum hab ich die gleichen Verpackungen gefunden, unmittelbar neben den Zigarettenkippen von Max Weber. Ich habe mitbekommen, dass er sich dort mit jemandem gestritten hat, ein paar Stunden später war er tot. Leider konnte ich nicht hören, mit wem er sich unterhalten hat, aber deine silbernen Toffees sprechen für sich. Warum musste er sterben? Hat er herausgefunden, dass du der Mörder deiner Frau bist?«

Oliver verzog verächtlich die Mundwinkel. »Er wollte mich erpressen, dieser elende Wurm. Aber nicht mit mir. Ich hab ihn in Sicherheit gewogen, habe ihm erklärt, dass ich ihm nur einen Teil des Geldes geben kann, solange ich das Erbe noch nicht angetreten habe, und versichert, dass er den Rest später bekommen würde. Aber das Risiko ist mir zu hoch gewesen. Wir haben für die erste Geldübergabe ein Treffen oben am Graukogel vereinbart und sind getrennt mit dem Sessellift bis zur Bergstation gefahren. Wir waren am Gipfel verabredet, weil es dort gegen Abend keine Zeugen gibt. Er war so geldgierig, dass er sich auf diesen Wahnsinn eingelassen hat. Der Trottel hat mir echt vertraut.«

Valerie war froh, dass Oliver ihr tatsächlich von Max Weber berichtete. Er verhielt sich genau so, wie sie es in Filmen oft gesehen hatte. Unmittelbar bevor der Mörder einen Zeugen beseitigen will, nutzt er die Gelegenheit zu reden. Die einen brüsten sich mit ihrem perfekt durchdachten Plan, die anderen sind auf der Suche nach Verständnis für ihre Taten. Egal, ob Oliver einer der beiden Kategorien von Tätern zugeordnet werden konnte, sie musste sein Redebedürfnis ausnutzen.

Spontan hakte sie mit einer Zwischenfrage nach: »Wie bist du denn auf den Graukogel gekommen?«

»Von einem früheren Kurzbesuch bei Lieselotte wusste

ich, dass das Gebiet hinter dem Gipfel richtig steil ist. Weber und ich sind nach unserem Treffen gemeinsam bis zum Grat gegangen. Dort konnte uns von der Bergstation aus niemand mehr sehen. An der steilsten Stelle habe ich meinen Rucksack abgenommen und meine Trinkflasche herausgeholt. Wie vermutet, hat Weber das Gleiche gemacht. Ich hab wie ein Blöder Small Talk betrieben, damit er sich sicher fühlt, und dabei auf eine Gelegenheit gewartet, ihn ins Jenseits zu befördern. Er hat nichts geahnt, dieser Idiot, und sich neben mir gebückt, um seinen Rucksack zu schließen. Da habe ich ihn über die Felskante gestoßen.«

Bei diesen Worten trat Oliver noch eine Spur näher an Valerie heran. Er packte sie an den Schultern und drehte sie um, sodass ihr Blick nun auf die steile Felswand unterhalb des Weges fiel. Er stand so dicht hinter ihr, dass sie seinen Atem in ihrem Nacken spürte. Gemeinsam mit ihr sah er in die Tiefe. Dann meinte er: »Ja, ungefähr so steil war es an der Stelle, an der Weber *zufällig* einen Unfall erlitten hat. Das passt doch gut, denke ich.«

Er machte wieder einen Schritt zurück, wobei er sie eng an sich drückte und mit nach hinten zog. Seine Nähe war Valerie äußerst unangenehm, sodass sie froh darüber war, als er wieder nach ihren Handgelenken griff und sie in die Position von vorhin zurückdrängte, nämlich mit dem Rücken zum Wasserfall stehend. Offenbar war das Gespräch für ihn noch nicht beendet.

Valerie schluckte. Ihre Knie drohten nachzugeben. Aber ihr Kampfgeist war nach wie vor ungebrochen. Sie konnte nicht klein beigeben, musste ihm weiter die Stirn bieten, wenn sie eine Chance haben wollte, zu überleben. Irgendwann würde er doch bestimmt seinen Griff zumindest für einen kurzen Moment so weit lockern, dass sie ihm mit einem gezielten Tritt entwischen konnte. Oder jemand kam vorbei und eilte ihr zu Hilfe. Auch diese Hoffnung hatte sie noch nicht aufgegeben.

»Und was hast du mit der Geldtasche, dem Handy und seinem Notizblock gemacht?«, fragte sie, um das Gespräch am Laufen zu halten.

Oliver war sichtlich verärgert. »Die Sachen hab ich mitgenommen und in einen Tümpel geworfen. Ich dachte eigentlich, dass es dann länger dauern würde, ihn zu identifizieren. Hat nicht geklappt. Ist aber nicht weiter schlimm. Den Mord an Weber kann mir sowieso niemand nachweisen.«

»Apropos nachweisen. Du hast doch ohnehin keine Chance mehr, Oliver. Spätestens heute muss das Ergebnis von den Kriminaltechnikern kommen. Ich bin mir sicher, dass auf der Kleidung und dem Badetuch deiner Frau *deine* DNA-Spuren zu finden sind. Vermutlich wartet Dr. Siebert auf dich, wenn du ins Hotel zurückkommst. Mit einem dritten Mord machst du deine Situation nur noch schlimmer. Das Spiel ist aus, glaub mir.«

Zu ihrer Verblüffung lachte Oliver laut auf. »Du bist schlau, liebe Valerie, aber mach dir da lieber keine Hoffnungen. Das Problem konnte ich heute früh schon lösen. Du weißt, ich hatte ein sehr intensives und nettes Gespräch mit unserem Dr. Siebert – unter vier Augen selbstverständlich.«

Sein Tonfall ließ Valerie aufhorchen. Er verhieß nichts Gutes. Gespannt wartete sie auf eine Erklärung.

»Er hat sich angehört, was ich ihm über Emilia Lechner und ihren Bruder erzählt habe. Dann hat er in Ruhe eine Prise Schnupftabak genommen und mir ins Gesicht gesagt, dass er weiß, dass ich der Mörder bin, und dass man mit ihm verhandeln könne. Er sei gut in seinem Job, meinte er, sehr gut sogar, aber das habe nie so richtig gezählt, sei für alle selbstverständlich gewesen. Eines Tages habe es ihm gereicht, und er habe beschlossen, Kapital aus seiner Position zu schlagen. Wenn ich daran interessiert sei, dass der Fall im Sand verläuft, werde er mir gern diesen kleinen Gefallen tun.«

»Du lügst doch. Das kann er allein gar nicht durchziehen.

Schließlich gibt es ja die kriminaltechnischen Untersuchungen.«

Panisch zerrte Valerie an ihren Handgelenken, was Oliver nur ein mildes Lächeln entlockte. Der Strohhalm, an den sie sich geklammert hatte, hatte sich eben in Luft aufgelöst. Sie hatte kein Argument mehr, warum er sie am Leben lassen sollte. Sie wollte nicht wahrhaben, dass Oliver Rückendeckung von Siebert bekam, selbst wenn es zu den Recherchen von Jakob, Felix und Lea passte wie die Faust aufs Auge.

»Alles kein Problem. Den DNA-Bericht kann er über einen Kontaktmann in der kriminaltechnischen Abteilung manipulieren lassen. Das hat schon mehrfach geklappt. Vorerst werden Frau Lechner und ihr Bruder für die Morde an Lieselotte und Weber inhaftiert. Dank deiner Hilfe haben sie nun das perfekte Mordmotiv.« Erneut lachte er auf, dieses Mal klang es höhnisch in ihren Ohren. »Du bist wirklich die Beste, glaub mir!«

Valerie biss sich auf die Unterlippe. Das konnte doch nicht wahr sein. Emilia Lechner musste unschuldig ins Gefängnis. Und sie war verantwortlich dafür. Egal, welches Geheimnis sie mit sich herumtrug, eine Mörderin war sie jedenfalls nicht. Das konnte sie nicht zulassen. Verzweifelt versuchte sie, sich aus Olivers Griff zu befreien. Gerade eben hatte sie gespürt, dass er sich etwas gelockert hatte. Doch Hehenberg war einfach zu stark für sie und reagierte umgehend.

»Na, na, Valerie. Wer wird denn da versuchen zu fliehen?«

Nun fühlte sich Olivers Hand an ihrem Gelenk wie eine Schraubzwinge an. Keine Chance für sie, zu entkommen. Ihre Verzweiflung wurde immer größer.

Doch er sprach seelenruhig weiter, zwang sie, ihn anzusehen, und sonnte sich in seinem Erfolg. »Was danach passieren wird, liegt nicht mehr in Sieberts oder meiner Hand, aber bis dahin vergeht genügend Zeit. Er bekommt sein Geld, ich mein Erbe, und dann bin ich weg. Du siehst, bei so einem freundlichen Angebot konnte ich nicht Nein sagen.« Hämisch grinsend drängte er sie endgültig auf den nur wenige Zentimeter breiten Wiesenstreifen hinter das zerbrochene Geländer.

Valerie schluckte. Das war wohl das Ende. Nun würde er sich nicht mehr länger hinhalten lassen. Verzweifelt trat sie ihn mit dem rechten Fuß heftig gegen das Schienbein, woraufhin er kurz einsackte, merkte aber sofort, dass er nur noch wütender wurde und sie keine Chance gegen ihn hatte.

»Jetzt ist Schluss. Es war nett, dich kennengelernt zu haben, Valerie Thaller. Deine Neugierde ist dir leider zum Verhängnis geworden. Wie schrecklich, dass das Geländer hier so morsch ist und du diesen fürchterlichen Unfall erleiden musst. Vermutlich hättest du dir nie träumen lassen, dass euer schöner Wasserfall einmal dein Tod sein würde. Tragisch, so ein Unfall.«

Valerie wusste, dass er sie gleich hinunterstoßen würde. Doch in diesem Moment hörte sie das Knacken eines Astes, sah aus dem Augenwinkel eine Bewegung, und plötzlich ging alles unglaublich schnell. Wie aus dem Nichts standen Viktor und Anton neben ihr und hielten sie fest, damit sie nicht das Gleichgewicht verlor. Zeitgleich tauchte Erwin mit seiner Dienstwaffe hinter Oliver auf.

»Umdrehen und Hände hoch, Herr Hehenberg. Das Spiel ist aus!«, rief er.

Mit irrem Blick schrie Oliver auf und sprintete los.

Erwin reagierte blitzschnell, lief ihm hinterher und schoss zur Warnung in die Luft.

»Stehen bleiben! Der nächste Schuss ist kein Warnschuss mehr, das schwöre ich Ihnen«, hörte Valerie ihn rufen. Sie fühlte sich wie im Fernsehkrimi.

Genauso schnell, wie Oliver Hehenberg losgelaufen war, blieb er nun stehen. Weit war er nicht gekommen. Angeschossen zu werden, wollte er offenbar nicht riskieren.

In Wahrheit ist er ein Feigling, dachte Valerie und ging einige Schritte auf Oliver zu. Dieser nahm die Hände in die

Höhe und drehte sich um. Dabei suchte er Blickkontakt zu ihr. Er spuckte zu Boden, und Valerie war erschüttert über den blanken Hass, der sogar über die Entfernung von einigen Metern aus seinen Augen sprach.

Unterdessen war ein zweiter Polizist hinzugekommen, der wohl zur Sicherheit auf dem Weg Richtung Hotel gewartet hatte. Er legte Oliver Handschellen an, indes Erwin ihn mit der Waffe in Schach hielt und ihn über seine Rechte aufklärte.

Nun wich jegliche Energie aus Valerie. Ihre Beine begannen, unkontrollierbar zu zittern, und sie ließ sich an Ort und Stelle zu Boden gleiten. Viktor setzte sich neben sie, hängte ihr seine Jacke um und drückte sie fest an sich. So froh war sie noch nie gewesen, ihn zu sehen.

Es dauerte eine ganze Weile, ehe sie wieder so weit war, dass sie aufstehen und langsam zum Hotel zurückgehen konnte. Erwin und sein Kollege hatten Oliver Hehenberg mitgenommen, um ihn auf die Polizeiinspektion in Bad Gastein zu bringen. Die Männer hatten den Großteil des Gesprächs mitverfolgt und wussten auch um die Machenschaften von Dr. Siebert. Um ihn würde sich Erwin ebenfalls kümmern müssen, wenn Oliver Hehenberg sicher verwahrt war.

Doch das war Valerie im Moment egal. Wichtig war nur, dass sie überlebt hatte, dass der wahre Mörder gefasst war und dass für ihre Familie und das Hotel wieder Alltag einkehren würde.

Noch waren nicht alle Fragen geklärt, aber das konnte warten. Das Einzige, wonach ihr in diesem Moment der Sinn stand, waren eine gute Tasse heißer Tee in den Armen ihres Mannes und ein großer Teller mit Pralinen.

# VIERZEHN

Valerie hatte es sich am Nachmittag mit einem Buch auf der Couch gemütlich gemacht, um sich von dem Schrecken der Ereignisse zu erholen. Gegen Abend fühlte sie sich deutlich besser, ging unter die Dusche und schlüpfte in Jeans und Bluse. Viktor und Anton hatten ihr alle Verpflichtungen abgenommen, und die Zwillinge waren mit Felix den ganzen Nachmittag bei der Verwandtschaft in Bad Hofgastein geblieben. In wenigen Minuten sollten sie gemeinsam mit Andi nach Hause kommen. Nora hatte sich so weit erholt, dass sie wieder auf den Beinen war. Zur Feier des Tages hatten Viktor und Anton alle zusammengetrommelt. Auf dem Plan stand ein außerordentlicher Familienstammtisch. Zu berichten und zu feiern gab es schließlich genug. Auch Dorothea Oswald, Erwin mit seiner Frau, Roland Merburg und Emilia Lechner mit ihrem Bruder waren eingeladen.

Dr. Siebert war unterdessen festgenommen worden. Erwin hatte sich nach Hehenbergs Festnahme mit dem zuständigen Compliance-Officer in der Landespolizeidirektion Salzburg in Verbindung gesetzt. Dieser hatte das BAK verständigt. Davon hatte Valerie bislang noch nie gehört. Es handelte sich um das Bundesamt für Kriminalprävention und Kriminalkorruption, wie Erwin ihr am Nachmittag telefonisch erklärt hatte. Siebert würde sich vor Gericht dafür verantworten müssen, dass er in mehreren Mordfällen die Täter gegen Bezahlung hatte laufen lassen.

Manche Sachen glaubt man nicht, bis man sie selbst erlebt, dachte Valerie und machte sich auf den Weg in die Lobby, wo sie zeitgleich mit den Kindern eintraf. Auch Nora, Anton, Viktor und Erwin samt Frau standen schon bereit. Sie begrüßte alle und drückte fest jedes ihrer Kinder an sich. Vor ein paar Stunden noch hatte sie geglaubt, das nie mehr machen zu können.

Nun waren sie vorerst vollständig. Emilia Lechner, ihr Bruder Sebastian und Roland Merburg würden etwas verspätet gemeinsam mit Dorothea Oswald zum »Försterhütterl« kommen. Die drei mussten davor noch ihre Zeugenaussagen unterschreiben.

Valerie hakte sich auf der einen Seite bei Viktor und auf der anderen bei Andi unter. Zu dritt gingen sie voraus. Die anderen folgten ihnen. Nora und Anton sogar händchenhaltend, wie Valerie mit einem Blick nach hinten feststellte. Das war noch ein Grund mehr, zu feiern. Antons liebevolle Fürsorge in den letzten Tagen hatte ihnen wohl gutgetan. Offensichtlich waren sie sich nähergekommen und wollten ihrer Freundschaft die Chance auf mehr geben.

Valerie lächelte vor sich hin, bis sie merkte, dass Viktor sie von der Seite betrachtete.

»Es ist schön, dass du wieder lächelst. Ich hatte riesige Angst um dich. Aber ich bin auch mächtig stolz. Du hast es ihnen allen gezeigt.« Er beugte sich zu ihr herunter und küsste sie auf die Nasenspitze.

Im »Försterhütterl« wurden sie mit vielen Glückwünschen und Schulterklopfern begrüßt. Die Nachricht, dass der Mörder überführt worden und Valerie maßgeblich daran beteiligt gewesen war, hatte sich schnell herumgesprochen. Es dauerte eine Weile, bis sie es zu ihrem Stammplatz im ersten Stock geschafft hatten.

Kaum dass sie Platz genommen hatten, überraschte sie der Wirt mit einer Runde Sekt aufs Haus und prostete ihnen zu. Es war ein Zeichen dafür, wie die Leute hier im Ort zusammenhielten.

Mit leichter Verspätung stießen schließlich auch die übrigen Gäste dazu. Für Roland Merburg war es schwierig, mit den Krücken in den ersten Stock hinaufzugehen. Doch gestützt von Sebastian Hehenberg war auch diese Hürde zu bewältigen. Er durfte auf keinen Fall fehlen und musste unbedingt mit ihnen anstoßen.

Als endlich alle saßen, schlug Valerie mit der Gabel gegen ihr Sektglas. Sie räusperte sich, bevor sie begann. »Meine Lieben, ich freu mich so, dass wir hier gemütlich beisammensitzen. Wie ihr euch denken könnt, habe ich heute Vormittag schon stark daran gezweifelt, jemals wieder eine der legendären Pizzen im ›Försterhütterl‹ zu essen. Ich möchte mich bei euch allen bedanken, vor allem bei dir, Viktor, und bei euch, Anton und Erwin. Ihr habt mir im letzten Augenblick das Leben gerettet. Aber interessieren würde mich schon noch, wie und warum ihr mich gefunden habt. Das habt ihr mir bis jetzt verschwiegen. Es wusste doch niemand davon, dass ich zur Polizei hinaufgehen wollte.« Erwartungsvoll schaute sie in die Runde.

Anton und Erwin sahen beide zu Viktor, dem die Sache sichtlich unangenehm war.

»Du willst wissen, wie wir dich gefunden haben?«, sagte er und wich Valeries Blick aus. »Das wird dir nicht gefallen, schätze ich.«

Valeries Neugierde wurde bei dieser zögerlichen Antwort noch größer. »Wie meinst du das? Du hast mich gerettet, weil du mich rechtzeitig gefunden hast. Egal, was es ist, ich bin froh darüber. Nun sag schon.« Aufmunternd stupste sie ihn von der Seite an.

»Na, wenn du das so siehst, dann will ich ehrlich sein. Ich hab mir doch letztes Jahr für Nelly zum Wandern einen GPS-Tracker gekauft. Den haben viele Hundebesitzer, die große Touren unternehmen, bei denen die Hunde frei laufen dürfen. Als ich bemerkt habe, dass du versuchst, den Mordfall zu lösen, und nicht auf mich hören wolltest, habe ich ihn dir zur Sicherheit in die Handtasche gesteckt. Du hast da solches Chaos drin, dass ich mir sicher war, dass er dir nicht auffällt. Und dass du nie ohne Tasche aus dem Haus gehst, wusste ich auch. Sobald du dich vom Hotel entfernt hast, habe ich einen Alarm auf mein Handy bekommen. Wenn ich nicht wusste, wohin und warum du unterwegs warst, bin ich dir gefolgt. Das war richtig stressig. Anton hat auch so manche Schicht übernommen. Du warst quasi rund um die Uhr überwacht.« Viktor schaute zerknirscht.

Valerie traute ihren Ohren nicht. »Du hast mir den Hundetracker untergejubelt und mich mit der App kontrolliert? Ist das dein Ernst?«

Sie erkannte an Viktors Gesichtsausdruck, dass er befürchtete, sie könnte wegen dieser Sache richtig sauer auf ihn sein. Um ihn zappeln zu lassen, schnappte sie sich ihre Tasche und wühlte so lange darin herum, bis sie das GPS-Gerät aufgespürt und hervorgeholt hatte. Mit möglichst neutralem Gesichtsausdruck streckte sie es ihm entgegen, erlöste ihn dann aber von seinen Qualen und lächelte ihn an.

»Das war eine geniale Idee. Die hätte glatt von mir sein können. Und ich nehme an, es ist eine Art Liebesbeweis, selbst wenn ich nicht möchte, dass du mich generell überwachst. Nur damit das klar ist.« Mit strengem Blick legte sie den Tracker vor Viktor hin. »Bei aller Liebe, das will ich echt nicht. Doch die Rechnung ist aufgegangen. Schließlich habt ihr mich im letzten Moment gerettet.«

Erleichtert zog Viktor sie an sich. »Mein Ehrenwort. Ich werde dich ohne deine Erlaubnis nicht mehr tracken. Falls dir aber wieder einmal eine Leiche über den Weg läuft und du deine Nase in die Ermittlungsarbeit steckst, dann kann ich für nichts garantieren.« Er grinste schelmisch.

Valerie seufzte und verdrehte die Augen, ging jedoch nicht näher auf seine Aussage ein. Es gab interessantere Fragen zu klären. »Tracker hin oder her. Wie war das nun heute Vormittag? Die App hat dir angezeigt, dass ich rauf zum Hotel ›Bellavista‹ bin, oder?«

»Exakt. Ich bin dir zur Sicherheit gefolgt, weil ich keine Ahnung hatte, was du vorhast. Nachdem mir die Rezeptionistin gesagt hatte, dass du mit Herrn Merburg frühstückst, bin ich wieder zurück zum Hotel. Ungefähr eine Stunde später hast du dich auf den Nachhauseweg gemacht und warst eine Weile im Appartement und bei Nora. Erst als du Richtung Lobby gegangen bist, habe ich gedacht, dass ich dich abfangen könnte, um zu sehen, wie es dir geht.«

Valerie war verblüfft, wie genau Viktor die ganze Zeit über Bescheid gewusst hatte, wo sie sich aufhielt, ohne dass sie davon etwas mitbekommen hatte. »Ich hab dich doch unten gar nicht gesehen. Wo warst du denn?«, fragte sie zweifelnd.

»Ich stand in der Tür, die vom Küchengang zur Lobby führt, und du warst im Gespräch mit Oliver Hehenberg. Dass das nicht gut lief, war mir sofort klar. Wie er heute oben beim Wasserfall richtig gesagt hat: Dein Gesicht ist wie ein offenes Buch. Da hat er absolut recht, gell?« Viktor sah auffordernd zu Nora, die ihm überzeugt beipflichtete.

»Absolut richtig. Du kannst nichts verbergen, Valerie.«

»Ich habe beobachtet, dass Oliver Hehenberg auf der Treppe wieder umgedreht ist«, fuhr Viktor fort. »Er hat nach links und rechts geschaut, als ob er sich vergewissern wollte, dass ihn niemand sieht. Mich hat er nicht bemerkt, weil ich die Tür nur einen kleinen Spaltbreit offen gelassen habe. Dann ist er dir nachgeeilt, und da wusste ich, dass was im Busch war. Sein Gesichtsausdruck verhieß nichts Gutes. Ich habe sofort Anton aus der Küche geholt und Erwin angerufen. Wir beide sind euch über die Stiege nachgegangen, Erwin ist von oben gekommen und hat einen seiner Kollegen mit dem Auto runtergeschickt, damit er Hehenberg im Notfall abfangen konnte, falls er fliehen würde.«

»Aber warum um Gottes willen hat es so lange gedauert, bis ihr mich gerettet habt? Ich hab ihn bewusst hingehalten, aber er war drauf und dran, mir den finalen Stoß zu verpassen.«

»Daran bin ich schuld«, sagte nun Erwin mit zerknirschtem

Gesichtsausdruck. »Ich habe Viktor und Anton über Telefon zurückgehalten. Du hast Oliver Hehenberg einem richtigen Verhör unterzogen. Ich wollte sein Geständnis hören. Das war perfekt. Wir sind alle drei Zeugen, dass er die Morde zugegeben hat.«

»Das heißt, ihr habt mich da oben schmoren lassen?« Valerie wusste nicht, ob sie froh oder wütend sein sollte. Sie entschied sich für Ersteres. »Na, zumindest hat es geklappt. Ich hätte gar nicht gedacht, dass er so bereitwillig auf meine Fragen einsteigt. Ich wollte unbedingt Zeit gewinnen, in der Hoffnung, dass jemand vorbeikommt oder ich fliehen kann.«

Sie lehnte sich zurück und trank einen Schluck von ihrem Sekt. Ihr Blick fiel auf Emilia Lechner. Sofort überkam sie ein schlechtes Gewissen, und sie setzte sich wieder auf. »Bei Ihnen, Frau Lechner, möchte ich mich entschuldigen. Es tut mir wahnsinnig leid, aber ich habe Sie allen Ernstes verdächtigt, dass Sie die Mörderin sind. Ich dachte, dass Sie auch Oliver noch aus dem Weg räumen wollen, um an das Erbe zu gelangen. Schließlich hat Ihr Großvater damals beinahe nichts davon abbekommen. Das war für mich das perfekte Motiv. Außerdem hatte ich die ganze Zeit das Gefühl, dass Sie irgendwas zu verbergen haben. Und als Ihnen gestern im Speisesaal die Teelichter und die Rosenblätter aus der Handtasche gefallen sind, da war ich mir völlig sicher.«

Emilia Lechner sah betreten in die Runde. »Ich hab geahnt, Frau Thaller, dass Sie mich für die Mörderin halten. Ich denke, ich bin Ihnen allen eine Erklärung schuldig. Das fällt mir nicht ganz leicht.« Hilfesuchend sah sie zu ihrem Bruder Sebastian, der ihr aufmunternd zunickte.

»Mach schon. Erzähl unsere Version der Geschichte. Wir haben nichts Unrechtes getan.«

Stockend begann Emilia Lechner zu sprechen. »Sie hatten recht: Ich habe ein Geheimnis mit mir herumgetragen. Nur war ich nicht die Mörderin. Die Situation gestern im Speisesaal kam für mich völlig unerwartet. In dem Moment, in dem ich zwischen meinen eigenen Sachen die Rosenblätter und Kerzen gesehen habe, war mir klar, dass das eine Falle war. Ich wusste nicht, wie ich reagieren sollte. Sie hätten mir wohl nicht geglaubt. Es hat meinen eigenen Verdacht bestätigt, dass Lieselottes Mann hinter allem gesteckt hat. Er muss die Sachen im Vorbeigehen, als er meine Tasche wie zufällig von der Stuhllehne gestreift hat, mit auf den Boden haben fallen lassen. Ein kluger Schachzug von ihm. Ich bin Ihnen deshalb nicht böse, dass Sie mich verdächtigt haben. Außerdem ist mir bewusst, dass meine Bewerbung bei Lieselotte und mein komisches Verhalten auch gut ins Bild gepasst haben.« Emilia Lechner legte eine Pause ein, woraufhin Sebastian weitersprach.

»Das Ganze war eine total blöde Idee von uns. Wir hätten von Anfang an mit offenen Karten spielen sollen, waren aber so unsicher, weil wir unsere Großcousine Lieselotte schließlich nicht kannten und einschätzen konnten. Es ist nämlich so, dass Emilia und ich uns ebenfalls für Möbel interessieren. Wir haben gemeinsam eine Gartenmöbelserie entwickelt, die kleine Solarmodule eingebaut hat. So kann jeder, der gemütlich in der Sonne liegt oder sitzt, gleichzeitig einen dazu passenden Getränkekühlschrank, eine Lampe oder einen Ventilator betreiben. Da viele Leute keinen Stromanschluss im Garten haben, wäre das unserer Meinung nach sehr praktisch. Das Problem ist nur, dass wir Unterstützung brauchen, wenn wir die Serie auf den Markt bringen wollen.«

Emilia Lechner legte Sebastian die Hand auf den Arm und übernahm wieder das Gespräch. An ihren rosigen Wangen und dem Sprühen der Augen konnte Valerie ablesen, wie sehr sie für ihr Projekt brannte. »Da haben wir gleich an das Hehenberg-Unternehmen gedacht, wussten aber nicht, was Lieselotte von uns halten würde. Wir wollten nicht mit der Tür ins Haus fallen. Unsere Idee war, dass ich bei Lieselotte zu arbeiten beginne. Ich sollte sie von meinen Qualitäten überzeugen.

Erst dann wollte ich ihr erzählen, wer ich wirklich bin, und sie darum bitten, uns bei der Produktion zu unterstützen und unsere Gartenmöbel in ihr Programm aufzunehmen. Das war unser ganzes Geheimnis.«

Sebastian legte den Arm um Emilia und drückte sie kurz an sich, während er in die Runde blickte. »Und wir wollten bestimmt niemandem schaden und auch nichts geschenkt bekommen. Der Streit unserer Großväter liegt lange zurück. Damit haben wir nichts zu tun. Das müssen Sie uns glauben.«

Emilia Lechner lehnte sich seufzend zurück und wirkte mit einem Mal erschöpft. Die Heimlichkeiten, der Mord, der Verdacht gegen sie – all das war nicht spurlos an ihr vorübergegangen. Unübersehbar war ihr die Geschichte unangenehm. Aber niemand am Tisch sagte ein verurteilendes Wort. Alle schienen noch über ihre Geschichte nachzudenken.

»Also, ich für meinen Teil, Frau Lechner, halte große Stücke auf Sie«, sagte schließlich Roland Merburg. »Und Ihr Projekt hört sich interessant an. Ich habe keine Ahnung, wie es mit den Besitzverhältnissen der Firma nun weitergeht. Aber sollte ich Geschäftsführer bleiben, würde ich mich über eine Zusammenarbeit mit Ihnen beiden freuen. Wissen Sie, so ein innovatives Projekt hatten wir schon lange nicht mehr. Ich traue mich zu sagen, dass wir da absolute Vorreiter am Markt wären. Außerdem halte ich es für möglich, dass alles, was Frau Hehenberg gehört hat, ohnehin Sie und Ihr Bruder erben werden. Da lassen wir uns am besten überraschen.«

Valerie wandte sich dem Geschäftsführer zu. »Diese Idee finde ich richtig gut. Und ich möchte mich auch bei Ihnen bedanken. Sie haben mir das entscheidende Puzzleteil geliefert. Hätten Sie nicht herausgefunden, dass Oliver Hehenberg die Firma betrogen hat, seiner Frau fremdgegangen ist und Unsummen im Casino verspielt hat, wäre ich gar nicht auf die Idee gekommen, ihn zu verdächtigen. Eigentlich haben *Sie* den Fall gelöst.« Sie hob ihr Glas. »Lasst uns darauf anstoßen, dass nicht noch mehr passiert ist und der Schuldige hinter Gittern sitzt.«

Nachdem sie sich zugeprostet hatten, ließ Valerie ihren Blick über den Tisch schweifen und auf ihrer Familie – Nora, Felix und Anton natürlich eingeschlossen – verweilen. Bei dem Gedanken daran, wie knapp sie am Vormittag dem Tod entronnen war, überzog Gänsehaut ihre Arme. Wie schön war es doch, hier mit ihnen zu sitzen.

Sie räusperte sich und hob noch einmal ihr Glas. »Es ist wunderbar, Leute wie euch zu haben. Aber bei aller Liebe reicht es nun mit der ganzen Gefühlsduselei, ich hab nämlich einen Riesenhunger. Ich würde sagen: Pizza für alle!«

**Eierschwammerlsoße mit Semmelknödeln** (4 Portionen)

*Zutaten Semmelknödel:*
ca. ¼ l Milch
250–300 g Knödelbrot (oder altbackenes Weißbrot)
Prise Salz und Pfeffer
1 kl. Msp. Muskatnuss
klein geschnittene Petersilie
1 Ei
1 Zwiebel
1 TL Butter für die Pfanne
2 EL Mehl (zum Formen der Knödel)

*Zubereitung Semmelknödel:*
Zuerst die Milch erwärmen und über das Knödelbrot gießen. Das Ganze eine halbe Stunde ziehen lassen. Anschließend Salz, Pfeffer, Muskatnuss, Petersilie und das versprudelte Ei mit der Knödelbrotmasse vermengen. Dann die klein geschnittene Zwiebel in Butter andünsten und zur Knödelmasse geben. Mit bemehlten Händen Knödel formen und den Teig fest zusammendrücken. Im Anschluss daran in leicht kochendem Salzwasser (großer Topf) ca. 15 bis 20 Minuten ziehen lassen, bis sie nach oben steigen.

*Zutaten Eierschwammerlsoße:*
ca. 500 g Eierschwammerl (Pfifferlinge)
1 große Zwiebel
Butter zum Anbraten
etwas Maisstärke
¼ l Obers (Sahne), je nach Wunsch auch pflanzlich

Salz, Pfeffer, Majoran
ein bisschen geschnittene Petersilie

*Zubereitung Eierschwammerlsoße:*
Zu Beginn die geputzten Pilze und die Zwiebel klein schneiden. Butter in die Pfanne geben und darin die Zwiebel anbraten, die Schwammerl dazugeben und so lange gemeinsam braten, bis die Flüssigkeit aus den Pilzen reduziert ist. Dann die Maisstärke mit der Sahne verrühren und über die Pilze gießen. Mit Salz, Pfeffer und Majoran würzen und wieder reduzieren lassen, bis die Soße schön sämig ist. Die Knödel und die Soße auf Teller anrichten und mit Petersilie bestreuen.
Gutes Gelingen!

**Omas Kaiserschmarrn mit Apfelmus** (4 Portionen)

*Zutaten Schmarrn:*
4 Dotter
150 g Mehl
Prise Salz
1 Msp. geriebene Vanille (od. Vanillezucker)
ca. ¼ l Milch
4 Eiklar
30 g Zucker
70 g Butter
Rosinen und Staubzucker (zum Bestreuen) nach Belieben

*Zubereitung Schmarrn:*
Die Dotter mit dem Mehl, dem Salz, der Vanille und der Milch zu einem glatten Teig verrühren. Die Eiklar mit dem Zucker zu steifem Schnee mixen und dann vorsichtig unter den Teig heben. Die Hälfte der Butter in einer großen Pfanne aufschäumen lassen, die Teigmasse eingießen, Rosinen darüberstreuen und auf einer Seite goldbraun backen (nicht zu viel Hitze). Dann den Teig wenden. Dazu kann man ihn auch in der Mitte teilen, damit das Wenden leichter geht. Nun auf der zweiten Seite goldbraun backen, bis er durch ist. Mit zwei Gabeln in verschieden große Stücke teilen und noch frische Butter dazugeben. Auf Teller anrichten, mit Staubzucker bestreuen und mit dem Apfelmus servieren.

*Zutaten Apfelmus:*
80 bis 100 ml Wasser
1 Zimtstange
2 EL Zucker
1 Vanilleschote
1 kg Äpfel
Saft von einer ½ Zitrone

*Zubereitung Apfelmus:*
Zuerst in einem Topf das Wasser mit der Zimtstange, dem Zucker und der Vanilleschote (Mark bitte auskratzen und ebenfalls dazugeben) aufkochen. Dann die klein geschnittenen Apfelstücke (vorher schälen und entkernen) mit Zitronensaft beträufeln und in den Topf geben und 15 bis 20 Minuten auf niedriger Stufe köcheln lassen. Am Schluss Zimtstange und Vanilleschote entfernen, die Äpfel mit einem Pürierstab zerkleinern und in kleine Schüsseln füllen.
Guten Appetit!

## Schwiegermutters Ribiselschnitte

*Zutaten:*
250 g Butter
70 g Zucker
350 g Mehl
Prise Salz
3 Dotter
Zutaten Belag:
5 Eiklar
300 g Staubzucker
ca. 400 g rote Ribisel (Johannisbeeren)

*Zubereitung:*
Für den Teig alle Zutaten gut verkneten und gleichmäßig auf ein Backblech drücken. Mit einer Gabel ein paarmal einstechen und bei 160° Umluft ca. 10 bis 15 Minuten backen. Inzwischen aus Eiklar und Zucker einen sehr steifen Schnee schlagen und die Ribisel vorsichtig unterheben. Das Blech herausnehmen und den Belag auf den Teig streichen. Die Temperatur im Rohr auf 140° reduzieren und noch einmal ca. 15 bis 20 Minuten backen. Der Eischnee sollte hellbraun sein.
Lassen Sie es sich schmecken!

# Ein großes Danke

Zuallererst möchte ich mich bei Ihnen, liebe Leserin, lieber Leser, dafür bedanken, dass Sie meinem Erstlingswerk eine Chance gegeben und gemeinsam mit Valerie, Nora und all den anderen eine hoffentlich spannende Zeit in Bad Gastein verbracht haben.

Es ist alles andere als selbstverständlich, dass das erste Buch gleich einen Verlag findet. Deshalb gilt mein besonderer Dank Stefanie Rahnfeld von Emons, die sofort an mein Projekt geglaubt hat. Vielen Dank auch an den Rest des Verlagsteams. Die Zusammenarbeit ist herrlich unkompliziert und wertschätzend, was mich wirklich sehr freut. Ein großes Dankeschön an dieser Stelle gebührt meiner Lektorin Susann Säuberlich. Sie hat mit ihren Tipps meinem Text den letzten Schliff gegeben.

Schreiben ist oft eine einsame Angelegenheit. Aus diesem Grund freue ich mich besonders, Teil einer kleinen, aber feinen Schreibgruppe zu sein. Der Austausch mit euch, meine Lieben, ist immer wieder eine Freude. Es ist schön, jemand zu haben, mit dem ich mich so intensiv über Bücher unterhalten und bei dem ich mir, wenn nötig, Rat holen kann. Für eure Unterstützung und den Spaß, den wir bei unseren Treffen haben, möchte ich euch herzlich Danke sagen.

Ganz besonderer Dank gilt meinen Eltern. Sie sind es, die schon früh meine Liebe zu Büchern geweckt haben. Die Anzahl der Romane, die wir stets auf unsere Urlaubsreisen mitgenommen haben, ist legendär. Vielen Dank euch beiden, dass ihr mich auf dem Weg zu meinem Krimidebüt unterstützt habt. Eure ehrliche Meinung bedeutet mir sehr viel.

Last, but not least möchte ich mich bei meiner Familie bedanken. Ihr habt es geduldig hingenommen, dass ich so viele Stunden in meinem Arbeitszimmer gemeinsam mit Valerie und Nora verbracht habe, und habt mich stets motiviert, wenn ich unsicher war. Auch dass ich regelmäßig bei unseren Spaziergängen in Bad Gastein neue potenzielle Tatorte entdecke und Mordmethoden entwickle, stört euch nicht. Vielen lieben Dank für eure Geduld und Unterstützung.

Ganz speziell gilt dieser Dank meinem Mann, der immer hinter mir steht und daran glaubt, dass ich alles schaffe, was ich mir vornehme. Du bist der Beste!